心有柒柒

2

風文創 1256

素禾 

風 文創 1256

目錄

第二十六章　雨夜重逢

在山見怪不怪地說道：「常有的事，這幾年咱們這裡總在打仗，家裡有點關係的都往南邊跑，我舅舅一家也跟著我舅母去膠東投奔親戚了。這回打仗的地方往北挪了，北邊的人就會往咱們這裡跑，我之前去旁邊兩條巷子幫那胭脂鋪宣傳時，也碰到房牙帶人看房子呢。」

慕羽崢仍舊不放心，拜託在山留意西院的動靜，在山便跟柒柒出去趴在西邊的牆頭上，光明正大地盯。

西院那對中年夫婦是前兩年才搬來的，男的是屠夫，平時靠著給城裡的羊肉鋪子宰羊過活。

那家的女主人去年病死了，就剩下屠夫一人，他沈默寡言又內向，不愛跟人來往，加上身上總帶著血腥味，孩子們都不敢靠近他，基本上當他是個隱形人。

此刻他正站在院子裡等房牙帶人進屋看房，看他那帶著血點、還沒來得及換的衣裳，一向開朗膽大的在山便心裡發怵，不敢跟他說話，柒柒就更別提了。

兩人踩在板車上，扒著牆頭、露出小腦袋盯著西院屋門，等房牙帶人出來時，柒柒和在山都是一愣。

「在山哥，這不就是胭脂鋪那名夥計嗎？」柒柒小聲說。

在山道：「對，那天就是他跟咱們說開業送彩頭的。」
兩個孩子嘰嘰咕咕說著話，早已從白景那裡得知情況的廣玉，自然也看到他們了。他按捺住翻牆進屋、和太子殿下相認的衝動，故意裝作不認得，朝他們笑著點了點頭說：「小娃娃，你們是住隔壁院子的？」
柒柒指了指他身後的屋子說：「您買下這裡了嗎？」
看著兩個孩子，廣玉懊悔莫及，當初是他大意，讓他們和太子殿下生生錯過了這麼多天。
好在，一切為時未晚，這段時間太子殿下並沒出什麼意外。
他留房牙和那屠夫談價，自己則走到牆根底下，越過牆頭，往柒柒家的院子裡打量。
柒柒伸手擋住他的視線，小臉鼓了起來，凶巴巴地說：「你看什麼？」
小姑娘果然如白景說的那般警覺，廣玉看著狠狠瞪著自己的小姑娘，心中覺得好笑，表面上卻很淡定地說：「啊，我是想看看妳家大人可在，以後都是鄰居，我想打個招呼，認識認識。」
在山搶先答道：「她家大人出門辦事了，她如今歸我爹管，喏，我家就住那邊。」他回首指了一下自家院子。
廣玉頷首道：「好，那等我帶著我弟弟搬進來，我就登門拜訪。」
柒柒問：「您有弟弟？」

廣玉想到從明天開始就得假死的兩個孩子，笑著點頭道：「對，兩個弟弟，一個十三歲，一個十歲，我們是從外地來的，人生地不熟，以後還請你們多多幫襯。」

帶著孩子的，應該不是什麼壞人吧？柒柒和在山對視一眼，鬆了一口氣。

廣玉這才假裝認出了兩個孩子。「我這人記性不好，但我看你們怎麼有些面熟呢，咱們是不是在哪裡見過？」

在山便說：「先前你們鋪子要開業，您還跟我們說有彩頭可以拿，後來我們去了，你們倒沒開門，害我們白跑一趟。」

廣玉恍然大悟般「喔」了一聲道：「想起來了，對不起，當時家裡出了點事，我不得已才撂下鋪子，趕回老家接我弟弟去了。」

「難怪呢。」在山說道：「沒事，不打緊，反正今日我們也領了彩頭了。」

柒柒好奇地問道：「對了，您今天怎麼沒在鋪子裡？」

廣玉回頭一指，隨口胡謅。「這不急著買房嘛，如今我兩個弟弟還住在客棧，一天要花不少錢，得趕緊找個地方安頓下來才好。」

另一邊，房牙和屠夫談好了價錢，招呼廣玉過去，廣玉便對兩個孩子拱了拱手，道了句「告辭」。

在山這人最怕別人跟他這樣客套，可人家一個大人朝他們行了禮，他也不好不還禮，於是有模有樣地拱手道：「慢走。」

該問的都問了，兩人便回屋去，將情況告知慕羽崢，這一切合情合理，慕羽崢便沒再多想。

兩天之後，廣玉就帶著扮成周晏和周清四處尋人、又「意外命喪狼口」的雲實和知風搬進了柒柒家隔壁的西院。

兄弟三人大包小包地拎著東西進門，看到趴在牆頭上看熱鬧的在山、柱子還有柒柒，廣玉便笑著打招呼，讓「最小的弟弟」知風從包袱裡拿了一包飴糖出來，給三個孩子每人分了兩塊。

原本三個孩子只是想看看熱鬧，可拿人的手短、吃人的嘴軟，在山和柱子便跳過去幫忙搬東西。

柒柒見那孩子仔細收好那一包飴糖、小心塞回包袱，一副萬分珍惜的模樣，頓覺親近了許多。

將兩塊飴糖放進腰間掛著的小荷包之後，柒柒招呼在山幫她翻過牆去，也忙忙碌碌地跟著湊了一會兒搬家的熱鬧。

等忙活完，柒柒便回家對慕羽崢說了新鄰居的情況。

慕羽崢看不見，柒柒在外頭不管遇到什麼事情，都會跟他分享。

於是，慕羽崢含著小姑娘塞進他嘴裡的飴糖，從她口中聽到同樣苦哈哈的一家人，說是爹娘都沒了，兩個弟弟還小，因為大哥隨東家來雲中城謀生，他們在老家受人欺負，便決定跟著來了。

慕羽崢聽完，感慨了句。「都不容易。」

新鄰居搬來那日很有存在感，他們給鄰近的幾戶人家各送了張饢餅當作見面禮，可之後就沒了動靜。

除了那個夥計大哥每天早出晚歸去胭脂鋪上工，他那兩個弟弟根本就不出門，也不知道躲在屋子裡忙什麼。

每天上午，柒柒跑醫館、慕羽崢做家務，下午兩人則樂此不疲地練習投壺。

由於土塊實在太容易碎裂，柒柒就從一捆一捆的柴火上折下許多小木棍，慕羽崢又拿菜刀削尖了一頭，當成箭來投。

兩人熱衷投壺，天天忙得很，沒兩下就把新鄰居拋在腦後，不再關注了。

日子不緊不慢地過著，轉眼又是數天過去，到了八月末，天氣轉冷。

這一晚，下起了大雨。

柒柒早早就睡下了，慕羽崢躺在她身邊，卻被外頭噼哩啪啦的雨聲吵得難以入眠，他便揮舞手臂，慢慢比劃著一套拳法。

正比劃著，慕羽崢突然停住動作，偏過頭側耳傾聽。

嘈雜的雨聲之中，夾雜著幾道不輕不重的腳步聲，矯健沈穩，聽上去就知道是習武之人。

慕羽崢臉色劇變，一顆心狂跳起來。

他只思考了短短一瞬，便起身下地。

伸手將沈睡之後蜷成一小團的小姑娘連人帶她的小被子一同抱起來，慕羽崢連鞋子也顧不得穿，光著腳一瘸一拐，以最快的速度摸到櫃子前。

打開櫃門，又拉開夾層，他把小姑娘緩緩放了進去，隨後輕輕關好櫃子。

走回炕邊，慕羽崢把柒柒的小褥子跟小枕頭扯進自己的被子藏好，摸過枴杖握在手裡，就這樣安安靜靜坐著。

很快的，房門傳來輕輕的「啪嗒」一聲，門閂被人撥開了。

來了。

慕羽崢胸口劇烈起伏，兩隻手緊緊攥著枴杖，攥得指節泛白。

片刻工夫後，腳步聲來到近前——只有一人進來。

慕羽崢先一步開口，聲音極低，微微發顫。「殺我可以，不要見血。掐死我最為妥當，然後把我的屍體扛走，隨便找個地方埋了。」

不然，柒柒醒來會害怕，也會難過。

昏暗的屋裡，抱著枴杖的男孩赤著腳、睜著一雙沒有焦距的眼睛，明明感到恐懼，卻挺直了瘦弱的脊背，端端正正坐在那裡，一副無所畏懼的模樣，為自己選擇好了死法。

看到這一幕，千里飛奔而來、渾身滴著雨水的周敞，心如刀割、老淚縱橫，他撲上去扶著那瘦弱的肩膀，痛哭出聲道：「崢兒……你受苦了，外祖父來晚了！」

聽著以為這輩子再也聽不到的熟悉聲音，慕羽崢一愣，懷疑自己恐慌之下出現了幻聽，他難以置信般顫聲問：「外祖父？」

像是怕將人嚇跑了，也像是怕把自己從夢裡驚醒，男孩的聲音極輕，輕得幾乎聽不見。出身高貴的太子殿下，過去一向肆意張揚，何曾這般戰戰兢兢、小心翼翼過？

周敞心疼得幾乎五內俱崩，雙手微微搖著男孩的肩膀，喉嚨啞得幾乎說不出話。「崢兒，是我……是外祖父。」

「外祖父，真的是您嗎？」

男孩繃得僵硬的肩膀瞬間塌了下去，抱著枴杖的手鬆開，伸出兩隻小手，在周敞的臉上一陣摸索。

當摸到那滿臉鬍子，還有周敞耳朵上的那道豁口，男孩咧開嘴笑了，語氣滿是驕傲。「外祖父，我和阿姊殺了左谷蠡王。」

周敞捏著那瘦小的肩膀，重重點頭道：「好孩子，外祖父都知道了，正因如此，韓將軍才打了大勝仗。」

「那就好……那就好！」慕羽崢開心地笑了。

可笑著笑著，他猛地撲進周敞懷裡，死死摟住他的脖子，悲痛欲絕、泣不成聲地說：「外祖父，可是阿姊……阿姊死了，崢兒再也沒有阿姊了……」

周敞單膝跪在地上，將男孩緊緊摟進懷裡，帶著老繭的大掌在他背上搓著，急忙解釋。「沒死、沒死，你阿姊好好活著呢。」

慕羽崢抬起頭來，驚喜交加道：「阿姊還活著？真的？」

周敞點頭道：「活著呢，已經和我通過幾次信了。」

想到當時臨雲驛館的情況，慕羽崢還是有些不大敢相信。「外祖父是不是騙我？阿姊若活著，為何沒和您一起過來？」

周敞的膝蓋早些年在戰場上受過傷，離開都城之前又在御書房外跪了一個時辰，新傷加上舊傷，疼痛難耐，如今淋了雨，再這麼一跪，腿就開始不受控制地打顫。

他單手抱著小外孫，另一隻手撐著膝蓋站起來，坐到炕上，吁了一口氣。

「外祖父沒騙你，你阿姊受了重傷，現在還下不了床，正在離此處不遠的青山寨養傷。」

慕羽崢放下心來，高興得眼淚簌簌直落。「阿姊還活著……太好了！」

周敞輕輕摸著他的頭，滿心憐惜道：「是啊，你們姊弟倆都活著，這是最要緊的。」

「外祖父，您是不是哪裡不舒服？」聽周敞的聲音像是在忍痛，慕羽崢摸著他的臉問道。

周敞扯過被子，將只穿了單薄裡衣的男孩包裹住，隔絕了自己身上的濕氣和寒氣。「無妨，一些小傷罷了。」

當看到炕上露出的小枕頭和小褥子，他四下張望起來，問道：「不是說是個小姑娘救了你，怎麼不見人？」

「哎呀，柒柒。」慕羽崢掙扎著要下地。

周敞抱著失而復得的小外孫，捨不得鬆手。「你要去哪裡？外祖父抱你去。」

想到外祖父身上的傷，慕羽崢拒絕了。「我自己來吧，您坐著。」

周敞的腿實在疼得厲害，也不硬撐，他放下男孩，卻萬般不放心道：「穿上鞋，枴杖在你右手邊，你看不見，可千萬別撞著，要不還是外祖父抱你去？」

無論在柒柒面前如何成熟穩重，慕羽崢也不過只是個九歲的孩子，如今在自家長輩面前，又得知阿姊還好好活著，心頭鬆快，人也活潑了許多。

他摸索著下地穿上鞋子，語氣輕鬆歡快。「外祖父放心，崢兒厲害著呢！」

周敞就這樣坐在炕上，看著他那金尊玉貴、過去連穿個鞋襪都有專人服侍的小外孫，穿著一身粗布內衫、拖著一條傷腿，一瘸一拐的，速度緩慢卻又極其熟練地挪到靠在牆邊的櫃子前，打開了櫃門，半個身子鑽進去，不知道往哪裡摳了摳，又打開一道門，小心翼翼地從裡面抱出一個「包裹」來。

慕羽崢摸索著將手指探到柒柒鼻下，見小姑娘呼吸勻緩，睡得好好的，便鬆了一口氣。

他暗自慶幸，幸虧呂叔用厚木板打造了這櫃子，兩道門把他們剛才的動靜差不多都隔住了，加上小姑娘睡得沈，不然怕是會被吵醒。

周敞不知道慕羽崢去櫃子裡翻什麼，直到男孩抱著那包裹、費了點力氣轉過身來時，他才發現，小外孫手裡抱著的，居然是個孩子。

他反應過來，放輕了聲音，伸手便要去接。「這就是那小姑娘吧？」

察覺到周敞伸過來的手，慕羽崢側身避了一下，小小聲說：「外祖父，您粗手粗腳的，別摔了她。」

剛剛還和他抱頭痛哭，此刻就對他這般嫌棄，周敞一時之間不知說什麼才好，只好張手護著慕羽崢走到炕邊，提醒道：「當心些，你這一摔就是倆。」

慕羽崢先放下柒柒，摸索著找到她的小褥子跟小枕頭鋪好，再抱著柒柒放上去，為她掖好了被子。

那動作溫柔熟練，壓根兒不像個小孩子，倒像當娘的細心照料自家娃娃。

看著這一幕，周敞心中冷不防冒出這麼個詭異的念頭來，自己都覺得好笑。

慕羽崢打理好柒柒這邊，隨後就將她連人帶被窩地往周敞那邊推了推，微微抬起的小臉帶著些許炫耀，那雙空洞的眼眸也有了神采，他輕聲問：「外祖父，您看，這是我妹妹柒柒，可愛嗎？」

屋內昏暗，周敞點亮一根蠟燭，俯身打量那蜷縮成一顆球的孩子。

小姑娘側身躺著，身上的被子被慕羽崢繞著她掖得嚴嚴實實，只露了顆小腦袋在外面。野草一樣亂蓬蓬的頭髮，將本就只露出半張的小臉蓋了大半，實在看不出可愛還是不可愛。

然而這小姑娘可是救了他小外孫的命，哪怕她醜得沒邊了，也是天底下最可愛的孩子。周敞重重點頭，被自家小外孫影響，也小小聲地說話。「可愛得緊。」

慕羽崢滿意地笑了，伸手慢慢拖回柒柒的被窩，摸了摸她的小臉，隨後用氣聲說：「外祖父，您身上都濕了，不如我們去灶間，我生火給您烤烤？」

小姑娘在睡覺，兩人跟做賊一樣捏著嗓子說話，這對粗著嗓門吼了一輩子的周敞來說，實在是一種折磨。

「好，你身上沾到雨水了，烤一烤也好。」周敞求之不得地應道，伸手到炕上拿過慕羽崢的外衫，幫他穿好以後，祖孫兩人輕手輕腳去了外頭。

周敞幾次要抱慕羽崢，都被他拒絕了，他就這樣拄著枴杖，一瘸一拐地在前頭引路，還不忘小聲提醒。「外祖父，您當心，門框有些矮，您別磕到頭了。」

隨後又問：「外祖父，您餓不餓，家裡還有雞蛋，我給您煮幾顆吧？」

第二十七章　安插幫手

跟在那瘦小的身影背後，周敞感慨萬千，既心疼這孩子受了這麼多的苦，又欣慰他雖歷經苦難，卻未一蹶不振，還如此堅毅地活著。

這樣好的孩子，真不知是哪個黑心肝的王八羔子下了如此毒手，等他找到那狗雜碎，定要將他碎屍萬段。

深更半夜，萬籟俱寂，只有屋外的雨聲仍舊噼啪作響。

本該是酣然入夢的時辰，可慕羽崢卻毫無睡意，甚至說得上是精神抖擻。

他摸到椅子旁讓周敞坐下，隨後熟練地往鍋裡添水，往灶裡添柴生起火，又洗了四顆雞蛋放入鍋裡煮著，接下來就坐在小板凳上笑著招呼周敞。「外祖父，您坐過來一些，這裡暖和。」

性子一向沈穩的男孩那輕鬆愉快、略微有些撒嬌的小模樣，若是讓柒柒見著了，定然會揉揉眼睛，以為自己看錯了。

周敞本來想幫忙的，可被拒絕了兩次之後，就一直靜靜看著男孩忙活。

看著看著，心酸之餘，竟生出無限的自豪來，暗道果然是他周家的孩子，能屈能伸、百折不撓，這樣的脾性，放在哪裡都能有大出息。

見慕羽崢喊自己，周敞搬著椅子坐過去，伸手攬住男孩的肩膀道：「崢兒，別的先不說，你先跟外祖父講講你這眼睛到底是怎麼傷的？」

慕羽崢回憶道：「那日，我和阿姊合力殺了左谷蠡王，大夥兒按照計劃撤退，可才剛衝出驛館，我眼前就突然一黑，什麼都看不見了，為此拖累了阿姊和大家。」

不然，以他的功夫，絕不至於扯眾人後腿。

「柒柒給我找了兩個大夫，說是中毒，但都看不出所中何毒，不敢胡亂用藥，這才一直擱著。」

周敞捏捏他的肩膀說：「不怕，明日我就傳信回去，讓你四舅母的父親趕過來，顧大夫的醫術出神入化，定能治好你的眼睛。」

慕羽崢笑著點頭道：「要是顧大夫來，肯定治得好。」

周敞又伸手輕輕摸著他的傷腿說：「你這腿如今可還疼？」

慕羽崢搖頭道：「早就不疼了，柒柒找來的林大夫有一手祖傳的接骨術，腿已經好得差不多了，只是我內心仍緊張，不大敢用力，這才一瘸一拐。」

周敞說道：「不疼便好，日後有機會，我定然親自登門向對方答謝。崢兒，你再跟外祖父說說，這些日子你是怎麼熬過來的？」

慕羽崢靠在周敞的腿上，慢慢說了起來——

「那日，我的眼睛看不見，一不留神，腿也被打斷了，阿姊就帶著護衛拚死攔住那些匈奴人，讓薛勤和謝武護著我逃。他們帶著我沒命地跑，可他們都中了箭，後來沒能活下來。

「薛勤臨死之前，抓著我的手給我指了方向，讓我往前爬，說前面就是一座城，爬過去就有可能獲救，於是我不停地爬，可後來實在是太累，爬不動，昏了過去。等我再醒來，就遇到了柒柒，她問我是不是漢人，說我若是漢人，她便救我……」

慕羽崢從草原上遇到柒柒開始，一直講到今晚見到自家外祖父為止。

聽著慕羽崢用平靜的語調說著那九死一生的過往，周敞幾度落淚，等身上衣服烤乾了些，他便伸手把堅強得讓人心疼的孩子抱到腿上，緊緊抱在懷裡。

慕羽崢講完，摸著周敞的臉，笑著安慰道：「外祖父，我阿姊好好的，我也沒事，您莫哭。」

「好，外祖父不哭。」周敞抬起袖子擦了擦眼睛，把自己這邊的情況揀些重要的說了。

「你兩個表哥如今入了軍隊，我安排雲實和知風假扮成他們出來找你，是打算後頭讓他們假死，好為你表哥們爭取幾年時間，得以在軍中立足，免得他們長時間不在京城露面，引人起疑。

「我也是盤算著，要是一直尋不到你和檸兒，就藉著他們兩人的『死』親自來一趟北境，沒想到這麼快就找到你。一得到消息，我就到御書房外頭跪著，一為請罪，說私下縱容他們外出尋你，違背了聖意；二是為了請命，說無論如何都要親自來給他們收屍。」

慕羽崢小臉緊繃道：「父皇答應了？」

周太尉冷哼道：「我跪了足足一個時辰，還一把鼻涕、一把眼淚地連哭帶嚎，他被我嚎得沒辦法，才鬆了口。」

慕羽崢咬牙。「父皇當真心狠。」

周太尉安慰道：「最是無情帝王家，我懶得和他生氣，暫不說他，說說以後。我這次過來，有人一直暗中尾隨，百花坊接應的人到了，我才甩開他們，直奔你這裡，天一亮我就得走。

「城裡的胭脂鋪花影軒，是百花坊名下的，掌櫃的是白景，但他被人盯上了，等我走了，他也會先離開一陣子。

「你隔壁的西院住的是咱們的人，廣玉你曾見過一面，雲實和知風這麼多年一直暗中藏著，如今替你兩個表哥假死，就和廣玉扮成了三兄弟，往後會裝成鄰居護在你身邊。」

慕羽崢驚訝道：「他們早就來到城中，為何不來跟我說一聲？」

「來是來了，可也是最近才找到你……」

周敞將百花坊眾人來到雲中城後所做的一切，還有找到姊弟倆的過程詳細說了。

最後又解釋道：「找到你之後，他們本想第一時間和你相認，可白景突然被人盯上，對方身手不凡、來歷不明，他們這才沒敢冒險，一直等到我來。」

慕羽崢將頭靠在周敞胸口道：「外祖父，沒查出是何人害我和阿姊嗎？」

周敞無力地嘆了口氣道：「自從知道你們出事，大家便全力尋找你們姊弟兩人，還沒騰出手去追查緣由，不過你放心，來日方長，總有水落石出的那一天。眼下最重要的，就是把你這眼睛治癒，還有你和檸兒身上的傷也要徹底養好。」

慕羽崢猶豫了一下，終於還是問出了一直沈沈壓在心底的疑惑。「外祖父，是父皇嗎？」

周敞一頓，大手拍了拍男孩的背，說道：「尚且不知，不要胡亂揣測，也不要浪費時間為了不確定的事情傷心難過，等調查清楚，到時要恨要怨，還是要討個公道，都不遲。」

「我聽外祖父的。」慕羽崢點頭。「那這次我要跟您走嗎？要是必須一起走，我就把柒柒帶著，往後她就是我親妹妹，等她長大，我還得為她找個好人嫁了。」

對方不僅要家財萬貫、長相英俊、能文能武，還要永遠都不會拋棄柒柒，對了，還得幫柒柒生個女兒。

以前慕羽崢不敢想這些，可現在他敢了，要給柒柒找的對象，條件自然要最好的，這樣的人，長安城裡更容易找到。

「放心，以後柒柒就是我的親外孫女，這事回頭讓你外祖母和四舅母操持。」周敞說道。

說完，他臉色沈了沈。「崢兒，陛下已經下旨將你們姊弟兩人厚葬，在天下人眼裡，公主與太子已經殉國，若你們這時候出現，那就是打陛下的臉。

「現在還沒查出這件事的幕後黑手到底是誰，如今外祖父手裡又沒了兵，護不住你們，穩妥起見，你和檸兒都暫且別動，就待在原地。

「何況，這次外祖父出來，名義上是替你兩個表哥來『收屍』的，明裡暗裡不知道有多少雙眼睛盯著，外祖父就是想帶你走，這次也沒辦法。」

慕羽崢點頭道：「好，那我就先留在這裡。」

周敞又說：「不過你放心，這麼些天下來，白景他們雖沒敢來見你，卻也沒閒著，連買帶租，已經在這條巷子到手五個院子了，已經安排百花坊的人以各種身分住了進來，往後你不用再像今日這般提心吊膽。」

想到剛才他進門時看到的畫面，周敞一顆心再次難受得揪了起來。

聽出周敞的聲音再次發哽，慕羽崢笑著安慰。「外祖父，我好好的呢，您別難過。」這麼多個日日夜夜，恐怕崢兒總是這般惶惶不安、備受煎熬。

說罷，他從周敞懷裡下地，走到鍋邊，摸索著拿笊籬把四顆雞蛋撈出來，放在水瓢裡涼了一下，拿給周敞道：「外祖父，吃雞蛋。」

見他目不能視、腿不良於行，竟還能熟練地操持家務，周敞再次濕了眼眶。「都能煮雞蛋了，我們崢兒真是上得了朝堂、奔得了戰場，還下得了廚房，真是十分能幹的小郎君。」

要是擱在以前，慕羽崢或許也會認為這樣就算能幹，可見識過才六歲的柒柒一人就撐起一個家，他就覺得，會煮雞蛋就叫能幹，說起來簡直讓人笑話。

他把四顆雞蛋都讓給周敞，坐在他旁邊，滿是依賴地靠在他腿上說：「外祖父，這次您沒和柒柒說上話，下回您見著她時，就知道什麼是十分能幹了。」

慕羽崢把柒柒的堅忍、樂觀、仗義，還有她的不容易全都說了。

這些事聽得周敞既是心疼不已，又敬佩萬分，恨不得當即進屋把小姑娘搖醒，和她說上兩句話，再誇上一句「好孩子」。

祖孫兩個親暱地依偎在一起，守著灶膛裡溫暖的火，徹夜長聊。

直到守在外頭的護衛出聲提醒。「大人，天已快亮，該走了。」

周敞這才依依不捨地再次把慕羽崢抱進懷裡，說道：「崢兒，外祖父這就要走了，最遲兩、三日後便要啟程返回都城。不過你別怕，外祖父這次定會護你們姊弟兩人周全。」

這一別，不知下次何時才能相見，慕羽崢心中頗為傷感，說道：「外祖父，您和外祖母，還有舅舅、舅母，表哥、表弟、表妹全都要保重。」

周敞摸著他的頭，語氣鄭重道：「崢兒，你聽外祖父的話，切莫心焦，養好身體為首要，其他暫且往後放。」

慕羽崢又問：「那我什麼時候可以和阿姊相見？」

周敞答道：「等你阿姊養好身體，她會找機會見你，她如今待在青山寨，是個朝廷管不動的匪寨，倒也安全。」

兩人又說了幾句話，周敞就把那枚蝴蝶玉珮拿出來放到慕羽崢手裡道：「這是你的玉珮，收好了。」

慕羽崢接過蝴蝶玉珮掛在脖子上，收進衣服內藏好。「外祖父，我能和柒柒表明我的身分嗎？」

周敞想都沒想，立即否決。「萬萬不可，柒柒是個好孩子，可到底年歲太小了，萬一不小心說漏了嘴，你和她都將置於險地。」

若想要崢兒性命的是宮中那位，那不光是這兩個孩子的性命岌岌可危，怕是整條巷子的百姓都將遭殃。

慕羽崢嘆道：「柒柒太苦了，要是不說，那我就不能光明正大對她好了。」

周敞拍了拍他的肩膀道：「這是小事，回頭你和廣玉商量商量，他總有辦法。還有，你方才說，想拉拔一下這巷子裡的百姓，交代廣玉就行，他自會辦妥。」

「大人，該走了。」門外又傳來護衛的低聲提醒。

周敞用力抱了抱慕羽崢道：「可還有什麼事要外祖父去做？」

慕羽崢想了想，道：「外祖父，先讓人找個合適的由頭，送兩盒上好的香膏給柒柒吧。」

周敞應好，不捨地放開慕羽崢，狠心起身走出門。

門輕輕關上，慕羽崢走到門邊，把耳朵貼在門上仔細聽著，直到那幾道腳步聲走遠，再也聽不見，他才將門閂輕輕插好，把灶間的東西歸攏歸攏，拄著枴杖進了屋。

摸索著上了炕，他習慣性地去摸小姑娘的臉，一摸就嚇了一跳，小姑娘竟滿頭是汗。

慕羽崢隨即反應過來，是他們祖孫兩人在灶間聊天烤火，把炕燒得太熱了些，頓時既歉疚又好笑。

他挨著柒柒躺下去，替她把被子往下扯了扯，給悶壞了的小姑娘散散熱。

本來這也不是什麼好笑的事，可不知為何，慕羽崢竟沒忍住笑出了聲，笑了一聲後趕緊對著熟睡的柒柒道歉。「對不起，哥哥不好。」

道完歉，他莫名其妙地更想笑，隨即趴在柒柒旁邊，像得了癲病一樣，抖著肩膀笑了好一陣子，停都停不住。

這個舉動成功地把睡得好好的小姑娘吵醒了，柒柒迷迷糊糊睜開眼，小奶音滿是茫然。「天亮了嗎？」

慕羽崢抬起頭來，伸手拍著小姑娘道：「還沒有，妳繼續睡。」

柒柒含糊不清地咕噥一句，又睡了過去。

慕羽崢不敢再笑，翻身躺好，閉眼醞釀睡意。

可他心中歡欣雀躍，毫無倦意，便默默背誦起了以前唸過的那些典籍，背著背著，不知不覺拐到了柒柒往日背的那些藥草藥性上。

等到天亮，柒柒睡飽醒來，穿好衣裳、套好鞋，哈欠連連地走到灶間準備打水洗臉，可一進灶間便驚得大喊一聲。「哥哥，昨晚家裡來賊了！」

說完就四處翻看，一一回報損失。「柴火少了，還丟了四顆雞蛋，哥哥……哥哥！」

聽著小姑娘驚慌失措的聲音，慕羽崢忍俊不禁，卻故作一臉嚴肅地走過去說：「妳是不是記錯了？」

柒柒急得直跺腳道：「不可能，雞蛋都是十顆十顆地買，我每天都要數一遍，記得牢牢的。」

慕羽崢摸了一下鼻子，笑著承認了。「沒丟，是我昨晚餓了，半夜爬起來煮了四顆雞蛋吃了。」

柒柒一屁股坐在小板凳上，拍著胸口道：「嚇死我了，我還想著什麼賊這麼大膽，偷雞蛋不說，還在家裡煮著吃了。」

慕羽崢背過身去，偷偷笑了起來。

柒柒驚魂未定地四下掃視，納悶道：「蛋殼呢？哥哥不會把蛋殼也吃了吧？」

「扔灶裡去了。」慕羽崢捏了捏自己的臉，控制好表情，這才轉過身來。「柒柒，我是不是吃得太多了？」

小姑娘站起身走到慕羽崢面前，拍拍他的胳膊，老成道：「不多不多，半大小子吃窮老子，你在長身體呢，餓了就得吃，放心，我養得起你的。」

年紀小小，說起話來卻像個小老太太，慕羽崢實在沒忍住，噗哧笑了出來。

柒柒也笑了。

一個早上，徹夜未眠的太子殿下精神卻好得很，嘴角一直掛著笑。

那笑看起來和往日那種皮笑肉不笑完全不同，活像有什麼大喜事一樣，是一種發自內心的笑。

柒柒一抬頭就看見慕羽崢在笑，再抬頭看他還是在笑，笑得她都有點莫名其妙了，忍不住問了出來。「哥哥，你笑什麼呢？」

慕羽崢正了正臉色，說道：「我笑了嗎？沒有吧。」

柒柒歪著頭左右打量，見他真的沒有在笑，就當自己多心了，於是轉過身繼續熬藥。

可她想著想著，覺得實在不對，猛地一回頭，就見慕羽崢竟又在笑，還是破天荒地咧著嘴在笑。

第二十八章　死皮賴臉

小姑娘把扒爐火的小棍一扔，走過去踮著腳尖捧起慕羽崢的臉，凶巴巴地說：「哼，被我抓到了吧，你一個勁兒地傻笑什麼？」

慕羽崢再也忍不住了，開懷大笑起來，甚至笑出了一絲在山的傻樣來。

這還是柒柒頭一次見慕羽崢這樣笑，頓時覺得有些毛骨悚然，心想他是不是被這糟心的生活逼得發了瘋，嚇得一張小臉垮了下去，聲音裡帶著哭腔。「哥哥，你別這樣，柒柒害怕。」

慕羽崢越發笑得開心，直接笑倒在小姑娘肩膀上，上氣不接下氣道：「別、別怕……就是妳昨晚、昨晚作夢，把我的手當成羊肉包子啃了。」

為了合理解釋自己的笑，慕羽崢編了個謊。

「啊？那可能是我太饞了。」柒柒一愣，想像了一下那個場景，也跟著笑了起來。

兩個孩子手拉手笑得前仰後合，笑了好一陣子，直到雙頰痠痛才停了下來。

慕羽崢捏著小姑娘的手說道：「柒柒，我饞了，要不妳今天買幾個包子回來？」

往後不會再缺錢了，沒必要像以前那麼省。

幾個包子而已，柒柒很大方地應了，她把熬好的藥倒進碗裡，放到灶臺上晾著。「哥哥，那我出門了喔。」

外頭依舊大雨滂沱，從昨晚下到現在，未曾停歇，沖刷掉了院子裡的陌生腳印，也阻礙了人們的出行。

在山他們今日不能去草原，會在家歇息，慕羽崢心疼這種天氣還要去上工的小姑娘，便勸道：「要不今日就別去醫館了？」

柒柒搖了搖頭說：「那怎麼行呀，我今日還得學新方子呢！哥哥別擔心，在山哥和柱子哥會陪我去，他們會等我一起回來。」

不能將自己的身分如實相告，慕羽崢便沒再勸，只叮囑柒柒小心防雨，別淋濕了。

在山在外頭敲門喊人，柒柒便戴好斗笠出了門。

聽著幾個孩子走遠，慕羽崢輕輕嘆了口氣。

他喝過藥，摸索著把屋子收拾了一遍，就聽有人進入院中，隨後以特定的節奏輕輕敲門，他心中有數，淡定地上前開門。

廣玉帶著雲實與知風魚貫而入，一進門便跪地行禮，廣玉道：「少東家，請恕小的們來遲了。」

慕羽崢將幾人扯了起來，溫和道：「快起來，在外頭就不必行禮了。」

拒絕了廣玉等人的攙扶後，慕羽崢拄著枴杖在前頭帶路，將他們領進東屋，讓他們坐下。

三人時刻謹記著君臣身分有別，忙躬身道不敢。

慕羽崢便說：「我一時半刻不能暴露身分，你們必須在心裡把我當成真正的鳳伍，才能不露端倪。」

「是。」廣玉恭敬地應道，這才招呼雲實和知風退到離慕羽崢幾步距離之外，在炕邊上坐了下來。

四人坐著仔細分析了眼下的情況一番，又商量出了對策，大半個時辰過後，廣玉才翻回隔壁院子，從自家院門離開，趕去胭脂鋪。

雲實和知風則留下來陪伴慕羽崢，幹起了今日的家務——劈柴、洗衣、打掃環境。兩個人手腳俐落，屋子又小，很快便收拾完了，之後他們就陪慕羽崢在屋內練習投壺，又過過拳腳，給他餵招。

到了晌午時分，算著柒柒差不多要回來了，慕羽崢就讓雲實跟知風回去，並叮囑他們等過兩日天氣好時，按照約定的方式登門和柒柒見面。

柒柒在醫館拾掇藥草、背誦藥方，在山和柱子則幫許翠娴劈柴、拎水、清理藥櫥，等到晌午吃過飯，雨也停了。

三人拎著慕羽崢的飯返家，還繞了點路去買包子。

如今孩子們手裡都有幾個小錢，在山和柱子見柒柒買了四個羊肉包子當晚飯，看著眼饞，便也各自買了幾個。

拎著東西往回走，路過胭脂鋪的時候，他們被突然冒出來的廣玉笑著攔住，說鋪子這兩日生意慘澹，正在抽獎匯聚人氣，問三個孩子可要參與。

一聽到有獎可以抽，對方又是自己的鄰居，孩子們便想都沒想，直接跟著廣玉進入鋪子。

進門一看，唷，生意還真是挺慘澹的，除了廣玉和三個夥計，一個客人都沒有。

見到孩子們進來，三個夥計一股腦兒地圍了上來，那熱情勁讓人覺得他們似乎不懷好意。

柒柒警戒地後退一步，生怕他們拿出麻袋，將人給套住抓去賣了。

廣玉不動聲色地用身體擠開那幾人，拿出幾張早就捲好的紙條，說道：「你們派一個人出來抽獎，抽到什麼，其他兩人就拿同樣的禮。」

在山和柱子便推著柒柒出來。

「柒柒，妳來。」

「交給妳了。」

柒柒回頭看著他們，把醜話說到前頭。「要是抽不到，你們別怪我喔！」

廣玉忙道：「放心，都有獎，只是獎大獎小的事。」

柒柒激動地搓了搓小手，又往衣服上擦了擦，接著雙手合十朝天拜了拜，這才伸手抽了一張紙卷，打開一看，就見上面寫了個「貳」字。

三個孩子不解，齊聲問道：「這是什麼獎？」

「恭喜幾位小客官，抽中的是兩盒花草香膏。」廣玉笑著說道，往身後一排貨架上擺放著的精緻瓷盒介紹道：「有蘭花的、梅花的、櫻花的……一共八種香味，請自行挑選兩盒。」

看著那畫著精美花朵的漂亮瓷盒，柒柒的雙眸瞬間亮了。「這是三百文一盒的吧？」

「正是，請挑選。」廣玉點頭道。

嘴上這麼說，他心中卻道：何止三百文，這是早上急著把最貴的換到這標價三百文的瓷盒裡的。

上次來領彩頭時，柒柒就看上這畫著花朵、圓圓的漂亮瓷盒了，還暗暗下定決心，等明年過生日的時候狠心買一盒回去，沒想到夢想竟然提前成真，可真是走了大運了。

柒柒心花怒放，又不想讓人看出她高興壞了，便盡可能地繃著臉，可那雙大眼睛裡的笑意卻是藏都藏不住。

她上前挑了一盒粉色桃花跟一盒青綠色玉蘭花的，愛不釋手地說道：「多謝廣掌櫃，我挑好了。」

聽說原本的掌櫃有事離開，把鋪子交給他打理，他便不再是夥計，而是掌櫃的了。

廣玉拿了一個精緻的小木盒，讓小姑娘把兩盒香膏放進去，又讓在山和柱子挑。

兩個男孩看著那五顏六色的瓷盒，覺得都差不多，撓著頭不知道該挑哪個好，讓柒柒幫忙，柒柒便認真地替他們各挑了兩盒不同花香的。

雖說是鋪子抽獎的活動，可平白無故領了人家的東西，三個孩子還是有些不好意思，便問是否需要他們去跟大夥兒說鋪子有抽獎活動。

廣玉連忙攔住了。「不必刻意宣揚，隨緣就好。」

這虧本買賣，可不興多做。

柒柒他們不懂做生意的門道，便應了下來，拿著香膏樂顛顛地回家了。

進了巷子，路過小翠家時，柱子喊了小翠出來，讓她挑一盒，小翠推拒不掉，很開心地收了下來，說改天幫他做雙鞋，柱子歡天喜地應了。

柒柒回到家，一進家門就發現家裡今天格外乾淨整齊，納悶地問慕羽崢，慕羽崢便敷衍著說閒來無事多整理了兩遍，柒柒也就沒放在心上。

小姑娘笑逐顏開地拿出兩盒香膏往慕羽崢手裡一放，神秘兮兮道：「哥哥，你猜這是什麼？」

慕羽崢故作不知，摸了一會兒，猜道：「香膏？」

柒柒頓時雙眼發光，小雞啄米般地拚命點頭，迫不及待地和他分享這香膏的來歷。

說完，她樂得躺在炕上打滾道：「哥哥，你說我是不是走了大運了，一抽就抽中兩盒哪！」

慕羽崢打開一盒，挖了一塊香膏，笑著伸出手說：「過來，我幫妳搽。」

「你等著，我先去洗個臉。」這麼好的香膏，可不能隨便塗在髒臉上。

柒柒跳下地，跑到灶間認認真真洗了個臉，這才回來爬上炕，跪坐在慕羽崢面前，伸過腦袋仰起頭來，閉上眼睛。

慕羽崢仔仔細細地為小姑娘塗臉，塗著塗著，小姑娘忽然驚道：「唉唷，你怎麼塗我腦門上了，多浪費！」

慕羽崢聞言，忍不住笑著說：「這不是抽獎抽來的嘛，我就想著都塗一些。」

「那也不能這麼敗家呀，可貴了！」柒柒趕緊把那盒寶貝香膏搶下來蓋好，下地放到桌上，又怕慕羽崢不小心把東西撞到地上，乾脆收進櫃子裡藏好。

聽著小姑娘那忙碌的腳步聲，慕羽崢笑了。

接下來的兩天，豔陽高照，日子按部就班地過著。

慕羽崢從雲實那裡得知外頭傳來的消息，說周太尉花了好大的力氣也沒能尋回周家兩個小郎君的屍首，只找到一些衣物和貼身玉珮，說是已經確定兩個孩子葬身於狼腹。

據說周太尉傷心欲絕，連馬都騎不了，躺在馬車裡，一路號哭著回到都城。

想到外祖父曾經是縱橫沙場、何等威風的大將軍，如今一把年紀了，還要躲在馬車裡天天裝哭，慕羽崢嘆了口氣，不禁有些無力，可一想到那個場景，又不禁笑了。

這一日，柒柒從醫館回來，還沒等到睡午覺，住在西院的廣玉就帶著兩個弟弟來了。打過幾回交道，再加上香膏的事，柒柒對廣玉的印象很好，熱情地把人請進屋裡，還給他們拿碗裝了水當茶來招待。

面對一個年幼的小娃娃，廣玉就不說些沒用的客套話，開門見山道：「柒柒姑娘啊，是這樣的，我這大弟呢，天生有些癡傻，一犯病就愛往外跑，我小弟一人實在看不太住他。我是想，我不在家的時候，能不能讓他們倆到妳家待著，反正妳哥哥在家也無事，到時能幫著我小弟拽一把，兩個人總能拽住我大弟。」

這是那日和慕羽崢一起商量出來的方法，讓雲實和知風能藉此光明正大地陪在慕羽崢身邊。

柒柒哪裡知道他們的鬼把戲，看向五官端正、乾乾淨淨的雲實，露出了同情的目光說：「我看他挺好的呀。」

廣玉嘆了口氣道：「平時他和常人無異，可一犯病就不行了，悶頭只知道往外跑。」說著，他偷偷踢了雲實一腳。

被迫「癡傻」的可憐雲實，故意把嘴咧得老大，彎腰衝著柒柒笑了。「嘿嘿，我不傻。」

突然湊到面前的一張大嘴把柒柒嚇了一跳，她一把抱住慕羽崢的胳膊，下意識地喊了聲

「哥哥」。

廣玉又偷偷踢了「癡傻」的雲實一下，提醒他演得太過了，隨後愁得嘆道：「鳳伍兄弟，你覺得呢？」

慕羽崢憋著笑，將小姑娘拉到身後護著，說道：「我們家由柒柒作主，她說行就行。」

聽了慕羽崢這話，廣玉三兄弟齊齊看向柒柒，等著她給個準話。

柒柒傻眼。「這麼大的事，我、我……」

不是她狠心，可雲實已經十三歲了，個頭比慕羽崢高出一大截，還生得頗為壯實，要是他真的犯起傻病來，讓慕羽崢上去攔，怕是會被他給掄飛。

若慕羽崢好手好腳的也就算了，可他不光看不見，腿也還沒完全好呢，要是再傷著可怎麼辦？

反正柒柒再怎麼琢磨都覺得這件事不可行，可她又不好當面把話說明白，那三兄弟都眼巴巴看著自己呢，尤其是雲實咧著一張嘴，一個勁兒地朝她傻笑，她總不好當面戳這可憐人的傷疤。

見小姑娘猶豫，廣玉一臉哀傷，以退為進道：「沒事，我理解，那我們就不打擾了，告辭。」

說著扯著雲實就走，又在他胳膊上悄悄捏了一把。「大弟啊，明日大哥幫你打條鎖鏈，你就在屋裡待著別出門了，不然大哥不在家，你跑到外面弄丟了如何是好?!」

雲實心領神會，一屁股坐在地上，轉著圈蹬腿，嗷嗷大哭道：「不要鎖雲實……不要鎖！」

知風撲上去抱住雲實，把臉埋在雲實身上，嗚嗚哭道：「大哥，別鎖二哥，之前在老家，你不在的那段日子，族老他們就把二哥鎖起來了，二哥害怕，我也害怕……」

廣玉一臉哀戚地上前去扯兄弟倆。「可是不鎖能怎麼辦呢？人人都嫌棄你啊！」

一個死命蹬腿，快把地刨出一個坑來；一個扯著嗓子拚命嚎叫，快把房頂掀了；一個愁容不展，不停地唉聲嘆氣，三人拉扯成一團。

柒柒看得心難受，抱著慕羽崢的胳膊左右為難，小聲徵詢他的意見。「哥哥，怎麼辦？雲實挺可憐的，可我怕他傷到你。」

「怪不容易的。」慕羽崢輕輕嘆了口氣，想了想，說道：「要不就讓他們在咱們家待幾天看看，要是傷了人，再把他們趕走。」

柒柒不大情願地點了頭。「行吧。」

她鬆開慕羽崢的胳膊，從他身後站出來說道：「廣掌櫃，那就讓他們先來兩天，要是你大弟傷人，那我們可不能留，你也看到了，我哥哥這腿還沒好呢。」

三人一聽，立刻不鬧了，相互拉著從地上爬起來，廣玉朝柒柒拱手道：「那可就太感謝了。」

隔天一大早，廣玉出門去胭脂鋪之前，把雲實和知風送到柒柒家，作揖道：「鳳伍兄弟，有勞了。」

說著，他從知風手裡接過一個油紙包遞上前說：「柒柒姑娘，麻煩了，這是一些點心，權當零嘴。一到晌午他們就會回家，他們自己能做飯。」

柒柒昨晚想了好久，還是覺得這事隱患不少，本來打算今日反悔的，可一看那一大包點心，她眼睛一亮，改變了主意，決定照原先說好的試個兩天。

她接過點心道：「廣掌櫃，您放心，我回頭跟在山哥說一聲，大家都會幫忙看著雲實的，絕對不會讓他跑丟。」

事情辦成，廣玉便客氣地告辭，臨出門前又說：「要是有什麼活，可以讓雲實和知風幫忙幹，反正他們閒著也是閒著。」

此後雲實和知風便大方地出入柒柒家，隨之而來的是，她家的水缸總是滿滿的、柴火劈得整整齊齊，屋裡也乾乾淨淨。

廣玉每天送弟弟上門時都會送上一大包點心，雖說都是鋪子裡賣的尋常樣式，但對於沒吃過什麼好東西的柒柒來說，堪稱人間美味。

傍晚時分，廣玉從胭脂鋪回來時，還會順手提上一份吃食當謝禮，有時候是幾個熱呼呼的羊肉包子，有時候是幾個金黃酥脆的燒餅，有時候是幾顆烤雞蛋，稍微奢侈一點的話，還會有滷羊肉之類的鮮美料理。

自從雲實跟知風兩兄弟託管在她家，柒柒和慕羽崢的伙食水準直線上升，她已經很久沒體會過餓肚子的滋味了。

整件事算下來對柒柒和慕羽崢而言好處多多，多到柒柒有些起疑了。

第二十九章 疑神疑鬼

這晚睡前，兩個孩子並排躺著，柒柒揪著慕羽崢的袖子捲著玩，小小聲說道：「哥哥，我總覺得怪怪的呢。」

慕羽崢側過身，和她說起了悄悄話。「哪裡怪？」

柒柒皺著眉頭說：「你說，廣掌櫃這麼有錢，他為什麼不像那些有錢人家請個小廝看著雲實，非要每天搭上那麼多吃的，讓雲實待在咱們家呢？這一天天買吃食的錢加起來可不少，管吃管住的話，足夠請個人了。」

慕羽崢暗道他家柒柒就是聰慧，他神情平靜地說：「雲實有癡傻之症，外面請來的人信不過。」

說起這點，柒柒更加疑惑了。「可這麼多天了也沒見過雲實犯病啊，我看他聰明著呢，他們兄弟倆還很會幹活。哥哥，我總覺得這件事古怪得很，你說，廣掌櫃是不是你仇家派來的，等著找機會害你？」

說著說著，小姑娘自己緊張起來，一把抱住了慕羽崢的胳膊。

慕羽崢一本正經地分析。「不會，要是想害我，隨便在點心裡下點毒，或是一棍子敲死我就成了，何必如此大費周章。」

柒柒想了想，點頭道：「也是，要是真存了害你的心，早就下手了。」

慕羽崢生怕再聊下去小姑娘會越想越多，忙拍著她的被子說：「早些睡吧，明日還得去醫館呢。」

柒柒打了個哈欠，閉上眼睛，可沒一會兒又說：「哥哥，我還是覺得怪，咱們不貪那點吃食，明日我就和廣掌櫃說不讓他們來了。」

慕羽崢在心裡嘆氣，心道小姑娘可真難糊弄，伸手捂住她的嘴。「太晚了，睡覺。」

第二天一早，廣玉雷打不動地又送來一大包點心，柒柒接了過來，試探著問道：「廣掌櫃，您總這麼買，多破費啊。」

廣玉以為柒柒和他客氣，笑道：「無妨，我的月錢還過得去，幾包點心算不了什麼。」

柒柒又問：「那每天下午你帶回來的那些吃食呢，得花不少銀子吧？」

廣玉這才察覺這小姑娘怕是疑神疑鬼了。

他腦袋迅速一轉，拄著膝蓋彎下腰，神秘兮兮地說：「那點心鋪的老闆娘跟我們大掌櫃……啊，就是妳見過的那個白掌櫃，他們兩人是相好，他特地交代我要照顧點心鋪的生意，回頭讓我報帳。不過這話我只跟妳說，妳可別往外傳，這事有些……唉，妳一個孩子不懂。還有啊，妳下次去花影軒時千萬別說溜了嘴，其他夥計可不知道呢。」

柒柒呆呆地張大了嘴巴，眼睛瞪得極圓。

天啊，白掌櫃那樣體面瀟灑的一個人，看起來年紀也不大，怎麼就喜歡上點心鋪的老闆娘了？

老闆娘是一位很善良的奶奶，有一次她問了價格卻捨不得買，那奶奶還讓他孫子掰了一塊米糕追上來塞給她呢。

可是那奶奶的年紀少說有五十了，他的孫子都比她大了啊……

震驚之餘，柒柒卻接受了這個說法，她點了點頭，一本正經地保證。「您放心，我絕不往外說。」

廣玉把小姑娘那見了鬼的表情看在眼裡，心中不解，怕她那小腦袋裡再琢磨些亂七八糟的東西，又說：「晚上那些吃食也沒多少錢，有的其實是我們鋪子裡置辦的伙食。我們花影軒包食宿，我不在那兒住，又不能換成錢，當然得多拿點吃的嘛。行了，我要遲了，先走了啊。」

柒柒看著廣玉急匆匆的背影，思索了他的話一番，心想這倒是說得通。

她抓了幾塊點心放在腰間的荷包裡，把剩下的送回屋內，拉著慕羽崢叮囑了幾句，又趴在牆頭喊上在山，就去了醫館。

至於廣玉，他往街上走去時，越想越覺得柒柒方才的表情有些不對勁，他前後一回想，發現是在他胡謅白掌櫃和點心鋪老闆娘有一腿之後，小姑娘就怪怪的了。

他稍微一思考，就拉了個路人問路，一路往點心鋪而去。

到了點心鋪，當那面容慈祥的奶奶輩老闆娘頂著一頭花白頭髮，熱情地出來迎客時，廣玉立刻就明白了。

他恨不得抽自己一巴掌，心道下次若要再嘴賤造謠，可得先打聽清楚對方是什麼樣的人。

那一頓瞎扯是對他家玉樹臨風白掌櫃的褻瀆，也是對這位慈眉善目老婦人的不尊重。廣玉拱手作揖道：「掌櫃的，麻煩把貴店最好賣的幾樣點心都給我包一份。」

愧疚之下，廣玉買了幾大包點心回去。

到了花影軒之後，廣玉跟抽風一樣，朝平日為太子殿下置辦糕點的夥計屁股上給了一腳，踢得人家莫名其妙，毫不客氣地還了廣玉一腳，搶了一包點心跑走了。

柒柒在醫館拾掇著藥草，心裡卻還在回想廣玉說的話。想了一陣子，覺得他的解釋挺合理的，便接受了。

只是還有個地方讓柒柒不太踏實，那就是雲實，他怎麼看都不像個癡傻的人。

柒柒不知不覺嘆了口氣道：「要是雲實能犯一次病就好了。」

嘀咕完，柒柒這才反應過來，自己活像是在咒人家雲實似的，連忙呸了幾聲，說了句「童言無忌」。

可沒想到，不過半日工夫，柒柒就懊悔不已——真是好的不靈，壞的靈，以後可不能胡亂說話。

晌午時分，柒柒從醫館返家，雲實跟知風兩兄弟還沒走，見她進門，他們便告辭，說要回家做飯。

可不知怎麼的，剛走到門口的雲實忽然間嘎嘎一笑。

那詭異的笑聲嚇得柒柒一哆嗦，手裡的筷子都掉在地上，她心裡一個咯噔，忙追出去問：「怎麼了?!」

只見知風正死死抱住雲實一條腿，一臉哭相地大叫。「伍哥、柒柒！我二哥犯病了，快來幫忙！」

雲實毫無預兆地犯起了病，拔腿就要往外跑，嘴裡還大嚷著。「回家！回家！我要回家！」

「二哥，這就是咱們家啊，你要往哪兒走啊？」

知風抱著雲實的腿被拖在地上走，拖得他踉踉蹌蹌，周遭塵土飛揚，眼看就要拽不住人了。

「哎呀，我這個烏鴉嘴！」

柒柒抬手就在自己嘴上拍了一巴掌，也顧不上慕羽崢還沒吃飯，急忙跑出門追上去，死死抱住雲實另外一條腿。

見柒柒抱上來了，雲實怕傷著她，不敢再亂跑，只揮舞著手臂原地打轉道：「回家！回家！」

柒柒抱著雲實的一條腿，被迫跟著他轉圈圈，轉得頭發暈，不禁大聲朝隔壁喊道：「在山哥，快來！」

在山陪著柒柒從醫館回來，才剛進了屋，一聽見她那劈了岔的尖叫聲，立刻跑到院牆那邊，迅速翻過了牆，見狀也不多問，上去就抱住雲實的腰，雙腳抵著地面，用腦袋死死地頂住了雲實的胸口。

蔓雲見在山瘋跑出門，也跟著出來查看情況，她趴在牆頭上看到這混亂的場面，也跳了過來，死死抓住雲實一條胳膊不放。

雲實被孩子們抱了個嚴嚴實實，可是他個子高、身體壯，自幼被當成死士培養長大，有一身好武藝，興頭一起來，就拖著幾個孩子不停地轉圈圈玩。

知風這個負責唱戲的只管大聲呼喊，卻沒有出力。

柒柒、蔓雲跟在山多年營養不良、瘦弱不堪，哪裡是雲實的對手？

他們拚盡全力，連拖帶抱才堪堪把雲實給拽住，個個累得頭暈眼花、叫苦連天。

然而雲實卻演上了癮，嘴裡嘎嘎怪叫著，竟把柒柒抱著的那條腿高高抬起，把小姑娘吊了起來，還左右來回晃著，嚇得在半空盪鞦韆的小姑娘一個勁兒地尖著嗓子狂喊。

聽這齣戲演得差不多了，慕羽崢這才一瘸一拐，裝作慌張的模樣從屋內移到屋門口，出聲喊道：「雲實，你若聽話，我就給你吃雞腿。」

「雞腿？」雲實眼睛一亮，安靜下來，拖著四個孩子轉身往屋門口走去，到了慕羽崢面前伸手道：「吃雞腿。」

演戲演全套，慕羽崢把柒柒帶回來的雞腿遞給雲實，雲實便嘎嘎嘎一陣傻樂，抱著雞腿蹲到地上啃了起來。

見他終於消停了，孩子們如釋重負，鬆開了手。經過剛才這一番較量，他們全都累慘了，一個個氣喘吁吁。

柒柒顧不得地上髒，一屁股坐了下去，看著慕羽崢嘆道：「哥哥，我可算明白，廣掌櫃為什麼要把雲實放咱們家了……」

這犯起病來，一個知風是真的拉不住啊！

慕羽崢伸出手，等小姑娘把手放在他手上，他就將人牽起來，嘆氣道：「都挺不容易的。」

知風抱著膝蓋坐在地上，把臉埋在腿間久久不肯抬頭，肩膀一抽一抽的。

柒柒看得難受，上前拍拍他的肩膀說：「知風，這不是把你二哥哄好了，你別哭了。」

蔓雲和在山也圍著知風哄，可知風既不說話也不抬頭，只是埋頭坐在那裡。

慕羽崢又嘆了口氣，勸道：「這件事他比誰都難受，就讓他一個人待一會兒吧。」

在山和蔓雲眼中閃過一絲同情，拍了拍知風的肩膀，起身翻牆返家。

柒柒還想陪他們兄弟倆一下，卻被慕羽崢直接牽進了門，讓她陪他吃飯。

炕邊，柒柒雙手托腮，唉聲嘆氣道：「唉，都怪我這烏鴉嘴。」

慕羽崢問她為何這麼說，柒柒便說出自己早上冒出來的想法，講完後懺悔道：「這些不好的事情，以後我可不輕易說了。」

見小姑娘算是信了，慕羽崢鬆了一口氣，默默吃起飯。

這回的動靜鬧得挺大，有路過的鄰居也瞧見了雲實「犯病」那一幕。

好事不出門，壞事傳千里，很快的，整個塔布巷的人都知道了，新搬來的廣掌櫃那個大弟……老天，犯起傻病來時，跟頭牛犢子一樣，四、五個人都拽不住啊！

柒柒從巷子裡走過時，還有好事者一臉八卦地拉著她打聽，柒柒便三言兩語混過去，不肯細說，心中對雲實越發同情。

對雲實而言，過去多年以來整日除了吃飯睡覺，就是習武練功，生活可說是枯燥異常。難得遇到這麼好玩的事，在徵得了太子殿下的同意之後，沒過幾天，他竟又興致勃勃地「犯了一次病」，這回還跑出院門，到巷子裡頭鬧去了。

柒柒、在山、柱子、小翠、蔓雲、知風……但凡巷子裡跑得動的孩子，幾乎都跟著一起追著雲實跑。

雲實嘎嘎怪笑著，撒腿在巷子裡來回狂奔，孩子們像一群追著老母雞的小雞一樣，大呼小叫地在後頭拚命追趕。

後來幾個大人看不過去，也加入抓人的隊伍，卻被雲實一撞，挨個兒撞翻在地，滾出去好幾圈，半天沒能爬起來，不敢再追。

雲實撒著歡，足足跑了七、八個回合，讓孩子們追得力竭，他才裝作一個不慎，被人抓住。

孩子們一擁而上，扯胳膊的扯胳膊、盤腿上的盤腿上、推後背的推後背，合力將雲實弄回了家。

這一陣瘋跑可把柒柒累壞了，晚飯時足足吃了兩個羊肉包子才飽。

睡前，小姑娘人都迷糊了，還不忘拉著自己被扯掉了一半、還沒來得及縫的袖子，嘟著嘴，嘀嘀咕咕發牢騷。「哥哥，明日我就跟廣掌櫃要一頓滷羊肉吃，他這大弟可真夠累人的，袖子都給拽掉了。」

慕羽崢順著小姑娘的小手摸到那被扯開的袖子，抿嘴極力忍笑，一直到小姑娘呼吸變得勻長，他才噗哧一聲笑出來。

柒柒還沒完全睡實，被他這笑聲驚得一抖，茫然睜眼問道：「怎麼了？」

「沒事，睡吧。」慕羽崢硬生生把笑憋回去，輕輕翻過身背對柒柒，捂著嘴無聲地笑了好一會兒。

經過了這麼兩遭，柒柒徹底打消了對隔壁兄弟三人的懷疑，隔天醒來時竟雙手合十，朝天拜了兩拜道：「拜託、拜託，雲實可千萬別再犯病了。」

慕羽崢跟著附和。「是啊，昨天外頭鬧成那樣，我也沒能幫上忙，還是妳喊了大夥兒才把雲實帶回來，希望他以後不要再犯病。」

一個真心實意，一個假模假樣，兩人湊在一起好一陣感慨，柒柒這才出門喊在山送她去醫館。

出門的時候遇到廣玉帶著雲實和知風過來，柒柒便背著小手仰頭看他，隱晦地提醒。「廣掌櫃，昨天的事，您都知道了吧？」

廣玉一本正經地拱手道：「都知道了，多謝柒柒姑娘跟在山兄弟，為了感謝大家對舍弟的照顧，今晚我請大家吃烤羊腿。」

柒柒頓時忍不住吞起了口水，原本想客氣地說一句「不必破費了」，免得顯得自己那麼勢利，幫了點忙就要求回報。

不過烤羊腿的誘惑力實在是太大了，她怕自己這麼虛偽地一客套，廣玉就不請了。猶豫了一會兒，柒柒決定面對自己的真心，點頭道：「好。」

將小姑娘的神情變化看在眼裡，廣玉哈哈一樂，送上今日的點心，轉身走了。

雲實和知風已經進了屋，柒柒打開油紙包，先給在山抓了幾塊，自己又抓了幾塊放進荷包留著墊肚子，隨後就把剩下的送回屋，順便開心地把晚上要吃烤羊腿這件事告訴慕羽崢。

慕羽崢已經很久沒嚐到烤肉，聞言同樣高興地笑了。

等柒柒再次出門，雲實和知風便拎水、劈柴，做起今天的家務，忙完以後就陪慕羽崢過招，趁柒柒不在家，三人邊過招邊說話。

雲實興趣盎然地問道：「伍哥，你說我這傻病得隔多長時間犯一次才好？」

知風翻了個白眼說：「還來？你知不知道每次追你追得我都要吐血了。」

他可以不使勁抓雲實，但重點是他不能隨便停下來，畢竟哪有親哥犯病，自家弟弟偷懶的？

想到累得發牢騷的柒柒，慕羽崢不禁笑道：「凡事過猶不及，如今目的已達到，暫且不必了。」

既然已經徹底打消了小姑娘的疑慮，就沒必要再把孩子累成那樣。

況且，無人會把一個粗布素衣的癡傻兒，與太尉府那錦衣玉食的小郎君聯想在一起。

如此一來，不管是正藏身於軍中的兩位表哥，還是突然出現在塔布巷的雲實和知風，彼此都更加安全。

雲實雖然有些沒玩夠，但還是恭敬地應是。

慕羽崢問道：「這兩日，柒柒身邊可有人跟著？」

雲實點了點頭，答道：「有，進進出出都有人跟著，就是在醫館，也有人守著。」

慕羽崢頷首，又叮囑道：「暗中跟著就好，別打擾她，記得經常換人，別被她發現了。」

第三十章　芳心暗動

自從白治興給慕羽崢看過了眼睛，說他治不了之後，柒柒就一直惦記著再找大夫的事。

然而，就算有林義川幫忙打探，也沒能找到醫術好又令人信得過的大夫。

這一日，一從醫館出來，柒柒就拉著在山和柱子跑去當鋪跟車馬行打聽。

如今城中日漸安穩，車馬行的生意也好了起來，他們去的時候，裡裡外外都在忙，見幾個小孩子來問，也沒怎麼當一回事，敷衍著應了幾句，就把人打發了。

當鋪的邱掌櫃倒是挺熱情的，說會幫忙留意，幾人離開之前，他還把柒柒拉到一旁，苦口婆心地叮囑了幾句話。

那話有些含糊，說得不怎麼清楚，柒柒總結出了個大概，意思就是說，要是她家裡還有什麼寶貝，一定要藏好，千萬別露財。

當然，要是藏不住，拿到當鋪當給他也可以，但是得小心行事，別被人瞧見了。

這番話聽起來像是好意的提醒，卻來得有些莫名其妙。

柒柒並不知道，其實這是因為百花坊的人曾暗中找邱掌櫃打聽過蝴蝶玉珮的事，讓邱掌櫃擔心有人跟自己搶貨源。

她只當他是想藉機套她有沒有寶貝，說了句「家裡什麼都沒有了」以後，出門就走。

想靠自己的能力找到可以為慕羽崢治眼睛的大夫，看來是不可能了，柒柒有些灰心，後來透過在山的提醒，她決定問問廣玉。

晚上，廣玉扛著一根羊腿如約而至，聚在柒柒家的孩子們頓時歡呼出聲，像群狼一樣撲了上去，恨不得把廣玉給撕了。

廣玉哈哈笑著，把用油紙包著的羊腿放在蔓雲姊弟倆從家裡搬來的炕桌上，打開紙，露出烤得外焦裡嫩的羊腿。

柒柒先撕了一塊肉下來餵給慕羽崢吃，這才歡天喜地招呼大家動手。

雲實不知道從哪裡摸了把匕首出來，想把肉切成小塊，好方便大家拿，可前頭他犯病的可怕模樣還歷歷在目，孩子們嚇得齊齊變臉，柒柒就哄著雲實把匕首交給自己，隨即遞給蔓雲。

蔓雲切完肉之後，柒柒直接沒收了匕首，不肯還給雲實，她還不滿地瞪了廣玉一眼，小小聲訓人。「您這哥哥怎麼當的，怎麼能讓雲實帶刀在身上呢？」

廣玉一本正經地認錯，雲實委屈巴巴地摸鼻子，慕羽崢則垂眸忍笑。

歡歡樂樂、津津有味地吃完了烤羊腿，蔓雲端著給呂成文留的那份羊肉，帶著在山和在江告辭返家，柱子和小翠也一同離開。

剩下廣玉兄弟三人時，柒柒便問起了大夫的事。

都城來了信，周錦林的岳父顧奐揚已經在趕來的路上，還有幾日就到了，慕羽崢這兩天正和廣玉商量該怎麼和柒柒說這件事。

真是打瞌睡來了枕頭，廣玉一拍桌子道：「這可巧了！」

冷不防一聲大響，嚇得柒柒連連眨眼道：「怎、怎麼了？」

廣玉笑著說：「我有位遠親伯父是名醫，他常年四處雲遊，一直對北境的風土人情頗為嚮往，這些年這邊一直打仗，他沒機會來，如今安穩了，恰好我又在這裡安了家，他就想來走走。」

柒柒眼睛一亮道：「那敢情好。」

廣玉接著道：「是啊，他前陣子來信，說是在路上了，算了算日子，最多再四、五日就能抵達，等他一到，就讓他給鳳伍兄弟瞧瞧。」

柒柒很高興，拉著慕羽崢的手晃啊晃的，興奮不已地說：「哥哥，這下可好了！」

慕羽崢捏著小姑娘的手指，也笑了。

雲中城秋風蕭瑟，可大興的南境卻烈日炎炎。

和南越隔山對峙的邊境軍營之中，化名為葉凌和葉霄的周家兩位小郎君，正在河邊打水。

十三歲的周晏力氣頗大，他伸直兩條手臂，雙手各提著一個裝滿了水的木桶，腳步穩健地往停在岸上的運水車走去。

十歲的周清見狀，也想學堂兄的樣子伸直手臂，可臉憋得通紅也沒能成功，還不小心把水桶摔在地上，濺了滿身滿臉的水。

那狼狽的模樣惹得回頭看去的周晏笑出聲，氣得周清破罐子破摔，一屁股坐在地上，不肯起來。

周晏把手裡的兩桶水倒進運水車裡，回來扯起自家堂弟，耐心哄道：「你還小，等你長到我這年歲，自然能成。」

然而周清卻垂頭喪氣道：「大哥，說是來建功立業的，可我們現在待在伙房裡整日打水劈柴，什麼時候才有出頭之日？」

他心裡更想問的是，何時才能回家？

周晏拍拍周清的肩膀，攬著他的脖子往河邊走。「你不是一直想洗個澡嗎，快去洗。」

誰知周清不肯。「還得打水呢。」

周晏推著他往河裡走，道：「這裡有我呢，再說也沒剩幾桶了，快洗，洗完咱們就回去。」

聞言，周清點點頭，脫下衣裳一頭扎進河裡，像魚兒一樣歡快地翻滾。

周晏不禁笑著搖頭說道：「孩子氣。」

他拎了幾個來回，把運水車上的大木桶都裝滿，便返回河邊脫下鞋襪，把腳泡在水裡，靜靜看著堂弟撒歡。

周清撲騰了一會兒，不敢耽擱太多時間，從水裡鑽了出來，穿起沾了泥土的衣裳。「大哥，走吧，回去晚了該挨罵了。」

兄弟兩個坐在車轅上，趕著車往營地前進。

周清小聲問道：「大哥，崢兒表弟和檸兒表姊當真都活著嗎？」

四下環顧一番後，周晏才壓低聲音說：「都活著。」

周清開心地笑了。「那就好。」

只見周晏面色嚴肅、語氣鄭重無比。「清兒，我們必須格外努力，往後才能成為崢兒表弟的助力。周晏和周清已經『死了』，若是崢兒表弟坐不上那個位置，你我兄弟倆將一輩子都只能是葉凌和葉霄，永遠不能光明正大地從周家大門回去。」

周清將手裡拿著的一根狗尾草揉爛，輕鬆的神情頓時消失得無影無蹤，稚氣未脫的臉上浮現出一抹狠意。「好。」

青山寨內，慕雲檸正扶著牆在屋裡慢慢走動。

裴定謀跟在一旁，提出要攙扶她卻被拒後，他就伸著兩條胳膊隔空護著她，一個勁兒地提醒。「娘子當心。」

見慕雲檸不理會他，他又自顧自地說：「咱們弟弟好著呢，有人看顧，妳不用這麼急著下地，大夫都說了，得靜養才行。」
慕雲檸見他婆婆媽媽跟隻護崽子的母雞似的，無奈嘆道：「裴郎君，我不是剛學走路的孩童，你真的不必如此。」
裴定謀抬眼看她。「娘子，咱們弟弟已經找到了，妳是不是要走了？」
慕雲檸扶著牆站好，微微仰頭看著比她高出一個頭的男人，語氣平和。「裴吉已從長安回來，想必你知道我的身分了。」
「知道了，妳是公主嘛。」裴定謀點頭，口氣委屈得很。
娘子的弟弟並不是他找到的，先前的約定自然不算數，可他實在是喜歡她得緊。
慕雲檸接著走。「那你應該知道我不會隨意嫁人。」
哪怕她已經「死」了，也不會隨便找個男人將自己嫁出去，苟安一生。
她還有很多事要做，她的弟弟等著她去找他，那些亡魂也等著她為他們討公道。
雖然她也嚮往那種清閒自在、舒適安逸、平平靜靜的生活，可她是慕雲檸，只要頂著這個名字，她就沒資格這麼做。
裴定謀跟著走，厚著臉皮殷勤道：「我入贅也可以的，我不計較。」
慕雲檸走了幾步，再次站定，仔細打量身邊男人的眉眼道：「你這張臉還算能看，但我沒打算成親，哪怕你願意入贅。」
裴定謀一噎，又說：「我可以不要名分陪在妳身邊，當個護衛也好，為妳牽馬也行。」

當他不知道她的身分時，只是單純地喜歡她，那是男人對女人的愛慕。可自從知曉她是公主，知道她一個弱女子竟為國為民甘願犧牲自己，成為以和親之名進行刺殺的誘餌，他對她，便產生了無盡的敬佩。

哪怕她看不上他、不願意嫁給他、不肯招他入贅，他也心甘情願地陪著她。她這樣心懷大義的瀟灑女子，是他敬仰的英雄，值得他一生追隨。

慕雲檸抬手輕輕按著眉角的疤，不說話。

裴定謀跑過很多地方，為她買了很多去疤的藥，那道猙獰的疤摸起來已經沒有先前那麼恐怖了。

她歪頭打量起了裴定謀，那張臉仍舊黝黑、滿是鬍渣，卻難掩俊美。

盯著他好一會兒，她突然說道：「明日你把鬍子刮一刮，我再仔細瞧瞧。」

裴定謀的雙眸頓時一亮，心下大喜，哈哈大笑起來，風一樣地衝了出去。

下一個瞬間，外頭傳來一聲震天狂吼。「裴吉，老子的刮鬍刀呢?!」

夜色靜謐，裴定謀那中氣十足的一嗓子傳得老遠，在山間盪起一陣陣回音，惹來一聲聲狼嚎，更惹得寨子裡的兄弟們探出頭來一陣抱怨，說「大當家你是不是腦子被驢踢了」、「大半夜的不睡覺抽什麼風」。

裴定謀朝那些好事的腦袋吼了一聲「給老子滾回去」，各處隨即響起一陣關門聲，再無人多說一句。

聽著外頭的動靜，慕雲檸沒忍住，噗哧一聲笑了，這一笑扯得她胸口疼，趕忙忍住，扶著牆一步一步挪到椅子上坐下，靜靜地等待。

不過一盞茶的工夫，裴定謀就刮好了鬍子，煥然一新地進了門。

他走到椅子前，單膝跪在地上，把臉湊到慕雲檸面前，獻寶似的腦袋上下左右擺動，把臉全方位展示給她看。「娘子，如何？可還能看？」

裴定謀晃得慕雲檸眼花，她不禁伸手捏住他的下巴，命令道：「你別亂動。」

一個身形瘦削、看起來柔弱不堪的小娘子，板著一張臉，用一隻纖纖玉手霸道地捏住一個高壯男子的下巴，這畫面怎麼看都有些詭異。

可兩人渾然不覺，就這樣對望著，好一會兒，慕雲檸似是滿意地點了點頭，鬆開他的臉道：「還成。」

「那就行。」自己這副皮相入得了自家娘子的眼，裴定謀很是高興。

看著他那樂個不停的傻樣，慕雲檸也笑了。「以後別留鬍子了。」

好好一個年輕郎君滿臉落腮鬍，乍一看像個滄桑老者。沒了鬍子，露出本來的面容，俊俏了不知道多少倍，看著越發討喜了。

裴定謀當即樂呵呵地點頭道：「我聽娘子的。」

慕雲檸伸手扯正他那歪掉的領子。「以後穿衣規整些，別總這麼鬆鬆垮垮的，看著像都城裡那些日日醉臥溫柔鄉、褲子都提不好的紈袴浪蕩子，我不喜歡。」

「醉臥溫柔鄉」、「褲子提不好」、「浪蕩子」，裴定謀抓住這幾個關鍵訊息，以為慕雲檸是在隱晦警告他管好自己的下半身。

他臉色一正，立刻往上拽了拽褲子，又緊了緊褲腰，正經八百道：「娘子放心，我褲子能提好，褲腰帶也能管好。」

慕雲檸只是單純提醒他注意儀容，一聽到這話，頓時有些意外和好笑，乾脆順勢淡淡掃視他下身一眼，語氣平靜。「管不好也無所謂，剁了便是。」

裴定謀頓覺腰下颳過一陣刺骨寒風，他克制住自己伸手去捂的衝動，一臉乖巧道：「我聽娘子的話。」

慕雲檸問道：「什麼都聽？」

裴定謀立刻舉手對天道：「聽，什麼都聽。」

慕雲檸想了想，伸手指了指炕說：「我累了，你抱我過去吧。」

裴定謀又驚又喜，兩眼放光，激動地搓了搓手。「當、當真能抱嗎？」

他只有在帶她回山寨那時抱過她，當初她滿臉是血、奄奄一息，在那種情況下，他一心只想救人，哪來的旖旎心思。

回來之後，儘管慕雲檸住在他的房子裡，卻是由滿嫂等人負責照顧，他連她的小手都沒再摸過。

動。

同室而居這麼久了，面對自己喜歡的娘子，他難免生出親近之心，可一直不敢有所行

然而現在娘子卻讓他抱她，進展會不會太快了些？好歹先摸個手吧……

見他磨磨唧唧的，慕雲檸便問：「抱不抱？不抱的話我自己走。」

「抱抱抱，抱。」裴定謀兩隻大手用力搓了搓臉，這才伸出雙手小心翼翼地將人打橫牢牢抱起，起身慢慢往炕邊走。

為了多抱慕雲檸一會兒，他兩隻腳彷彿捆在一起似的，一點一點地交錯著往前走。

他有兩條大長腿，要是肯好好走，不過就是五、六步的距離，可他硬生生地走了二十步還沒走到。

慕雲檸靜靜躺在他那鐵鉗一樣結實的臂彎裡，實在沒忍住，淡淡開了口。「裴定謀，你幹脆用爬的，興許能快一些。」

那總是波瀾不驚、平和地喊他「裴郎君」的娘子，難得帶了些嘲諷地喊了他的大名，裴定謀不禁心花怒放，笑得一臉春心蕩漾道：「娘子，我這不是怕走太快，顛著了妳嗎？」

慕雲檸雖然貴為公主，可骨子裡卻流淌著驍勇善戰的周家血，自幼不愛紅裝愛武裝。別的大家閨秀踏雪尋詩的時候，她耍大刀；其他高門貴女桌前對弈的時候，她耍大刀；別的閨閣小娘子賞燈猜謎的時候，她還是在耍大刀。

哪怕是小娘子們情竇初開、芳心暗許的時候，她仍舊在耍大刀。

在長安城時，慕雲檸時常穿著一身男裝到處行走，遇到那些功夫好的，手一癢就要逮著人家過上幾招；遇到看不上眼的紈袴浪蕩子，也要揍上一揍。

長安城的世家子弟們都被她打怕了，見到她不躲著走就算是超級給面子了，壓根兒沒人敢在她面前搞什麼詩情畫意。

正因如此，哪怕她已十六歲了，仍舊未曾訂親，她看不上任何人不假，可也沒人看得上她。

儘管慕雲檸身分尊貴、貌美若仙、嫁妝豐厚，可一想到成親之後有可能天天挨揍，整個長安城的高門就沒人敢打她這個崇安公主的主意。

像裴定謀這般，總是滿眼歡喜地望著她、嬉皮笑臉地喊著她「娘子」，說實話，她還真有些不適應。

要是換成長安城裡任何一個紈袴浪蕩子，她怕是早就一拳懟上去了，非打他個鼻青臉腫不可。可不知為什麼，她竟對他多了許多耐心。

比如現在，這男人抱著她磨磨蹭蹭地走，明知道他在耍把戲，可她除了覺得他有些幼稚、浪費時間以外，竟不感到討厭。

幾步路的距離而已，再會磨蹭，裴定謀也走到了，他輕手輕腳地將人放到炕上，殷勤備至地扯過被子將她裹住，嘴上還不忘嘮叨。「天氣越來越冷了，娘子這傷還沒好，千萬別著涼。」

第三十一章　天降好運

慕雲檸任由他將自己裹了個嚴嚴實實，只露出顆腦袋，見他隨後便傻傻地在那兒站著，她就用下巴點了點自己身邊道：「你坐吧。」

裴定謀開心地坐下，還刻意留了點距離，沒敢挨上。

兩人就這樣靜默了好一會兒，慕雲檸想了想，偏頭認真問道：「你可知別人都是如何花前月下的？」

裴定謀也沒經驗，但他態度好。「不曉得，娘子想怎樣，我陪妳就是。」

慕雲檸回想她唯一的閨中好友成親之後是如何談情說愛的，思索了一會兒，便說：「你用胳膊攬著我。」

裴定謀爽快應了一聲，一條胳膊攬著慕雲檸的脖頸，勒得慕雲檸被迫仰頭說道：「不是這樣，攬我的肩膀。」

「喔。」裴定謀立刻照做，一隻大手攬上她的肩膀，把人往自己這邊撈了撈。「是這樣嗎？」

慕雲檸想了想。「應該是。」

裴定謀又問：「然後呢？」

慕雲檸想到在好友家花園裡無意間看到的親密一幕，臉色突然不自在起來，偏了偏頭說：「先這樣吧，剩下的，以後再說。」

看她一切盡在掌握中的淡定模樣，裴定謀便說好，擁著她靜靜坐著，雖沒說話，臉上卻一直掛著大傻子般的笑容。

坐了好一陣子，裴定謀問：「娘子，青山湖那裡的楓葉都紅了，等天冷時就看不到了，要不明日我帶妳去瞧瞧？」

自從被救回來以後，慕雲檸就一直待在屋裡養傷，還沒出過門。

若是早些日子，她定然沒那個閒心，可如今已得知弟弟安好，她又暫時做不了什麼，聽他這樣一說便有點心動，覺得出去走走也好。

可轉念一想，慕雲檸拒絕了。「罷了，我走不了幾步路，你去幫我折幾枝回來就好。」

裴定謀興致盎然地說：「這有何難，我抱妳去便是。」

慕雲檸問道：「很遠嗎？抱著會不會太累？」

裴定謀立刻捋起袖子，讓她看自己肌肉緊繃的胳膊，道：「娘子放心，我力氣大得很。」

慕雲檸看了一會兒，在被子裡動了動，接著從裡面拱出一隻手來，上手摸了摸。

沒想到他臉皮那麼粗糙，胳膊上的皮膚卻挺好的，光滑細膩、彈性十足，手感真不錯。

摸著那和自己胳膊感覺截然不同的男子胳膊，慕雲檸覺得新奇，一時沒忍住，來來回回多摸了幾下。

正摸著，裴定謀忽地鬆開慕雲檸，抬手捂住鼻子，拔腿狂奔了出去。

他起身起得太猛，也沒有事先知會一聲，裹著被子靠在他身上的慕雲檸毫無防備，順著慣性直接歪在炕上。

對眼前這突然發生的一切，慕雲檸一頭霧水，向來平靜的眸子裡滿是困惑。

她歪在那裡躺了一陣子，百思不得其解，竟也學起了寨子裡的人，大著嗓門罵了一句。

「好好的抽什麼風，被驢踢了?!」

塔布巷的孩子們，最近的運氣都有些好。

柒柒家因為幫忙看顧雲實，飯菜越來越豐盛不說，廣玉聽說慕羽崢能識文斷字，竟然每月支付五百文的束脩，請他教雲實和知風寫字背書。

這是慕羽崢思來想去、絞盡腦汁，好不容易才找到能合理為自家增添收入的小伎倆。

柒柒不曉得內情，當小姑娘得知這個消息的時候，高興得尖叫連連，在屋裡轉著圈地歡呼。

「五百文哪，哥哥，足足五百文哪，你五百、我五百，加起來就有一兩銀子了！」

慕羽崢怕她摔著磕著，順著聲音挪過去，將跟隻小猴子一樣上竄下跳的小姑娘抱住，故作擔憂道：「妳先別高興得這麼早，我這眼睛如今還看不見，說不定教不好，回頭他們就不學了。」

柒柒一聽他這灰心喪氣的話，連忙安慰道：「沒事的哥哥，你盡力教，要是真的不行，那也沒什麼大不了的，家裡還有我在呢。」

慕羽崢點點頭道：「也只能如此了，不過，要麻煩呂叔幫忙做個木托盤，回頭裝些沙子寫字用。」

柒柒說這好辦，她將廣玉早上送的點心分出一些，用油紙包好拿著，當即出門，踩著木墩子，趴在牆頭上喊在山。

還沒等在山出來，閒來沒事掃著院子玩的雲實就出現在她身後，握著她的小肩膀把她拎過了牆頭，放在呂家院裡。

柒柒嚇了一跳，回頭一看，雲實正從牆頭上伸了顆腦袋過來傻呼呼地衝著她笑，她毫不吝嗇地誇獎。「雲實，你可真是個好孩子，下回家裡吃雞，雞腿還給你喔！」

自從雲實犯過兩次傻病，柒柒就再也無法把他當成個正常的大孩子看，在她心裡，這就是個一犯病就鬧著要回家的可憐小傻孩，得哄著。

一聽小姑娘這話，雲實臉上的傻笑咧開了。

在他身旁的知風噗哧一笑，跳起來摸了一下雲實的頭，學著柒柒的口吻說：「真是個好孩子。」摸完笑著就跑。

「欠的你！」雲實拖著掃把就去追。

聽著牆那邊噼哩啪啦、叮叮咚咚的聲音，柒柒急得直踮腳，可她實在是太矮了，不踩東西，牆頭都搆不著，什麼也看不見。

「一個個的，真不讓人省心。」柒柒搖了搖頭，老成地嘆了口氣，往呂家屋裡走去。一進門，就見呂叔和在山圍著一堆木頭，忙得不可開交。

最近呂家的運氣也很好，一個南邊來的客商經過廣玉介紹，得知呂成文做木工的手藝精湛，特地尋到塔布巷裡，找他訂做了一批妝奩。

數量五十個，做工要求極高，交貨期限也有點趕。

好在價格特別喜人，再加上木材是客商自己提供的，相當於只出個手工，不用搭什麼成本進去，也沒什麼風險，振作起來之後卻一直閒在家裡的呂成文便高興地接了單子。

天氣冷了下來，草原上萬物凋零，在山他們已經有一些日子沒去挖藥草了。

原本他還犯愁著，說這個冬天都沒了進項，如今呂成文接了單子，在山就在一旁幫忙，順便學手藝。

父子兩人這幾天從早忙到晚，有時候忙得連水都忘了喝，可一家子卻喜氣洋洋的。

不管在山多忙，他這些天仍舊是雷打不動地送柒柒去醫館、接柒柒回家，一天都不耽誤。

雖說從家裡到醫館算不上多遠，可柒柒自己一個人不敢走，加上不好煩勞他人，也就沒有拒絕在山的好意，但是每天她都會把廣玉送的點心分一些拿過來，當作謝禮。

不是她窮大方，主要是廣玉拿來的太多了，就算她還有慕羽崢跟雲實、知風一起吃，四張嘴也吃不完，而第二天廣玉又會帶新的來，不分人吃就浪費了。

見到柒柒進門，呂家人熱情招呼她，在江把手裡的小棍一扔，跑過來抱住柒柒的腿，仰著小腦袋笑得見牙不見眼道：「柒柒。」

柒柒把手上的點心塞進在江懷裡，在他小屁股上拍了一巴掌道：「小壞蛋，吃點心。」

蔓雲迎上前說道：「柒柒，妳怎麼又拿點心來了，昨天的還沒吃完呢。」

「給在江吃。」柒柒笑著說，隨後走到呂成文面前直接表明來意。

呂成文一聽當即應好，說做一個裝沙的盤子容易得很，放心交給他就成。

道過謝，柒柒就要離開，呂成文喊住她，猶豫了一下才用商量的語氣問：「柒柒啊，妳看這樣行不行，妳哥教西院那兩個孩子識字的時候，能不能讓在山跟著旁聽？等呂叔把這批妝奩打完，就用剩下的料子給妳拼一個妝奩留作嫁妝，再用外頭那些木頭給你們打個炕桌，就當束脩。」

柒柒沒想到這一層，聽了立即點頭道：「這有什麼難的，讓在山哥過去聽就是，束脩就不用了，我們家一有什麼事都是在山哥幫忙張羅，蔓雲姊平日裡也幫我縫縫補補，今年冬天的衣裳跟被褥全是她做的，我還沒謝你們呢。」

呂成文笑著說道：「妳也不容易，我們能幫一把就幫一把，你們幾個孩子感情好，這些事都是他們自願的，說什麼謝不謝。」

柒柒歪著頭，俏皮道：「所以呂叔也不用跟我道謝啊！我哥教人，一個是教，兩個也是教，不用多費什麼工夫，讓在山哥和蔓雲姊一起去，在江也去，都去。」

貧苦人家的孩子很難有讀書識字的機會，女孩子就更少了，蔓雲剛才在一旁靜靜聽著，只關心自家弟弟是否有辦法跟著一起學，壓根兒就沒往自己身上想。

一聽柒柒這樣說，她激動不已，雙手交疊放在胸口，雙眼發亮地看向呂成文道：「爹，柒柒讓我也去學，我能去嗎？」

柒柒怕呂成文拒絕，忙搶先說：「呂叔，您就讓蔓雲姊去吧。」

呂成文大字不識一個，早年在外闖蕩時吃過不少虧，也錯過很多機會，既然兒女有機會識字，他又怎會阻攔，自是笑著點頭道：「去吧、去吧。」

幾個孩子高興地一陣歡呼，在江不知道發生什麼事，卻也跟著格格笑個不停。

回家之後，柒柒把這件事跟慕羽崢說了，慕羽崢笑著答應，柒柒很高興，又問能不能把柱子和小翠喊來一起學，慕羽崢說行。

柒柒忍不住抱住慕羽崢，嘿嘿笑了。「哥哥，我就喊他們幾個，不喊別人，不過他們應該沒束脩能交。」

「無妨。」慕羽崢伸手摸著小姑娘跑到散開了一些的頭髮道：「蔓雲和小翠經常幫妳縫補衣裳，柱子和在山每天接送妳，還陪妳四處辦事，這些就夠了。」

柒柒笑得開心，腦門在慕羽崢胸口蹭了蹭。「我也是這麼想的。」

這天晚上剛吃過飯，在山就跟蔓雲把一個四方木盤扛了過來，雲實和知風下午就已經在院子裡挖了一些土、挑掉了砂石備著，木盤一靠牆擺好，他們就把土倒進去，拿木棍扒拉平整。

柒柒把下午特地找來寫字用的細長小棍遞給慕羽崢，牽著他的手到沙盤近前道：「哥哥，你寫我的名字。」

上一世，柒柒走得早，只上了不到兩年的小學，家裡又不重視她的教育，因此認識的字並不多，這麼多年沒用，已經忘了許多。

雖說她會寫自己的名字，可在大家眼裡她是沒唸過書的，只能裝作一個字都不認識。

慕羽崢看不見，先拿木棍沿著托盤周圍敲了敲，感受了一下範圍大小，這才執棍作筆，慢慢寫出了「鳳柒」兩個字。

柒柒覺得自家哥哥的字真是好看極了，她歪著腦袋，語氣甚是驕傲道：「我哥哥厲害吧！」

在雲實與知風眼裡，太子殿下的字哪怕寫得狗爬一樣，都得誇讚，更何況他是真寫得好，兩人鄭重點頭。

「厲害，伍哥日後定然是書法大家。」

「伍哥了不起。」

在山和蔓雲不識字，自是覺得厲害。

在柒柒的帶頭下，眾人圍著慕羽崢好一陣恭維，慕羽崢自己都聽不下去了，問清楚大家的名字分別是哪些字後，便一一寫了出來。

幾個孩子蹲下去圍成一團，各自拿了根投壺用的小棍，在那裡劃拉自己的名字。

雲實跟知風兩個本來就會寫字，假模假樣地劃拉兩遍，就說他們記住了，讓到了一旁。

柒柒也很快就「學」會了，也讓到了一邊。

在山和蔓雲則是無比的認真鄭重，一遍又一遍寫著，直到牢牢地記住，姊弟兩人這才起身，開心地說會了。

慕羽崢牽著柒柒的小手，偏頭問她。「柒柒會了嗎？」

柒柒摳著他的手心，認真答道：「會了。」

慕羽崢笑著說好，讓大家先回去，從明天申時開始正式授課，孩子們應好，道謝後便各自離開。

柒柒要送大夥兒到院門，可兩夥人都嫌繞路，不肯走那裡，雲實跟知風翻牆去了西院，在山和蔓雲說要去找柱子、小翠說學認字的事，讓柒柒不用跑，隨後就翻牆到了東院。

看著左右兩側迅速消失的人，柒柒忍不住笑了，她轉身進屋，開玩笑道：「哥哥，咱們家這兩道牆跟個擺設一樣，什麼用都沒有。」

慕羽崢伸出手，等柒柒把手放在他手裡，他就牽著她到炕上坐下。「柒柒，我正想和妳說這事呢。廣掌櫃跟我說過，他那位神醫伯父明日應該就能到了，他會住在廣掌櫃家，但是往返咱們家的時候若老是從大門繞，就有些費事，也不好讓他一個老人家如此勞累。」

柒柒點頭，很理解地說道：「那倒是，別說老人家了，連在山哥和雲實他們這些腿腳好的都不願意繞呢。要不，讓那位神醫住到咱們家來？我把西屋那小炕收拾出來，我住到西屋去，你和神醫住東屋。」

慕羽崢捏捏她的手道：「不用了，我在想，把兩家中間的院牆開個門，回頭等我這眼睛治好了，咱們再封上，妳說呢？」

柒柒當即拍板。「就這麼辦，明日我就找人來幫忙砸牆。」

慕羽崢搖頭說道：「不需要找人，讓雲實跟知風處理就行了，反正雲實一身力氣沒處使。」

第二天晌午，柒柒從醫館回來，就發現自家和西院廣掌櫃家中間的院牆開了個口子，寬度足夠兩人並排進出，知風和雲實還拿燒火的柴火棍子紮了個簡易的木門擋在那裡。

柒柒過去走了兩趟，滿意地拍拍雲實的胳膊，表揚道：「好雲實，這活幹得好。」

知風又拍著雲實的胳膊鸚鵡學舌，招來雲實一個反剪手將他按到地上，按得知風鬼哭狼嚎。

見這兄弟倆一言不合又打起來，柒柒連忙上去拉架，挨個兒訓誡道：「知風，你別總招惹你哥；雲實乖，對弟弟不能這麼下狠手。」

雲實和知風故意逗柒柒，仗著身高優勢在那裡不停地你來我往，柒柒是兩個都搆不到，拉也拉不開、推也推不走，氣得一人踢了一腳，扠腰大吼。「別打了，再打我拿棍子了啊！」

慕羽崢拄著枴杖站在門口，偏頭聽著那邊的動靜，笑出了聲。

孩子們正鬧著，就聽見廣玉在院外喊人。「雲實、知風，快出來，伯父來了！」

雲實跟知風很清楚，太子殿下的眼睛能否治好，全看這位顧神醫，兩人也不糾纏了，應了一聲快速跑向門口。

神醫伯伯來了，哥哥的眼睛有救了！

一看到那個上了年紀卻精神矍鑠的老人家，柒柒雙眸瞬間一亮，朝慕羽崢大聲說：「哥哥，我去看看！」

等慕羽崢點頭，柒柒便跟著朝大門口跑，跑到近前，從一口一聲伯父、熱情寒暄的雲實跟知風中間擠上前去。

「伯伯好。」柒柒甜甜地喊了句，踮著腳尖去接顧奐揚手裡的包袱，既乖巧又殷勤。

「伯伯，我來幫您拿吧。」

第三十二章　秘而不宣

顧奐揚是周錦林的岳父，出發之前早已去過太尉府，將太子殿下這邊的情形了解清楚，自然知道這雙眼亮晶晶的小姑娘是誰，但他不能暴露，得陪著大夥兒一起演戲。

他和善地笑著，把包袱遞到雲實手裡，伸手摸了摸柒柒的頭說：「這包袱重，妳拿不動，妳是哪家的孩子啊？」

柒柒伸手扶著顧奐揚的胳膊往裡走，說道：「伯伯，我是住隔壁東院的，您有空來我家坐啊。」

她真想立刻就把神醫伯伯拽回家給慕羽崢看眼睛，可想到老人家顛簸了一路，肯定很累，現在就問有點太不體諒人了，便生生忍著。

顧奐揚心裡其實比柒柒還著急，自家女兒是周家媳婦兒，周家是太子殿下的外家，這一條繩上的所有人，可謂一榮俱榮，一損俱損。

太子殿下的眼睛若是治不好，哪怕他再有文韜武略，終將與那個位置無緣。若其他皇子登上大位，那一直被整個皇家忌憚的周家，怕是沒什麼好下場。

所以，顧奐揚這一路上是緊趕慢趕，一刻都不敢耽誤，恨不得立刻幫太子殿下診治，可他卻不能表現得過分熱情。

從巷子口走進來的時候，他不知道被多少人看見了，身為廣玉的「伯父」，他不該一進門就如此急切地主動給鄰居看病。

望著眼巴巴的小姑娘，顧奐揚笑著點頭道：「好孩子，安頓好了我就過去串門子。」

柒柒一直把顧奐揚送到廣玉家屋門口，見兄弟三人張羅著讓他先去歇息一陣子，她便懂事地沒再跟進去，穿過兩家院牆那道新開的門，樂顛顛跑回了家。

走到慕羽崢面前，她拉著他的手開心地說：「哥哥，你別著急，神醫伯伯答應會來我們家串門子，等他一來，我就跟他說幫你看眼睛的事。」

慕羽崢笑著點頭道：「好。」

兩個人牽著手往屋裡走，柒柒嘮嘮叨叨規劃起了明天的事。「哥哥，神醫伯伯去歇著了，估計明日才能過來，我明早去醫館跟林爺爺請個假，然後去街上買些好菜，到時候好好招待神醫伯伯……」

「好，妳安排就行。」慕羽崢靜靜聽著，嘴角漾著開心的笑。

本來以為要等到明天才能給慕羽崢看眼睛，可沒想到，慕羽崢剛吃完午飯，柒柒都還沒來得及睡午覺，廣玉就帶著顧奐揚過來了，雲實跟知風也跟在後頭。

柒柒忙把人讓到炕上坐下，樂顛顛地把上次在街上買的陶杯找出來，洗乾淨裝了水，客氣恭敬地端上去道：「伯伯請喝茶。」

柒柒在心裡想著說是茶，可這不過是水，下次得去集市上打聽一下，買些茶葉回來才行……

顧奐揚也沒嫌棄杯糙水涼，一飲而盡後，便對著柒柒說：「我聽廣玉說了妳哥哥的事，但我行醫時不喜他人在場，妳跟雲實他們出去玩一會兒。」

柒柒看了看慕羽崢，有些猶豫。不是她信不過這個神醫伯伯，主要是哥哥什麼都看不見，她不怎麼放心，此外她也想聽聽神醫伯伯怎麼說。

還沒等到柒柒想好要不要求神醫伯伯讓她留下，慕羽崢就開了口。「柒柒，沒事的，妳去玩吧，診完如何，晚些時候我和妳說。」

既然慕羽崢都這麼說了，柒柒便決定不留下，捏捏他的手指道：「我就在院裡喔，你有事就喊我。」

交代完，她又朝顧奐揚和廣玉笑了笑，跟著雲實跟知風出門。

到了院子裡，柒柒走到板車那邊，往斜著支在地上的扶手上一坐，雙手托腮，歪頭靜靜看著屋門的方向。

見小姑娘蔫頭耷腦，一副憂心忡忡的模樣，雲實與知風便一左一右挨著她坐下，安慰起來。

「柒柒放心，我伯父的醫術可厲害了，伍哥的眼睛肯定能治好的。」

「就是啊，妳別著急，待會兒就知道了。」

知道他們是好意，柒柒扯了扯嘴角說了聲好，卻沒了往日逮個人都能聊半天的興致。

屋內，只剩下三個人後，顧奐揚一撩衣袍，恭恭敬敬地跪下向慕羽崢叩了個頭道：「草民給太子殿下請安。」

慕羽崢忙上前把人扶起來。「若從我四舅母那裡論起來，我合該喊您一聲爺爺，如今在外頭，咱們就不講究這些虛禮，您把我當自家小輩看待就好。」

看病要緊，顧奐揚也就不再客套，他請慕羽崢坐好，從藥箱裡拿出脈枕給慕羽崢診脈，隨後拿出一套銀針刺破他的手指，將血擠到一個瓷瓶裡，仔細嗅過，又拿了一包藥粉出來撒在上面，就見那鮮紅色的血頃刻間變得暗沈。

慕羽崢坐在那裡，放在膝蓋上的那雙手緊緊抓住褲子，但他沒說話，只是安安靜靜地等著。

過了好一會兒，廣玉有些急切地開了口。「顧神醫，這毒可能解？」

顧奐揚神色凝重、沈默不言，扶著慕羽崢躺平，在他大腿、小腿、腳心幾個穴位扎了銀針，再次診脈，片刻之後將銀針取出，終於說了話。「能治。」

慕羽崢緊繃的兩隻手終於一鬆，難得露出了孩子般既開心又純真的笑容，道：「外祖父就說您能治的。」

廣玉也高興地直呼。「太好了……太好了！」

兩人好奇地問起這是什麼毒，顧奐揚卻一語帶過。「此毒罕見，日後殿下也碰不到，不必追問，老夫保證能把殿下的眼睛治好。」

顧奐揚的醫術出神入化，既然他說得這麼肯定，那自己重見光明只是時間上的問題。慕羽崢高興至極，不曾留意顧奐揚話語中的保留。

廣玉聽出了不對勁來，可見顧奐揚一副不願深談的模樣，便不多問，畢竟眼下沒有什麼比治好太子殿下的雙眼更重要的事了。

顧奐揚又為慕羽崢檢查了傷腿和內傷，點頭道：「這腿接得不錯，內傷也恢復得差不多了。」

聽出他語氣裡的讚揚，慕羽崢便把林義川的事說給顧奐揚聽，又道：「我妹妹柒柒如今跟著林大夫學醫，若是您願意，改日讓柒柒把林大夫請到家中來，介紹你們認識。」

顧奐揚道：「往後有機會再說，先治好您的眼睛才是正經事，回頭老夫還得去青山寨一趟看看公主殿下，聽說她傷得不輕，目前還難下地。」

姊弟兩個雖尚未見面，卻透過青山寨的人和廣玉來回傳了幾次消息，慕羽崢便說：「要不您先去青山寨，先幫我阿姊瞧瞧？」

顧奐揚說道：「公主殿下是內傷，哪怕用上神藥，也得慢慢將養。可殿下您中的這毒耽擱了太久，已深入五臟六腑，得盡快治療才好。即便是老夫從今日便開始診治，可要把所有毒素都拔除乾淨，也非一朝一夕之事。」

慕羽崢偏臉朝著顧奐揚的方向問道：「需要多久？」

顧奐揚略一沈思，估算了個大概的時間。「快則一年，慢則兩、三年，殿下放寬心，切莫心焦。」

慕羽崢本以為自己一輩子都會瞎著了，如今知道能治好，便不在乎多等幾年，笑著說：「這些日子以來我已經習慣了，再等上幾年無妨。」

顧奐揚見他沈穩豁達，也笑了，收拾好東西道：「老夫先回去備藥，明日上午開始，內服外敷，佐以施針，還得備一個木桶泡藥浴。」

廣玉點頭道：「我來安排。」

顧奐揚朝慕羽崢行了禮，正準備告辭，慕羽崢就喊住他道：「顧大夫，從現在開始，我也跟廣玉他們一樣喊您伯父吧，您叫我小伍就成。」

治好太子殿下的眼睛是頭等大事，隱藏好大家的身分同樣攸關生死，顧奐揚便應好。

慕羽崢想到柒柒，商量著問：「如今家裡是柒柒在賺錢養家，她待會兒得知我這眼睛能治之後，定然會問起需要多少醫藥費，伯父您看要說多少銀兩，既不會讓她起疑，我們又支付得起？」

顧奐揚沈思片刻後，問道：「您方才說，那古靈精怪的小姑娘，跟著那位林大夫在學醫？」

慕羽崢點頭道：「正是，柒柒記東西格外快，熟悉各種藥草的藥性，已經在背方子了。」

想到慕羽崢中的這毒，顧奐揚捋著鬍鬚想了一會兒，開口說：「老夫時常會製作一些藥丸，若能有人在旁協助，會更加方便，不如就這樣跟那小姑娘說，若老夫製作藥丸時她願意幫忙，便抵了看病的錢。」

慕羽崢激動地坐直身子道：「您這是要收柒柒為徒嗎？」

顧奐揚擺了擺手道：「不收，是殿下說讓老夫找個說詞的。」

慕羽崢繼續幫柒柒爭取。「那您製作藥丸時，可真的允許柒柒從旁協助？」

顧奐揚說：「我看小姑娘手腳俐落，還挺會看眼色的，端個盤子、遞個水總可以吧。」

慕羽崢一聽這口風，忙笑著點頭道：「可以，柒柒不光能端盤子遞水，還能洗衣做飯、拾掇藥草……」

慕羽崢將柒柒好一頓誇，極力地推銷，那架勢就跟要把小姑娘賣了一樣，聽得顧奐揚和廣玉都忍不住笑了。

聽見他們的笑聲，慕羽崢這才反應過來，臉上難得露出一絲羞赧，聲音小了下去。「她就是很能幹。」

顧奐揚忙著回去配藥，也不多說，拎著藥箱就出門，廣玉則跟在後頭。

柒柒自從出屋後就一直坐在板車上不曾挪動，腿都快坐麻了，等得心急如焚。

一看屋門打開，她立即跳起來，跑著迎過去道：「神醫伯伯，我哥哥的眼睛能治嗎？」
顧奐揚也不賣關子，點頭道：「能，明日就開始治。」
柒柒樂得一雙大眼睛頓時彎成了月牙，彎腰朝顧奐揚深深鞠躬道：「多謝伯伯。」
「小姑娘還挺知禮。」顧奐揚摸摸她的頭，又多了幾分喜愛。
柒柒按捺住要蹦上天的喜悅，又問道：「伯伯，需要多少銀子才能治好，我得先備著。」
顧奐揚心道果然如此，便把方才在屋內商量好的話說了出來。
柒柒二話不說，立刻點頭道：「成的、成的，我願意給您端茶倒水。」
只要能治好哥哥的眼睛，別說只需要端茶倒水，就是讓她天天給神醫伯伯洗衣做飯、搥腿按肩，她都樂意。
顧奐揚糾正她。「不是端茶倒水伺候我，是端盤子遞水，製藥丸用的。」
柒柒搞不懂這兩者有什麼區別，只拚命點著小腦袋說：「都成的。」
知道她暫時還不明白，顧神醫也不多說，跟著廣玉回了西院。
目送他們通過小門，柒柒一刻都不肯再多等，一陣風似的跑進屋，一把抱住剛穿好鞋的慕羽崢，興奮得尖叫出聲，小奶音都劈了岔。「哥哥，有救了！你的眼睛有救了！啊——」
慕羽崢忙伸手按住抱著他跳個不停、眼看就要躥上天的小猴子，哭笑不得地哄著。「好了好了，當心摔著。」

柒柒太高興了，整個人處於一種極度亢奮的狀態，慕羽崢讓她去睡午覺她也不肯，一直不停地圍著他轉圈。

小姑娘手舞足蹈地暢想著，等慕羽崢眼睛好了，她就帶他去草原上看天、看雲、看花。等她長大一些，能多賺點錢的時候，她再帶著他去看山、看川、看大海。

慕羽崢笑著，一一應下。

小姑娘越說越興奮，彷彿明日就能出門一樣，慕羽崢整個人被她吵得腦袋嗡嗡直響。無奈之下，慕羽崢把柒柒強抱上炕，拿被子一裹，按住她，板起臉命令道：「睡覺。」

柒柒才不怕他，嘿嘿一陣笑，一拱一拱的，就想從被子底下鑽出來，顯然瘋勁還沒過。

慕羽崢察覺她的意圖，伸手將她連人帶被一把抱進懷裡，像個哄孩子睡覺的老嬤嬤，身體一晃一晃，嘴裡還笨拙地哼著亂七八糟、不知道名字的小曲。

柒柒再不肯歇息，也只是個貪睡的小孩子，被強行這麼固定住身體，很快的，睏意襲來，她打了個哈欠，窩在慕羽崢懷裡睡著了。

慕羽崢又抱了柒柒一會兒，才輕輕將人放下，搖搖頭長吁了一口氣道：「沒見過這麼頑皮的，一點小事就高興成這樣。」

話是這麼說，可他坐了一會兒之後，臉上也露出難以隱藏的興奮。

雖說先前周敞來的時候，慕羽崢就得知自己的雙眼有望，然而等顧奐揚面對面確認過他定能重見光明後，他心中的激動和柒柒比起來，可說是有過之而無不及。

只是慕羽崢自幼便被教導，身為儲君，喜怒哀樂不可溢於言表。

小小年紀，他早已習慣在人前偽裝，可柒柒就像個熱滾滾的小太陽，總能把他表面那層偽裝燙得融化掉。

腦中閃過小姑娘剛才那嘰嘰喳喳的聲音，慕羽崢便躺在她身邊，捂住嘴笑了起來。

這一日，裴定謀帶著裴吉一大清早就出發，親自跑了一趟花影軒，替慕雲檸打聽慕羽崢的消息。

得知顧奐揚來到雲中城，正在為慕羽崢治療，裴定謀去首飾鋪子拿了東西，又買了一大堆用品之後，便興沖沖地往回趕。

一路狂奔，趕回寨中時，慕雲檸剛吃過午飯，正躺著歇息。

「娘子，妳要的面具打好了。」裴定謀抱著大包小包進了門，把東西往櫃子上一放，便從懷中掏出一張銀製的面具，交到慕雲檸手裡。

慕雲檸伸出胳膊道：「扶我起來。」

裴定謀聽話地上前小心將人扶起來，也不等她問，直接說出了得來的消息。

慕雲檸笑了。「那就好，顧大夫既然來了，崢兒便無礙。」

心中大石落地，慕雲檸心情好了起來，把那面具往臉上一戴，遮住鼻子以上的半邊臉，也蓋住了眉角那道疤，她轉頭看著裴定謀問道：「遮住半邊臉如何？」

裴定謀笑得跟個癡漢一樣。「好看，娘子就是把臉全都遮住，也很好看。」

慕雲檸一臉無語地說：「我是在問你，遮住半張臉的話，可還認得出我是誰？」

裴定謀左右打量了一番，認真答道：「別人認不認得，我不知道，但是娘子就算化成灰，我也能認出來。」

慕雲檸發現，自從裴定謀「被驢踢了」的那一晚後，他就沒了當初見面時的精明和幹練，渾身上下總是冒著傻氣。

她拿下面具對他招招手，語氣溫和。「裴定謀，你過來。」

裴定謀想起那天晚上，用了兩團棉花都堵不住的鼻血，猛地雙臂護胸，往後退了一步，一臉警戒地說：「娘子打我行，但別摸我。」

慕雲檸忍了又忍，實在沒忍住，爆了粗口。「滾過來！」

「喔。」一個大男人委屈地走了過去，像個小媳婦兒似的磨磨蹭蹭。

第三十三章　狠心賣女

慕雲檸看得直皺眉，等裴定謀在炕邊離她有兩個人的距離坐下，她就探身往前，揪住他的前襟，一把將他扯到自己面前來，給他戴上面具，掐著他下巴左右打量道：「確實是化成灰也能認出來。」

「原來是要讓我戴面具啊，娘子妳早說嘛。」裴定謀鬆了一口氣。

慕雲檸拿下面具道：「這個我留著在寨子裡戴吧，你讓人再給我打一張，要那種看不出我是誰的，回頭再給我訂做兩頂冪籬。」

「成，下回我就去辦。」裴定謀應道，又問：「娘子妳這是要出門？」

「等我再好一些，能夠騎馬了，我就去見崢兒。」慕雲檸說道。

她扯住裴定謀的領子，把他往前一拉，雙手往他肩上一搭。「我躺厭了，你帶我去湖邊看楓葉。」

「可是楓葉已經都掉光，就剩下禿樹枝了。」裴定謀很自然地扶住她的手臂。

慕雲檸便說：「那就看枯樹枝。」

「好，咱們去看。」裴定謀單手抱起慕雲檸，先為她穿了鞋子，又抱著她到櫃子翻出厚厚的披風將人裹住，帽子一兜蓋住她的頭，抬腳出門。

一出門，就碰到伙房裡的熊嬸正扛著一隻剛宰的羊往廚房走，熊嬸一看裴定謀這架勢，爽朗地哈哈笑道：「老三哪，這大冷天的，抱你媳婦兒上哪去啊？」

裴定謀小心地看了慕雲檸一眼，見她雙手掛在他脖子上，還是那樣面無表情，但也沒生氣，便有些得意地大聲說道：「我帶我家娘子去湖邊。」

熊嬸「嘖嘖」兩聲，表示不理解。「湖邊光禿禿的，有啥看頭，你媳婦兒不是還沒好完全，可得當心別把她吹著涼了。」

說著，她指了指羊道：「晚上早點回來啊，今晚燉羊肉湯。」

熊嬸扛著羊轉身往廚房走，她轉得太猛，兩條伸得直直的羊後腿差點掃在裴定謀臉上。

「好咧，記得多給我留幾塊肉。」裴定謀抱著慕雲檸忙往後一躲，笑著應了句，接著往前走。

沒走幾步，又遇到一位掉了一顆門牙的奶奶，拄著枴杖熱情地追問道：「老三哪，大夥兒都說你娶媳婦兒了，你這抱的就是她吧，長得可真俊。你打算啥時候辦喜酒啊，我那兒有一罈存了三年的好酒，到時候拿給你。」

裴定謀笑著點頭應道：「有好酒可得給我留著，等定下日子就跟您說。」

郎才女貌頗為般配、孤男寡女久處一室，更有裴定謀這個不要臉的，成天「我家娘子」、「我家娘子」地叫著，加上慕雲檸也沒否認或阻止過，寨子裡的人早就默認兩人成了夫妻。

青山寨裡的人幾乎都是家庭破碎、無家可歸，一看對了眼，請上幾桌酒就結為夫妻的大有人在，對這種事習以為常。

只是這大當家的要成親，那可是寨子裡的頭等大喜事，必須好好張羅。

一聽那奶奶這麼說，從他們身邊走過的人全跟著湊熱鬧，一個個表達起關心來。

還有人善意開玩笑說：「大當家的，你以前滿臉鬍渣、邋裡邋遢，如今這麼整齊，是不是不刮鬍子嫂子就不讓親呢？」

這些話惹得眾人哄笑出聲。

裴定謀平時若是一個人，對方講什麼渾話都能接上，他要是不耐煩，上去就踹兩腳，再粗著嗓門罵一句「給老子滾」。

可如今手裡抱著自家娘子，再聽這種什麼親不親的話，一張皮糙肉厚的臉不知為何竟發燙起來。

「行了，回頭再說！」扔下這麼一句話，裴定謀從裴吉手裡接過韁繩，抱著慕雲檸俐落地翻身上馬，一溜煙就出了寨子，往湖邊跑去。

出了寨門，跑了一段距離，裴定謀放慢速度，跟慕雲檸兩人騎在馬上，慢悠悠地往前晃。

裴定謀低下頭，看著安安靜靜的姑娘，有些忐忑地問：「娘子，妳沒生氣吧？」

慕雲檸靠在裴定謀懷中，呼吸著新鮮空氣、欣賞著崇山峻嶺，語氣溫婉平和。「為什麼要生氣，他們又沒有惡意。」

裴定謀不禁高興地說了一句廢話。「我家娘子真不愧是我家娘子。」

慕雲檸回頭看著裴定謀道：「我現在不會和你成親。」

這話她早就說過了，裴定謀心裡也很清楚，但還是忍不住問道：「那以後呢？」

「以後？」慕雲檸認真地想了想，回道：「不知道。」

裴定謀有些失望。「喔，我曉得了，我不會一哭二鬧三上吊的。」

明知道這男人是在裝可憐，可一向鐵石心腸的慕雲檸，竟生出一絲絲要哄他的想法。

她隔著披風摸了摸他的手道：「裴定謀，要是哪一天，我可以不用做公主了，若那時候我還看得上你，就跟你到青山湖邊建個房子，闢幾塊田、養幾隻雞，像尋常夫妻一樣住上幾載，等到住夠了，再換個地方待。」

遙想著那依山傍水、男耕女織的溫馨美好畫面，裴定謀頓時心花怒放，哈哈大笑起來。「娘子，那我可盼著了。」

下過一場雪之後，雲中郡入了冬。

孩子們的日子按部就班地過著，等到柒柒每天早上去醫館以後，顧奐揚就過來為慕羽崢治療眼睛。

柒柒晌午回來陪慕羽崢吃過午飯，就睡個一陣子，醒來後就和孩子們一起跟慕羽崢學習認字。

慕羽崢看不見，只在沙盤上寫他會的字，但這已經足夠那些孩子學的了。

等識字完畢，柒柒就過去西院替顧奐揚打下手，製作各種藥丸。

經過廣玉的提議，兩家如今一起開伙，伙食費按照人數分攤。

這樣一來，雲實跟知風幾乎包攬了所有的活——買菜做飯、劈柴挑水、收拾屋子、清洗碗筷，這些瑣碎但耗費時間的事，再也輪不到柒柒插手。

柒柒終於不用再像以前那樣，陀螺似的整天轉個不停了。

吃得好了、心情好了、沒那麼累了，晚上又有人在身邊，小姑娘不再作噩夢，睡得踏實，明顯地長了不少肉，皮膚也好了起來。

每天晚上睡前，慕羽崢都堅持為小姑娘搽香膏。

有一天，他正往她臉蛋上塗香膏，塗著塗著突然發現了她長肉的事實，他不禁捏著她的臉，很高興地說：「柒柒，妳長胖了……妳竟長胖了！」

「咕咕你也長胖了……」柒柒被捏著臉，說話含糊不清，伸手也去掐慕羽崢的臉。

兩個孩子相互掐著對方的臉，接著便鑽進被窩，手牽著手不停地笑。

慕羽崢捏著柒柒那越發細膩的小手道：「柒柒，希望我眼睛好的那時候，妳能再長胖些。」

柒柒小聲問道：「要長多胖呀？長成像包子那樣嗎？」
慕羽崢認真地點頭說道：「就要那樣。」
柒柒想了想，嘿嘿一笑道：「那行，我多吃幾個包子，就能長成那樣了。」
兩個孩子躺在溫暖的被窩裡東扯西扯、胡言亂語，孩子氣十足地聊著不著調的天，直到睏得不行，才相繼睡去。

天寒地凍，年關將近，城中的百姓們都置辦起了年貨。
這段時日以來，塔布巷百姓的運氣好得驚人，幾乎家家戶戶都透過各種方式或多或少有了些進項，所以大人們對孩子們也大方起來，時不時地會給幾個小錢。
正因如此，巷子裡總有劈里啪啦、零散的鞭炮聲響起，伴隨著孩子們穿梭巷子而過的嬉笑打鬧聲，年味十足。
柒柒家自然也不例外，不過她家的鞭炮不是她買的，而是趕到雲中城過年的白掌櫃送的，他說這是先前花影軒開業時買多了剩下的，拿回來給大夥兒玩。
這一日，柒柒正在院子裡跟雲實還有知風放鞭炮，她很想玩，但又有些怕，總是一驚一乍的。
雲實跟知風見狀，便故意逗著柒柒玩，將鞭炮點了火之後，總是假裝要往她這邊扔，嚇得小姑娘上竄下跳、尖叫連連，他們兩個則笑得前仰後合，說柒柒是膽小鬼。

柒柒氣不過，拖著根棍子追著他們滿院子打，打得兩個人鬼哭狼嚎，說自己錯了，別再打了。

慕羽崢站在屋門口聽熱鬧，聽到小姑娘一邊追，一邊凶狠地罵人，他忍不住笑出了聲。

正鬧得雞飛狗跳時，就聽巷子裡傳來一陣絕望淒厲的哭嚎，還有男男女女的訓斥責罵聲。

緊接著，幾個在巷子裡玩的孩子一路跑一路喊——

「王寡婦賣閨女了！」

「那個王寡婦要賣掉她女兒了！」

「小翠姊?!」柒柒臉色一變，手裡的鞭炮往地上一砸，拖著棍子，撒腿就往院外跑。

聽見小姑娘咚咚咚跑走了，慕羽崢臉色沈了下去，低聲喊了句。「雲實。」

雲實三步併作兩步奔到慕羽崢面前道：「伍哥，有何吩咐？」

慕羽崢交代。「跟著柒柒，別讓人傷著她，她要做什麼都隨她，別攔著。」

「放心吧，伍哥。」雲實應道，速度極快地去追柒柒。

見外頭的情況不太平靜，知風留了下來。「伍哥，我陪你。」

慕羽崢搖頭說道：「不用，你也跟過去看看。」

知風不肯走，慕羽崢頗為無奈，只好讓他先把自己送到西院，和顧奐揚待在一起。

確保慕羽崢的安全之後，知風這才飛奔出門。

柒柒剛跑出院門，就遇到在山也從家裡奔了出來，眼看不遠處小翠家門口圍了一群人，兩個孩子顧不上說話，一起往前跑。

到了葛家，在山拉著柒柒擠進人群，就見小翠披頭散髮地倒在地上，一身破舊棉衣滾得全是土。

小翠死死抱住王襄的腿，哭著苦苦哀求道：「娘，不要賣我，我能賺錢，真的，以後我把賺來的錢都交給娘，再也不藏了！」

王襄冷著臉把頭偏向一邊，不停地踹著小翠，想把她踢開，暴躁的語氣裡盡是埋怨。「妳這個狼心狗肺的東西，早幹什麼去了，現在妳哥的手都快讓人給剁了，妳才來說這種話，那錢但凡早拿出來幾天，妳哥也不至於去賭場賺錢！」

就要過年了，王襄不知從哪兒給她那窩囊廢兒子葛有財相看了一個姑娘，雙方見過一面之後，葛有財就看上了這姑娘。

可人家姑娘嫌棄葛家既窮又破，葛有財又是個遊手好閒之輩，沒看上他。

然而，礙於這是熟人介紹的，那姑娘不好拉下臉直接拒絕，便委婉地表示，只要葛家拿得出二十兩銀子的彩禮，便同意這門婚事。

但凡對葛家有一點了解的人都知道，要讓葛家拿出二十兩銀子，簡直是天方夜譚。兒子的媳婦兒沒了著落，王襄天天唉聲嘆氣。

被王襄嘮叨得煩了，葛有財忽然心生一計，偷了家裡僅有的一點銀子，跑去賭坊賭了半天，想賺夠彩禮費用，結果本錢搭進去了不說，最後還輸了十兩。

賭坊的人給他半天時間籌錢，下午就找上門來逼債，可在葛家轉了一圈之後，他們便清楚地意識到，葛家無論如何都拿不出這筆銀子來，於是揚言要剁了葛有財的手，逼他們想辦法還錢。

沒想到，這毫無人性的母子倆，竟主動提出要用小翠來抵債。

小翠嚇得當場變了臉色，說她有銀子，飛快跑到呂家，把蔓雲幫她存著的一兩銀子拿回家。

那是她辛辛苦苦挖了一整個夏天的藥草賺來的，自己捨不得花，每天扛著王襄的辱罵，頂著巨大的壓力，才將將存夠了一兩。

可葛有財欠的是十兩銀子，她這一兩是杯水車薪，最後仍舊免不了要被賣掉抵債的命運。

小翠被拖著出了門，驚恐絕望之下爆發巨大的力氣，死死抱著王襄的腿抵住地面，竟一時沒能被拉走。

左鄰右舍聽到動靜跑出來，雖然同情小翠，也都心疼這懂事又可憐的小姑娘，但這畢竟是葛家的家務事。

在大興，父母買賣兒女並不違背律法，大夥兒的日子已經自顧不暇，誰家有那個閒錢能花十兩銀子把小翠買下來？就算真的有心想買吧，也拿不出銀子來。

眾人在一旁咒罵這操蛋的世道，詛咒葛有財這窩囊廢不得好死、黑心肝的王寡婦老了癱在炕上沒人養，罵完再安慰小翠幾句，可除此之外，他們什麼都做不了。

滿耳朵都是罵聲，王襄煩躁地用力踹著小翠。「妳趕緊撒手，好好跟人家走，往後我還認妳這個閨女。」

一聽到這絕情至極、毫無回轉餘地的話，過完這個年才不過十歲的小翠悲傷又絕望地放聲大哭，兩隻滿是凍瘡和皸裂的小手拚命抓著王襄的腿，死活不肯撒開。「娘，只要您不賣我，以後我賺錢還這筆債！」

雲中城的賭場是個什麼樣的地方，她早就聽說過了，被賣去那裡絕對沒有什麼好下場，她打死也不去。

幾個上門收帳的賭坊打手，在一旁不耐煩地大聲恫嚇。

「王婆子，這是有完沒完啊，再鬧下去，直接砍了妳兒子的手更痛快些！」

「就是說啊，妳這閨女又黑又瘦，才這麼大一丁點，可不好賣，我們還真不願意要。」

「給錢，要麼直接剁手！」

幾個凶神惡煞放狠話的同時，有一人拔出一把閃著寒光的刀來，作勢就要去砍葛有財的手。

見到有人亮了刀，圍觀的塔布巷居民嚇得驚呼出聲，連連後退，生怕被誤傷。

葛有財一直躲在王襄身後，一見那人拿刀朝自己而來，嚇得臉色蒼白，聲音都變了調。

「娘！救我……娘！」

「不許砍我兒子，我看誰敢砍他！」王襄將她的寶貝兒子緊緊護在身後，帶著他往後躲。

剛才王襄面對小翠時無動於衷，此刻竟露出了一副護犢子的神情來。

狼狽至極、瘦弱不堪的小翠被拖著在地上爬，仍舊不肯撒手。彷彿只要她緊緊抱住她娘的腿，就抓住了這載浮載沈的人生中唯一一根浮木。

葛有財見狀，從王襄身後伸出一隻腳就去踢小翠的胳膊。「掃把星，妳快鬆手，再不鬆手，老子就要被剁手了！」

已經看明白是怎麼一回事的柒柒怒火中燒，氣得直發抖。

她回頭看了一眼，見雲實跟來了，便有了底氣，說道：「雲實，好孩子，我要去打人，你幫我。」

「好咧！」雲實一臉興奮地揮著拳頭。

柒柒又看著在山道：「在山哥，你去扶小翠姊。」

在山恨恨地咬牙，應了聲好。

安排好了幫手，柒柒幾步跑上前，雙手攥緊了手裡的棍子，狠狠往葛有財的腿上抽，語氣凶狠。「那就剁了你的手！你自己造的孽，憑什麼連累小翠姊?!」

在山乘機將小翠從王襄的腿上拽下來，扶著她道：「小翠，快點起來，不要求她，我們幫妳想辦法！」

第三十四章 湊錢救人

葛家窮得響叮噹，男丁應該扛起生計，可是葛有財卻被他娘養成了廢物，平時活都不幹，沒吃過苦，之前在山帶著孩子們揍他，還是他頭一次挨打。

柒柒拚命揮著棍子抽葛有財，抽得他鬼哭狼嚎、嗷嗷慘叫，再顧不上踢小翠，轉身就要去踢柒柒。

雲實一直守在柒柒身邊，見狀便一腿踹向葛有財的肩膀，將他踹翻在地，護著他的王襄也連帶著倒了下去，兩人重重摔在一起。

在山順勢把哭得聲嘶力竭的小翠給拉遠了些，護到身後。

見柒柒和在山兩個小孩子出頭，大夥兒三言兩語地勸阻了起來。

「好孩子，別管了，這王寡婦家的爛事可不好收拾啊。」

「是啊，再說這事沒銀子也管不了。」

「賭坊的人可不好招惹，別惹禍上身了，快回家吧！」

柒柒和在山顧不上別人說什麼，就當沒聽見，雲實則朝人群揮了揮拳頭，齜了齜牙，警告他們別多管閒事。

葛家母子三人先鬧騰了一場，幾個孩子又出來搗亂，賭場的打手徹底失去了耐心，上前就想把小翠拽走，好回去交差。

可不知怎麼的，其中兩個人剛走出來沒兩步，膝蓋忽然一彎，齊齊撲倒在地，跌了個狗吃屎。

兩人從地上爬起來，吐掉吃進嘴裡的土，轉回頭，暴跳如雷。

「誰他娘的踹我？」

「哪個兔崽子！不要命了是不是?!」

沒人看見有人出腳，也無人回應，人們齊刷刷往後躲了躲，避之唯恐不及。

其他三個人見他們走路竟摔了一跤，嘴裡罵著「蠢貨」，抬腳就奔著在山身後而去，伸手要抓小翠。

柒柒緊張得雙手緊握成拳，還沒想出要怎麼辦，就見那三人膝蓋又是一彎，同樣臉朝下重重摔了下去。

前面兩個人無緣無故地摔倒，說是意外也行，可後面三個人再摔，這件事就有些不尋常了。

雲實跟知風原本想上前去把人撞飛，此刻看出了蹊蹺來，便齊齊停住腳步，目光朝人群掃視了一圈，看到當中藏著自己人，他們就笑了，雙手環臂、老神在在地站到柒柒身後。

塔布巷裡可不只住了廣玉、知風與雲實這三個百花坊的人，短短幾個月的時間內，他們前前後後一共到手了十個院子。

一個只有一條街道、南北兩排小院子、總共七、八十戶的貧苦小巷子，竟然不知不覺中更換了超過十分之一的住戶。

街頭、巷尾、巷子中間，都有以各種身分住進來的臥底，時時刻刻關注著柒柒家這邊的動向，也留意著這巷子裡的所有異常情況。

葛家的事鬧得這麼大，他們自然也安排人出來查探，雖說不能隨意暴露身分，也不得做出不符合一般百姓的行為，但是面對那窮凶惡極的打手，暗中出手懲治一下還是可以的。

一群高手戲耍幾個虛張聲勢的三腳貓，簡直跟玩遊戲一樣。

兩人摔完換三人摔，不只賭坊那五個人愣住了，連柒柒和在山在內的百姓們也都驚訝不已。

大夥兒你看看我、我瞅瞅你，幸災樂禍地想著這是怎麼了，難道是這些人平日幹的壞事太多，遭天譴了？

賭坊五人組一個愣神，柒柒就帶著雲實與知風把小翠嚴嚴實實地護住了。

一見跟牛一樣魯莽的雲實兄弟倆站在柒柒這頭，眾人不再說話，畢竟他們的哥哥可是城裡那家花影軒的掌櫃。

花影軒的東西賣得死貴，這說明什麼？說明他們有錢哪！要是這兄弟三人肯幫柒柒，說不定真能把這事給攬下──雖然大家並不曉得有錢人為何跑來塔布巷買房子就是了。

賭坊那五個人再次站了起來，嘴裡一句一聲娘地罵著，暴躁地轉圈找起暗中踢踹他們腿窩之人，卻是毫無結果。

聽到百姓們小聲議論這是老天爺要懲罰壞人，賭坊的人都有些懷疑起這是不是真的了。

柒柒也聽到大夥兒的小聲嘀咕，看著那幾人明顯疑神疑鬼的表情，便扠著腰乘機大聲說：「看吧，老天爺都不讓你們欺負小翠！」

其他人你一言、我一語地開始幫腔。

「是啊，肯定是這樣沒錯！」

「誰輸了銀子你們就找誰去，犯不著為難一個小姑娘！」

「幾位爺行行好，多寬限一些日子，那王寡婦肯定能還你們錢，就放過這孩子吧……」

甚至還有人出起了餿主意。

「讓葛家賣房子吧，這房子也值點錢呢！」

「還有王寡婦，給她找個老頭嫁了，同樣能換點錢。」

「我是覺得直接剁了這廢物的手更簡單，實在不行還能再剁個腳，還有那鼻子、耳朵、舌頭什麼的，都能割，對了，眼珠子也可以挖，這些總足夠抵債了吧？」

如此血淋淋的建議聽得大夥兒全都毛骨悚然，齊齊左右晃動腦袋，尋找說話之人，可實在看不出是誰說的。

只有站在柒柒身後的雲實跟知風看到了，是自家人出的損招，兩人沒忍住，噗哧一聲笑了。

柒柒納悶地回過頭，卻見他們兩人抱著胳膊，面無表情地望著前方，柒柒便以為自己聽錯了。

這些人平日作惡多端，壞事做多了，多少有點害怕遭到報應，剛才那莫名其妙的一摔之後，他們心中就犯怵，加上圍觀的群眾又說得煞有介事，幾人不禁猶豫了起來。

「真他娘的晦氣！」帶頭的那人考慮了一會兒，往地上啐了一口，走向王襄和葛有財道：「來，把他給我帶回去！」

賭坊眾人一擁而上，把抱在一起號哭的母子倆強行拉開，將眼淚鼻涕橫流的葛有財反剪雙手，拿繩子捆住，嘴巴也拿汗巾塞住。

王襄搶人不成，跪在地上猛磕頭，聲淚俱下，哀求道：「幾位大爺，我求求你們，放過我兒子吧！」

柒柒把驚懼不已、嗚咽哭泣的小翠從身後拉出來，指著王襄道：「小翠姊，妳睜大眼睛看清楚，這女人為了他兒子能做到這種地步，可是剛才妳被人拽的時候，她連一滴眼淚都沒掉，往後妳還願意喊她娘嗎？」

天壤之別的待遇讓小翠的心冷透了，她咬牙道：「從今往後，她不是我娘。」

柒柒點頭道：「那行，我們想辦法幫妳。」

就算她看不下去，願意出頭，可也得小翠自己想明白，值得她幫才行，不然白忙活不說，還兩頭討不著好。

小翠對柒柒家的情況再了解不過，她想破腦袋也想不出柒柒有什麼辦法能救她。可瞧見這足足比她矮了一個頭的小姑娘，目光堅毅、神情鎮靜，她竟毫不猶豫地信了。心中燃起希望，小翠激動得眼淚止不住地流。「柒柒，要是妳幫我逃過今天這一劫，我這輩子做牛做馬報答妳。」

「不要說這種話，妳也沒少幫我呀。」柒柒抬手將小翠臉上的淚水擦乾，又問：「妳的賣身契簽了嗎？」

小翠忙搖頭道：「還沒簽，那幾個人一開始並不打算買我，沒帶紙筆過來，他們要剮我哥……要剮葛有財的手，是我娘……是王氏說讓他們先把我帶走，明天再送賣身契來的。」叫了這麼多年的娘和哥，小翠一時改不掉習慣。

「沒簽就好。」柒柒鬆了口氣，對著在山、雲實跟知風招手。

等他們幾個彎腰的彎腰、蹲的蹲，把腦袋湊在一起時，柒柒就小小聲地和他們商量起來。

「我仔細想過了，小翠姊她娘和她哥那樣的人，就算有人借錢給他們還債也沒用，只要小翠姊還在這個破家待著，他們就能賣她第二次。要想幫小翠姊徹底擺脫葛家，只有將她買下來，等回頭小翠姊自己賺夠了銀子，再把自己贖回來。」

「是這麼個道理。」

「沒錯。」

大夥兒點頭，都認可這主意。

小翠揪著衣襬，也跟著拚命點頭道：「我願意。」

柒柒見大家同意，又說：「那現在咱們得先湊夠十兩銀子，然後再看誰出面把人買下來。」

小翠忙說：「我今天給了家裡一兩三十文，這也得算上，從我拿得起碗，我就開始幹活了，在葛家做了多少年，他們母子就打罵我多少年。生養之恩早就還完了，我不欠這個家，那一兩多的銀子是我辛苦賺來的，我不想白白給她。」

柒柒很高興小翠這般有志氣，頷首道：「行，那就要湊八兩銀子，外加九百七十文。」

在山說：「我前頭挖藥草攢了些錢，後來幫著我爹做活，我爹給了我一兩銀子，加起來總共約二兩。」

不知道什麼時候出現在幾人身後的蔓雲出聲道：「我那兒有一兩，也算上。」

呂成文第一批妝奩做完交貨，由於做工精湛，買家格外滿意，如數支付貨款，他淨賺了二十兩。

還清了一直賒欠林義川的醫藥費，又買了一些柴米油鹽跟年貨、張羅吃穿用度，全都置辦完以後，還剩下幾兩。

這是這麼多年來呂家頭一回有這麼多錢，再加上第二批單子也定下了，未來的生活不愁，呂成文一高興，就給了自家女兒和大兒子一人各一兩。

給在山的，說是他幫忙做活的工錢，叮囑他別亂花，留一些攢著，等著長大娶媳婦兒；給蔓雲的，說是她照顧一家四口操勞了許久，讓她拿去買兩件新衣裳、兩盒香膏，再買幾朵花戴。

可兩個孩子都是挨過凍、受過餓的人，一文也沒捨得花，全好好攢著。

如今為了幫助小翠，他們毫不猶豫、心甘情願地拿了出來。

柒柒算著帳，說道：「現在有四兩三十文，還差五兩九百七十文。」

在山又說：「柱子那兒也攢了大約八百文，他和他娘上街買年貨去了，我現在就去集市上找他，跟他借。」

柒柒點頭道：「行，那在山哥你現在就去。」

在山應聲，擠出人群，撒腿就往巷子外面跑去。

柒柒並沒有問雲實跟知風，雖然他們也是好孩子，可兩家如今在一起搭伙，她已經占了人家太多便宜了。

還有神醫伯伯給哥哥治眼睛也不收取費用，說是讓她幫忙打下手就成，可神醫伯伯在製作藥丸時，嘴上總是嘀嘀咕咕唸著配方和注意事項，她又不能把耳朵堵上，就這樣每天無意中偷師，學了好多東西。

他們一家人都這麼好，卻從來不計較，她很過意不去。

更何況，她早就打聽過，他們不會一輩子住在塔布巷，廣玉說等過兩年白掌櫃安排他去別處，他就得走。

要是找他們借錢，按照她和小翠賺錢的速度，興許等他們搬走的時候都還不上。

雲實跟知風蹲在柒柒身邊，壓根兒不知道她這小腦袋瓜裡錯綜複雜的想法，只好奇她為什麼不問他們，兩人對視一眼，雲實便開口道：「柒柒，我們也有銀子。」

柒柒盤算著自己家裡有的錢，說道：「等我湊不夠，再跟你們借。」

幾個孩子在這邊蹲成一圈商量，那頭賭坊的打手們已經拽著葛有財往巷子外面走，王襄就像先前小翠那樣，雙手牢牢抱住她寶貝兒子的腿不肯鬆手，哭嚎著求饒，被拖在地上走。

周圍的百姓沒一個人相勸，都說呸、活該、報應。

賭坊的人扯了王襄幾下扯不開，上去用力踢了幾腳，總算把王襄踢開，其中一個揮著刀惡狠狠道：「王婆子，只給妳一天時間，最遲明天這個時候，要麼拿十兩銀子來，要麼把妳閨女送上門，要麼來領回妳兒子一隻手。」

說完，他們就拖著葛有財走了，留下被踢得生疼的王襄趴在地上嚎天喊地。

柒柒牽著小翠的手，靜靜看著。

等賭坊的人帶著葛有財出了巷子，王襄這才想起小翠，她從地上爬起來，嘴裡叫罵著就要抓人。「妳這個掃把星，趕緊跟我去把妳哥換回來！」

同樣都是她生的孩子，兒子就是個寶，女兒就是根草，小翠本以為自己已經死心，可一聽這話，心仍舊痛得不得了，多年以來受的氣沖得她腦袋一熱，她猛地衝出去，一頭狠狠頂在王襄肚子上，把她頂得跌坐在地。

她站在王襄面前，挺直腰桿，頭一回俯視這個把她帶到人世間，又帶給她無盡苦難的女人。

方才鬧了好一陣子，她出了一身的汗，冷風一吹，人在發抖，聲音也在發顫，可她一字一句、鼓足了勇氣咬牙道：「我不去，從今往後，我和妳沒有任何關係。」

被撞倒在地的王襄，呆愣愣地坐了一會兒，一聽到這話，發起了狠，爬起來就要抽小翠。「我打死妳這個賠錢貨！」

雲實把王襄擋開，迅速將小翠拽回來護在身後。

柒柒一手扠腰，一手拿著棍子往地上一敲，繃起小臉，氣勢頗為驚人地說：「王氏，小翠姊我買了！」

這話惹得周圍的人一陣驚呼，都以為柒柒這孩子在開玩笑。

王襄同樣不信，冷笑一聲，一臉瞧不起地說：「十兩銀子妳出得起？我呸！」

柒柒擺了擺手道：「不是十兩，小翠姊給了妳一兩三十文，我們只要再付給妳八兩九百七十文，人我這就領走了，銀子和賣身契最遲明天給妳。」

說完，柒柒也不跟她廢話，牽著小翠往葛家屋裡走。「小翠姊，收拾妳的行李，該帶的全都帶著，現在就跟我回家。」

沒見到錢，王襄哪裡肯放人，撲上去就想阻攔。「我是她娘，沒有我的同意，妳這個潑皮要把她帶到哪兒?!」

王襄剛跑了幾步，腳下卻突然像是踩到一顆石子，腳一扭，摔在地上，扶著腳踝唉唷唉唷地叫，疼得半天緩不過勁來。

柒柒帶小翠進門收拾東西，雲實跟知風就抱著胳膊往屋門口一堵，一副誰上前就揍誰的架勢。

早先雲實犯傻病在巷子裡發瘋，把幾個大人撞飛的情景，給大家留下了相當深刻的印象。

王襄從地上爬起來之後，仍是沒敢上前，只敢站在原地叫喊。「小潑皮，妳先拿錢來，十兩銀子才行，先頭那一兩銀子，是那個掃把星孝敬她老娘的！」

她叫得大聲，卻無人理她。

很快的，小翠揹著一個竹簍，左右肩上各挎了個包袱走出來，柒柒手裡則拎了個竹筐。窮苦人家的孩子沒什麼值錢的東西，小翠拿的無非是自己的被褥、一年四季穿的衣裳跟鞋襪，雖然都破舊不堪，可對她來說是生活必需品，她沒錢重新置辦，必須全部帶著。

至於柒柒手裡的竹筐，那是呂成文編給小翠用來挖藥草的，柒柒拿竹筐的時候，順便把挖藥草用的鎬子和鏟子也帶上了，這些東西都是鐵製的，重新買得花不少錢。

兩人出了院門，看都不看王襄一眼，逕自朝柒柒家走。

第三十五章　自食惡果

王襄終於明白柒柒這是真的要把人帶走，她突然不安起來，瘋了一樣起身往前撲，想把小翠給扯回來，可跑沒兩步，另外一隻腳踝也扭了一下，慘叫著再次摔在地上。

等王襄緩過勁抬起頭來時，柒柒一行人已經進了家門，圍觀的人群也陸陸續續散去，留下她一人坐在冰冷的地上。

她愣怔地坐了一會兒，透過破爛敞開的院門，望著空蕩蕩的院子，雙手拍地，大聲號哭起來。

然而，在外頭吹夠了冷風的人們，早已各自回到溫暖的屋裡，無人再給她一個眼神。

慕羽崢已經從西院回來，去灶上生了火，把家裡燒得暖和，他正等得有些著急，一聽到院子裡響起腳步聲，便開門出去迎接。

柒柒見到慕羽崢，手裡的棍子一扔，小跑著上前，牽住他溫暖的手，三言兩語講了事情經過。

屋門打開，孩子們魚貫而入，柒柒讓蔓雲帶小翠進去換下身上的衣裳，她在地上滾了那麼久，衣服髒得無法看了，再加上裡面濕透，她還一個勁兒地哆嗦，再不換該生病了。

蔓雲帶著小翠進西屋，剩下的人則留在灶間。

慕羽崢把柒柒凍得冰涼的小手攥在手裡搓了起來，又放到嘴邊哈氣道：「冷壞了吧，該幫妳買件斗篷的。」

「斗篷都是有錢人家的小娘子穿的，我用不上。」柒柒說道，又問：「哥哥，我剛才說的，你都聽清楚了嗎？」

慕羽崢點頭道：「聽清楚了，妳為了湊錢買下小翠，必須把家裡有的幾兩銀子都用上，之後咱們家就沒錢了。」

柒柒又問：「你會不會覺得我多管閒事？」

慕羽崢不禁笑了，說道：「若是妳不多管閒事，哪來我這個哥哥？」

柒柒聞言，也笑了。「嘿嘿，也是喔。」

等小翠換好衣裳跟蔓雲走出來，柒柒便讓大家在灶間等一下，自己則進了屋，把屋門一關，跑到八仙桌底下把所有家底翻了出來。

隨後她喊大夥兒進門，招呼大家到熱呼呼的炕上坐著，蔓雲則回家裡一趟，把她自己和在山的錢拿過來。

沒一會兒，在山帶著柱子來了。

柱子氣急敗壞地把小翠她娘和她哥一頓臭罵，隨後將八百文交到柒柒手裡，又去安慰小翠。

柒柒把所有的錢放在炕上，一群孩子圍著錢仔仔細細數了兩遍，加起來剛好湊足十兩。

事情宜早不宜遲，柒柒帶著小翠跑了一趟西院，拜託顧奐揚幫忙寫賣身契。

看著那賣身契上的白紙黑字，柒柒和小翠以為這樣就穩妥了，柒柒開心地跳了一下，小翠則捂著臉喜極而泣。

顧奐揚見兩個小姑娘在那裡傻樂，好心提醒她們，說得找小翠她娘按個手印，之後還要去衙門過個戶籍，這買賣才算完成。

一聽到事情這麼麻煩，柒柒有些傻眼，帶著小翠跑回家說了這件事，孩子們一合計，決定抓緊時間一步一步辦妥。

幾個人帶著銀子出門，火速跑去小翠家，讓王裏按手印。

王裏見柒柒這小潑皮真的帶著銀子來買人，頓時覺得只賣十兩虧了，竟然坐地起價，改口要十二兩，不然死活不肯按手印。

柒柒朝雲實使了個眼色，雲實便按照先前商量好的，跑到灶間抄起菜刀衝過來，嘎嘎怪笑著就要砍王裏，一刀順著她頭頂掃過，削掉了她幾根頭髮，嚇得王裏兩腿一軟，癱坐在地。

在山和柱子一個抱腰、一個抱腿，裝模作樣地攔住雲實。

柒柒拿著賣身契，連勸帶嚇唬。「妳快點按手印，按好我就把他帶走，不然待會兒他發起瘋來誰都攔不住，他有傻病，要是不小心砍死了妳，官老爺也不管的。」

王襄一則不情願，二則嚇傻了，坐在原地沒反應。

知風見狀，不知道從哪裡掏出把小刀，直接抓起王襄的手劃了道口子，不顧她的反抗，按著她的手，用她的血在三份賣身契上各按了一下。

事情辦妥以後，孩子們一刻都不想多待，付了銀兩、帶著賣身契，轉身就出門。

走到外頭，刺骨冷風一吹，孩子們全忍不住打了個哆嗦，可每個人都是既興奮又開心，樂顛顛地跑回柒柒家。

進了門之後，柒柒高興地撲進慕羽崢懷裡道：「哥哥，成了，明天我託林爺爺帶我去一趟衙門，過個戶籍就好了！」

慕羽崢抱著蹦躂個不停的小姑娘說：「這麼冷的天煩勞林大夫不大好，晚些時候等廣掌櫃回來，妳去找他，他也認識衙門裡的人，對他來說不算費事。」

小姑娘好不容易放了幾天假，慕羽崢捨不得她又頂著冷風往外跑。

柒柒一想也行，便說好。

小翠一一謝過孩子們，還要跪地磕頭，被大夥兒攔住勸了一番，她不禁流著淚保證，一定會盡快賺錢還給大家。

見她精神狀態不大好，蔓雲便說要帶她回去住一晚談心，柒柒自然答應，蔓雲和在山就帶著小翠翻牆返回自家，柱子也跟著過去了。

等他們離開之後，雲實和知風就開始煮飯。

柒柒和慕羽崢待在炕上說話，柒柒想起先前那一幕幕就火冒三丈，氣得直蹬腿，兩隻腳在炕上刨了兩下還不解氣。

「葛有財那個窩囊廢，有本事賭輸錢，就該有本事拿他的手去抵債，為什麼要禍害小翠姊?!」

「賭場這種爛地方啊，就不該存在。」

「還有王氏那種人，真是永遠都不想再看到她！」

小姑娘氣得狂發牢騷，慕羽崢躺在她身邊靜靜聽著，並未言語。

廣玉回來以後，一聽柒柒講了這件事，二話不說就點頭應了。

柒柒便把三份賣身契都給廣玉，問他需不需要當事人到場，又問是否需要銀兩，廣玉都說不用。

說真的，柒柒覺得廣玉的本事還挺大的，第二天一早，她睡夠了懶覺剛起床，廣玉就拿了加蓋官府紅印的兩份賣身契回來，還帶來小翠新的身分文牒。

恰好小翠從隔壁的東院過來，柒柒一把文書給她，她就激動地抱在懷裡，蹲在地上一陣哭。

哭完之後，小翠鄭重地朝所有人深深鞠躬，隨後請柒柒幫她把賣身契和身分文牒收好，又拒絕眾人的陪同，拿了該給王襄的那份賣身契，獨自出門去葛家。

柒柒不放心，帶著雲實與知風從後頭跟了上去。

在院外等了一會兒，就見小翠從裡面出來了，粗糙黝黑的小臉上有個重重的巴掌印，但她的笑容卻格外燦爛。

見到柒柒，小翠跑過來，牽起她的手道：「柒柒，妳來接我了。」

看到小翠的淚水在通紅的眼眶裡打轉，柒柒沒說別的，握住她的手說道：「走，回家嘍！」

多了一個小翠，柒柒家變得「特別熱鬧」，因為她一整天都搶著幹活，雲實跟知風要是想幹點什麼，還得跟打架一樣從她手裡搶。

柒柒勸了小翠幾次，說大家都是一家人，沒必要這樣，可勸不住。她便想，只要小翠心裡舒服就成，自己不必再管。

然而，不管他們三個誰負責幹活，柒柒都成了多餘的那一個，但凡她想去幫個忙，都會被毫不留情地趕走，說她小孩子家家一邊玩去，不要礙手礙腳。

柒柒搖頭嘆氣，說這個家沒一個讓人省心的，懶得再和他們爭。

救出了小翠，孩子們的日子恢復正常，吃吃喝喝、打打鬧鬧，還不忘放幾次鞭炮。

但基於八卦之心，他們還是經常留意王襄那邊的動靜，知風和雲實兩個愛看熱鬧的，更是時不時地跑出去瞅幾眼。

這天剛做好了午飯，還沒吃，跑出去打探的知風就撒腿跑了回來，一進門就興奮地說：「你們猜怎麼了？」

雲實不耐煩，在他腦袋上拍了一巴掌道：「別學柒柒賣關子，快說。」

知風自己也按捺不住了，立刻說出口。「葛有財還是被砍斷手指了。」

柒柒一驚，問道：「王氏不是已經有了十兩銀子，怎麼就砍手了？」

知風說：「聽說賭坊覺得那天帶人回去時實在太費勁了，把錢漲到十五兩，王氏拿不出來，他們就砍斷葛有財的五根手指了。」

孩子們驚恐萬分，忍不住摸了摸自己的手，齊齊感慨，賭博這東西可是千萬碰不得，輕則傾家蕩產，重則斷手斷腳。

柒柒偷偷打量小翠，見她沒有表現出心疼，便放下心來。

她看向一臉興奮的知風，納悶不已道：「知風，你怎麼好像很高興啊，你不怕嗎？」

知風和雲實自幼便真刀真劍拚殺著長大，哪裡會怕，見柒柒起疑，他趕忙解釋。「惡有惡報，我這不是開心嘛。」

柒柒一想也是，惡人就該有惡報。

本以為這件事就這樣過去了，可沒想到，就要過年時，王襄竟要帶著斷了手指的葛有財搬家，一天都不肯多住了。

孩子們好奇不已，跑過去查看，就見王襄像是受了極大的驚嚇一般，眼下烏黑、神情恍惚，膽戰心驚地說自家房子晚上鬧鬼，在找到高人驅鬼之前，他們就住在城南的廟裡，無論如何都不會回來。

看那母子倆揹著家當，相互攙扶、踉蹌著逃離的背影，柒柒摸了摸腦袋，一頭霧水。

她腦中有什麼東西一閃而過，覺得好像有什麼事不對勁，但也沒想明白到底是哪裡有問題。

直到又過了一天，在山從街上回來，興沖沖地跑來告訴她，說不知怎麼的，那間賭坊的人全都被一個蒙面人打斷了腿，賭坊也被砸了個稀巴爛，那蒙面人還放了狠話，說誰要是敢又在雲中城裡頭開賭坊，開一次砸一次。

柒柒聽完很是高興，樂顛顛地跑回屋去和慕羽崢說這件事，可是說著說著，小姑娘突然反應過來究竟是哪裡不對勁了。

她頭皮發麻、寒毛直豎，猛地一把抱住慕羽崢，驚聲尖叫道：「哥哥——哥哥！」

慕羽崢連忙拍著她的背安撫道：「怎麼了？」

柒柒躲在慕羽崢懷裡，眼神慌亂不安，四下偷偷看了一圈。

再開口時，她哆哆嗦嗦的聲音帶上了哭腔。「葛有財被斷了手，王氏搬出巷子，賭坊被砸了，不許再開……這些、這些，不都是我說過的嗎？我是不是、是不是被什麼髒東西上身了？」

小姑娘驚慌失措，嚇得不輕，兩隻小手緊緊抱住慕羽崢，小腦袋拚命往他懷裡拱，要不是慕羽崢下盤穩，肯定會被她拱得坐到地上。

慕羽崢頓時哭笑不得，可他也不好據實以告，說自己就是小姑娘口中的那個「髒東西」。

他當時是見柒柒氣得不得了，便想解決掉那些讓小姑娘生氣的人、事、物，於是私下跟廣玉說了一聲，讓他去安排，這才有了後面的變故。

可他沒料到小姑娘竟然會想到那方面去，還嚇成這樣。

他忍著笑，輕輕摸著柒柒的腦袋，柔聲哄道：「柒柒別怕，是那些惡人有惡報，和妳沒有絲毫關係。」

若單單一、兩件事也就算了，可這一連串下來全被她事先說中，柒柒不由得驚恐道：「還有那次……那次我剛想，要是雲實能犯一次傻病就好了，結果第二天他就犯了病……」

柒柒越說心裡越毛，忍不住打了個哆嗦，忙把嘴緊緊閉上，腦袋埋在慕羽崢懷裡，死活不肯再抬起來。

慕羽崢一手摟著小姑娘，一手按著她腦袋，除了安撫，也是不想讓她把頭抬起來，生怕她看見他臉上抑不住的笑。

他無聲地笑著，極力讓自己的身體別發出任何抖動，忍得好生辛苦。

好一會兒，等平復了笑意，慕羽崢才帶著抱住他不撒手的小姑娘到炕上坐好，耐心地和她分析。「柒柒，妳想多了，這世上本無鬼神，又哪裡來的髒東西？」

柒柒心慌意亂，連說話都不敢大聲。「可是、可是……」

慕羽崢打斷她道：「沒什麼可是，一切不過是巧合罷了。」

一件事、兩件事是巧合，那麼多事難不成全是巧合？柒柒難以說服自己，腦袋悶在慕羽崢懷裡道：「哥哥，我怕。」

慕羽崢想了想，給她出了個主意。「要不這樣，妳再說一件事情，看還能不能應驗。」

想到自己這格外靈驗的烏鴉嘴，柒柒搖頭道：「我不敢，哥哥，萬一我……我這隨口一說，害了誰可怎麼辦？」

慕羽崢捧起她的小臉，鼓勵道：「說吧，沒事的，妳試試看。」

柒柒雙手捂嘴，搖晃著一顆小腦袋，打死不肯說。

慕羽崢見勸說無果，只好換個方式道：「要不，妳說點吉利的話，就算靈驗了，那也是好事。」

柒柒雙眼一亮，覺得這個方法可行，於是她認真想了想，把手從嘴上拿開，試探著低聲說：「那我就想……出門時能撿到一枚金錠子？」

這個小財迷，淨想著出門撿錢！

慕羽崢忍著笑，一本正經地答道：「好，那妳待會兒就出門去，看看能不能撿著。」

柒柒想了想，還是一頭躲回他懷裡道：「哥哥，我不敢去，我心裡發慌，萬一、萬一……那你說我這嘴還能要嗎？」

慕羽崢忍了好一會兒，終究笑出了聲。「別怕，要是真的那麼靈，那以後妳什麼都不用幹，每日只管坐在炕上，說『來錢』、『來錢』，咱們就發財了，妳想想，這是多好的事啊。」

柒柒幻想了一下那美妙的場景，眼睛亮晶晶的。「嘿嘿，還真是喔。」

慕羽崢哄著她下地。「走吧，我陪妳去院門口。」

今天這事不解決，小姑娘估計晚上都睡不著覺了。

路過灶間時，小翠正在做飯，她見兩人要出門，忙說：「柒柒，飯快好了，別走遠了。」

「好的，小翠姊，我們就在院子裡。」柒柒說道。

出了屋門，柒柒大著膽子往外走，走了兩步又說：「哥哥，你不能出院門，還是我一個人去吧。」

話雖這麼說，手卻不肯放開。

「無妨，我就站在院子裡等妳，妳出去看一眼就成。」慕羽崢緊緊回牽著小姑娘的手，往院門口走。

雲實跟知風兩個傢伙閒不住，各占了一個院子，隔著一道牆，將積雪揉成團，來回砸。

見到太子殿下牽著柒柒往外走，兩人也不砸雪團了，跑過來好奇地問了。

「伍哥、柒柒，你們這是幹什麼去？」

「要我們陪著嗎？」

第三十六章 同榻而眠

慕羽崢嘴角掛著淡淡的笑，沒說話。

廣玉安排的那些事，雲實跟知風都知情，柒柒的想法不能讓他們知道，不然他們肯定會笑得東倒西歪。以柒柒的敏銳，怕是會猜出什麼來，到時候可不好辦。

慕羽崢不說，柒柒自然也不提，這麼離奇的事，可不能說出去。

她推開擋到路的雲實，敷衍道：「我們散散步，消消食。」

「還沒吃午飯呢。」雲實納悶道。

今天小翠又搶著做飯了，還把他倆趕出來玩，飯還沒吃上，就要消食了？

知風也道：「柒柒，妳早上吃多了？」

柒柒正煩得很，見他們倆追問個沒完，瞪眼道：「快去打你們的雪仗！」

說完，她牽著慕羽崢小聲說道：「哥哥，我們快點走。」

慕羽崢的腿已好得差不多，如今不用拄枴杖也能走得四平八穩，他聞言應好，加快了速度。

看著前頭快速走的兩個孩子，雲實跟知風都認定有古怪，彼此對望了一眼，放輕腳步，悄悄跟在後頭。

慕羽崢聽到腳步聲，忍著笑提醒。「柒柒，他們在後頭跟著。」

柒柒猛地一回頭，凶巴巴道：「不要跟著我們！」

雲實跟知風忙蹲在地上，你團一撮雪砸我臉上、我捧一撮雪堆你腦袋上，假模假樣著。

「我們玩呢，沒跟著。」

「就是。」

「最好別跟著。」柒柒警告地哼了一聲，牽著慕羽崢走到院門口。

「哥哥，你就躲在這兒，我出去看個一圈就來。」她讓他停在院門旁的牆根下，打開院門走了出去。

柒柒既期待又忐忑，抱著極其複雜的心情，在心裡念叨著「金錠子」、「金錠子」，隨後彎腰低頭找了起來。

她先把門口這塊地仔細看了看，又往左邊走了一段距離認真尋找，隨後再往右邊搜了有二、三十步，全都沒有。

那一刻，柒柒有一絲絲沒撿到金錠子的失望，可更多的是高興。

她轉身跑回院裡，拉著慕羽崢的手，壓低聲音開心道：「哥哥，我不是烏鴉嘴。」

慕羽崢笑著點頭說道：「我就說不是吧。」

柒柒眼睛彎彎，上下跳著說：「太好了，我還想著，要是這回也靈驗了，那我以後說話可一定要想好了再開口，不然太嚇人了。」

慕羽崢牽著小姑娘往回走，走了兩步後笑著說：「剛才妳在院外，雲實跟知風就趴牆頭上偷看，妳要不要去揍他們？」

雲實跟知風剛才好奇柒柒出門幹什麼，見太子殿下沒有阻止的意思，便趴在牆頭上偷偷盯著柒柒，見她彎著腰跟作法一樣，往前踩踩，往左踩踩，又往右踩踩，兩個人一頭霧水。

趁柒柒抬起頭往回走之前，兩個人趕緊從牆頭上下來，躡手躡腳地回到院子中間假裝玩雪，豎起耳朵想聽清楚柒柒跟太子殿下在說什麼，可聲音太小，沒能聽到。

誰知太子殿下竟然是慫恿柒柒來揍他們，兩人哀嚎了起來。

「伍哥，不帶告黑狀的。」

「這也太沒義氣了！」

確定自己不是真的烏鴉嘴，柒柒心中一塊大石落地，一聽慕羽崢的話，興沖沖跑到柴火垛旁，拽出一根樹枝就去追雲實和知風。「讓你們趴牆頭！」

雲實跟知風拔腿就跑，誇張地大叫。

「救命啊，柒柒撒潑了！」

「伍哥，你這樣早晚把柒柒慣成個混世魔王！」

混亂又熱鬧的腳步聲，加上雲實跟知風的慘叫聲，還有小姑娘那叱吒風雲的呼喊聲，吵得慕羽崢忍不住揉了揉耳朵。

他笑著高聲叮囑。「柒柒，妳慢著些！」

前些日子，顧奐揚去青山寨為慕雲檸診治，重新開了藥方，要她再靜養幾個月方才妥當。

慕雲檸原本打算等過了年再去看慕羽崢，可臨到臘月二十八這一天，她思來想去，還是決定去一趟雲中城。

裴定謀想起顧奐揚的叮嚀，有些擔心地說：「娘子，妳身上還沒好全呢，騎馬這麼長距離，路上肯定顛，行嗎？」

青山寨只有拉貨的馬車，沒有附車廂的那種，不然還能坐車去。

慕雲檸繫著大氅的帶子道：「死不了，不是還有你嗎。」

一聽這信任感十足的話，裴定謀便笑了。「娘子都這麼說了，我絕對不能讓妳失望，妳等我一會兒，我去備馬。」

慕雲檸扯了扯裴定謀的領子道：「你也穿厚一點。」

裴定謀笑著應好，去櫃子裡翻出一件大氅，往身上一披，急匆匆地出門。

過了好一陣子他才回來，往慕雲檸手裡塞了個圓不隆咚又有些沈的包袱，道：「娘子拿著，路上焐手。」

慕雲檸摸著那熱呼呼還有些燙手的包袱，好奇地問道：「這裡面是什麼？」

裴定謀笑著說道：「是陶罐，裡面放了炭火。」

慕雲檸掀開包袱一看，果然是個陶罐。

想起宮中那些畫著精緻花朵的暖手爐，再看看手裡這個，她心情莫名的好，主動牽起他的手道：「走吧。」

兩人正往外走，就聽外頭傳來熊嬸的震天咆哮。「裴老三，你這個敗家玩意兒，那麼多罐子你不拿，非得把我醃鹹菜的罐子倒了個乾淨，鹹菜都灑到地上剩一半完好了！」

裴定謀立刻把已經開了道縫的門關上，轉身將門堵住，做賊一樣小聲說：「娘子，等一下再出去。」

慕雲檸跟在他後頭，他冷不防地一轉身，她就抱著熱呼呼的陶罐撞進他懷裡。

兩個人的臉靠得很近，可慕雲檸卻沒意識到這點，不解地小聲問道：「好好的，你倒人家鹹菜罐子做什麼？」

裴定謀一臉討好。「這不是翻遍整個寨子只找到這麼一個大小合適的嘛，那鹹菜是不小心掉的，不是我故意扔的，真的，娘子，我不敗家的。」

慕雲檸盯著他看了一會兒，突然笑了。「裴定謀，你真好看。」

如花似玉的娘子笑著誇他好看，離得還這麼近，裴定謀那張養了一個冬天白了許多的臉，突然泛起可疑的紅暈，人高馬大的漢子像個新婚小媳婦兒一樣扭捏起來。「娘、娘子更好看。」

慕雲檸伸手摸著他的臉問：「裴定謀，你這是在害羞嗎？」

裴定謀點點頭說：「是啊，娘子誇我了。」

慕雲檸本來覺得沒什麼，可他來這麼一齣，她竟也有些不自在起來，收回放在他臉上的手，抱著罐子去開門。「走吧。」

裴定謀抓到她神情的變化，追上去偏著頭看她，嬉皮笑臉問道：「娘子是不是也害羞了？」

慕雲檸抬手把那湊到她面前的臉推開。「還不快走，待會兒熊嬸看你出門又要罵了。」

前頭，裴吉牽著兩匹馬，賊兮兮地對著兩人拚命招手，顯然也是怕熊嬸發現。

裴定謀將慕雲檸打橫抱起，飛奔過去翻身上馬，雙腿一夾馬腹，逃命似的一溜煙跑走了，裴吉趕緊上馬去追。

只有裴定謀和裴吉時，兩個人向來是縱馬飛奔，可擔心慕雲檸受了顛簸，哪怕裴定謀事先在馬鞍上鋪了厚厚的墊子，還是不敢跑得太快。

中途怕慕雲檸凍僵了腿腳，裴定謀還特地停下來幾次，讓她活動一番。

好在她穿得厚實，又披著大氅，裴定謀更用他的大氅把她裹進懷裡，再加上她手裡抱著個裝了炭火的鹹菜罐子，一路走來倒也沒冷著。

三人抵達雲中城時，已經過了午時。

想到白天不方便露面，裴定謀就先找了間客棧安頓下來，又叫小二送一盆燉羊肉到房間，三人就著饢餅吃了午飯，隨後裴吉便跑了一趟花影軒給廣玉送信。

廣玉來得很快，進門就給靠坐在椅子上的慕雲檸叩頭請安，慕雲檸讓他不必多禮，把自己打算和太子見上一面的事說了，廣玉自是應好，說晚上他會安排馬車來接。

兩人商量好了以後，廣玉就匆匆離開，回塔布巷去送信。

跑了一路，慕雲檸有些累了，剛才是打起精神等廣玉過來，這會兒見過面，便筋疲力盡，想躺下睡一覺。

她實在沒力氣，也不想動，就朝在幾步外站著的裴定謀伸手道：「抱我過去躺著。」

裴定謀急忙走過去，將慕雲檸抱起來放到炕上鋪好的被褥裡。「娘子睡吧，我守著妳。」

為了照顧慕雲檸，也為了安全起見，裴定謀只開了兩間房，裴吉一間，他和慕雲檸一間。

平時兩個人在寨子裡便同住一屋，開房的時候並不覺得有什麼，可此刻才發現這屋只有一鋪炕。

奔波了半天，其實他也想躺在熱熱的炕上，伸展一下全身，可這話他說不出口，要不然顯得他多不要臉啊！

慕雲檸順著他的目光掃視一圈，也發現了這個問題，她倒覺得沒什麼，在寨子裡時，雖然他們睡兩鋪炕，可中間只是隔了一道矮牆而已。

她便開口道：「晚上咱們要去見崢兒，不知幾時才能睡，你也躺下歇會兒吧。」

裴定謀心頭猛地一跳。雖然兩個人抱也抱過了，也共乘過一騎了，娘子甚至還摸過他胳膊呢，可躺在一塊兒……光想鼻血就要流下來了。

「娘子，這不好吧。」

見他又來這一齣，慕雲檸懶得勸，淡淡瞥他一眼道：「愛歇不歇。」說罷就閉上了眼。

「我歇！」

見慕雲檸不搭理自己了，裴定謀立刻脫鞋上炕，為了避嫌，直接睡到炕梢，像屍體一樣直挺挺躺著。

慕雲檸也不睜眼，直接招了下手道：「滾過來。」

一聽到那語氣淡淡、不怒自威的「滾過來」，裴定謀馬上應聲，起身挪過去，挨著慕雲檸躺下，雙手直直貼著兩腿，繼續維持屍體的狀態。

慕雲檸一抖被子，往他身上一蓋道：「自己扯好。」

「是，娘子。」裴定謀依言照做，兩三下扯好了被子。

從寨子裡出來時，想到要留宿，裴定謀特地為慕雲檸帶了一床新被褥外加一個新枕頭，慕雲檸躺在炕上時還能聞到新棉花的香味。

可當這個渾身散發熱氣的男人一進被窩，慕雲檸就只聞得到他那一身男人味了，雖不知道怎麼形容，但是並不討厭，還挺讓人安心的。

她嘴角微微彎著，沒一會兒倦意便襲來，睡了過去。

見慕雲檸喊他過來，卻連摸都沒摸他一下，就這樣睡著了，裴定謀吁了一口氣的同時，還有一些失望。

他動作緩慢地側過身，撐起腦袋，仔細打量眉上帶著傷疤的小娘子。

看著看著，突然心疼起來，他伸手在她那道疤痕上輕輕撫過，低聲道：「娘子，以後妳只管看山看花，那些砍人、殺人的事，我替妳做。」

廣玉回到塔布巷，藉口說顧奐揚喊她幫忙，支走了柒柒。

隨後他走到慕羽崢身邊，悄聲說：「伍哥，公主殿下晚上要來。」

不能喊太子殿下，他就跟著孩子們一同喊起了伍哥。其實，雲實、知風都比慕羽崢大，但他們就當作綽號叫他。

「當真？」慕羽崢激動地偏過頭來。

廣玉答道：「當真，如今正在城中客棧歇息，晚上我安排馬車去接人過來。」

慕羽崢歡喜不已。「太好了，我還以為要到開春才能相見。」

「快過年了，殿下惦記您。」廣玉說道，又問：「那是在這裡見，還是在西院見？柒柒和小翠怎麼辦？」

慕羽崢想了想，道：「在西院見吧，柒柒她們睡得早，等阿姊到了，我便過去西院。」

兩人剛商量完畢，柒柒就帶著一身寒氣跑進屋，仰頭瞪著廣玉說：「廣掌櫃，神醫伯伯說沒叫我啊！」

廣玉面不改色地說道：「啊，那可能是我聽錯了，對不起啊，下次我聽清楚點再傳話。」說完就走。

柒柒哼了一聲。「哥哥，你說這廣掌櫃年紀輕輕的，耳朵怎麼就不好使了呢？」

慕羽崢忍著笑招呼柒柒到沙盤旁，握起她的小手帶她寫字。

過年這幾天，這個不正規的小學堂暫時停課，柒柒也放假，慕羽崢便天天逮著柒柒教她。

柒柒打算以後自己開藥方，便學得格外認真。

吃過晚飯，慕羽崢惦記著慕雲檸要過來的事，便招呼柒柒漱洗歇息。「早些睡，明日二十九，有很多事要忙，晌午還得去呂叔家吃飯。」

為了感謝慕羽崢教蔓雲和在山識字，也為了感謝廣玉介紹生意給他，呂成文張羅著臘月二十九晌午在他家吃飯，大夥兒欣然應允。

柒柒乖巧地應了一聲，漱洗過後爬上炕道：「哥哥，幫我搽香膏吧。」

前陣子呂成文幫柒柒家做了個吃飯用的方形炕桌，還做了個放雜物的長條窄桌，有了兩張桌子，他們終於不用直接把碗筷放在炕上，那些小東西也不用往炕上堆了。

那窄桌靠牆放著，柒柒將她那些香膏瓷盒規規矩矩擺在桌上，呂成文做的精緻妝奩也放在上面，雖然裡頭還空空如也，可柒柒看著就高興，每天都要拿抹布仔細擦一擦。

慕羽崢洗過手，摸索著去桌上拿過柒柒正在用的兩盒香膏，一盒便宜的用來搽手，抽獎中的那盒用來搽臉，小姑娘格外省，到現在都還沒用完。

小翠進來幫柒柒鋪被子，見慕羽崢正在開香膏的盒子，便上前說道：「伍哥，要不我來吧？」

「好呀，小翠姊幫我搽。」柒柒開心地轉了個身，小臉對著小翠。

慕羽崢沒有將香膏遞過去，而是抓住柒柒的手說道：「還是我來吧。」

男孩端坐在那裡，嘴角掛著笑，語氣也溫和，可不知為何，小翠竟然不敢去爭，忙朝柒柒笑了笑。「那我先回屋去了。」

說罷她便轉身出門，回了西屋。

柒柒歪著頭思索了一下，疑惑道：「哥哥，小翠姊是不是怕你？」

慕羽崢問道：「為何怕我？」

柒柒搖了搖頭說：「不知道，每次你在，她好像都不敢說話呢。還有蔓雲姊也是，有幾次我們正說得開心，你一來，蔓雲姊說話聲都小了。」

「是嗎，不曾留意。」慕羽崢也有些疑惑。

以前在宮中，慕羽崢每日讀書習武，很少玩耍，也少有開心的時候。他不常笑，身邊服侍的宮人似乎都有點怕他，但原因出在他那生殺予奪掌握在手的儲君身分上。

在塔布巷其他人眼裡，他不過是柒柒撿回來的一個小孩，有什麼好怕的。

像在山那小子就不怕他，雖然現在也叫他伍哥了，可前頭和柒柒提起他時，還當著他的面說過他是小累贅。

從小到大，所有同齡人和他相處時都小心謹慎，生怕惹他不高興。

可他清楚地知道，那些恭維和討好，只不過因為他是太子。

他喜歡柒柒、在山這樣對待他，該說好話時毫不吝嗇，該嫌棄時毫不掩飾，該爭執就爭執、該和好就和好，這樣才是真誠以待。

第三十七章　姊弟情深

慕羽崢為小姑娘搽完那一雙小手，又換了那盒桃花香膏，挖了一塊幫她塗起了小臉蛋。

自從把家裡的錢全用來幫小翠之後，小姑娘用起香膏越發精打細算了，允許他塗在臉上的範圍進一步縮小，只能塗臉蛋朝前的那塊，側臉都不必搽了。

慕羽崢雖然看不見，可他卻摸得出來，柒柒那小臉蛋細膩及粗糙的邊界相當明顯，他每每想像一下看起來的差異，都忍不住要笑。

見他嘴角又開始往上揚，柒柒立刻知道他要笑什麼，提前警告道：「不許笑喔。」

慕羽崢便將嘴角給抑了下去。「好，不笑。」

柒柒一本正經道：「哥哥，等你的眼睛好了，我就去書肆幫你接個抄書的活，你也可以代人寫信，這些都可以賺錢的。林爺爺說了，等我敢上手處理傷口，他就給我開八百文的工錢，到那時咱們有錢了，我就多買兩盒香膏。」

小姑娘興致勃勃地規劃著以後的生活，慕羽崢仔細聽著，一一應好。

等搽完香膏，慕羽崢就小聲問道：「柒柒，妳還記得我的名字嗎？」

柒柒輕聲回道：「慕羽崢啊，怎麼了？」

慕羽崢摸摸她的頭，一副若無其事的樣子，笑著說：「沒事，我怕太久沒人喊我，我會忘掉。」

他現在不能對柒柒坦白自己的身分，只希望她能記得他的真名，這樣就不算完全騙了她。

柒柒想起初次見到他的樣子，頓時很心疼。他家人都沒了，如今成了她的哥哥鳳伍，還不敢跟別人說自己的真名，這世上除了他就只有她一個人知道了，她一定要牢牢記住。

柒柒拉著慕羽崢的手，安慰道：「哥哥，我之前沒喊你，是怕被人聽去，往後我隔陣子就喊你一回，絕對不會忘了你的名字。」

慕羽崢認真點頭道：「好。」

柒柒隨即湊近他，小小聲喊道：「慕羽崢。」

慕羽崢笑著答道：「欸。」

「嘿嘿。」柒柒開心地笑了。

兩個孩子躺在被窩裡，手拉著手聊天，聊了好一陣子，柒柒也沒有睡意。

這陣子她放假，不需要去醫館，每天都睡得飽飽的才起來，夜裡就睡得晚了些，兩人經常東扯西扯聊上許久才入睡。

慕羽崢也喜歡聽小姑娘嘰嘰喳喳，各種事情經她繪聲繪影地一說，都變得格外有趣起來。

可今晚不同，他的阿姊要過來，他必須早點將柒柒哄睡。

這麼早熄了蠟燭，柒柒肯定會懷疑，可這麼亮著，她肯定更難入睡……

慕羽崢想了想，伸出一隻手，蓋住小姑娘的眼睛。

柒柒把他的手扒下來，納悶地問道：「捂著我幹什麼？」

「明早不是還要和在山他們去趕集嗎，早些睡，免得他們來了妳還沒起床。」慕羽崢輕聲哄道。

「是喔。」柒柒一想也是，過去熄了蠟燭，將慕羽崢的手拉過來放回自己眼睛上，努力醞釀睡意。

見她半天沒能睡著，慕羽崢乾脆坐起來，連人帶被子抱進懷裡輕輕晃著。

柒柒窩在他懷裡，嘿嘿笑了，小小聲說道：「哥哥，你這樣像我娘親。」

慕羽崢頓時哭笑不得，隔著被子在小姑娘屁股上拍了一巴掌，輕聲斥道：「胡說八道，快睡。」

柒柒不再說話，臉蛋往他懷裡一貼，乖乖閉上眼睛。

慕羽崢一下一下輕輕晃著瘦小的肩膀，小姑娘終於慢慢睡著了。

他將柒柒放在炕上，為她掖好被子，自己則穿好外衫、穿鞋下地，靜靜坐著等候。

不知等了多久，外頭終於傳來腳步聲，雲實走到窗邊，低聲喊道：「伍哥？」

「來了。」慕羽崢輕聲回應，伸手摸了摸柒柒的臉，見她睡得正酣、沒有要醒的跡象，這才拿著呂成文為他做的輕便柺杖，輕手輕腳摸索著出門。

走到灶間時，聽到西屋有動靜，他便偏頭低聲問道：「小翠，妳還沒睡？」

小翠正在熬夜為柒柒做鞋，小姑娘總喜歡跑很費鞋，要過年了，她就用柒柒不要的舊衣裳幫她做了一雙鞋，上面還繡了一朵花。她正在收尾，趕著讓小姑娘在過年那天穿上新鞋。

聽到慕羽崢喊自己，小翠連忙從炕上起身出去。「伍哥，你喊我？」

慕羽崢點頭說道：「我有事去一趟西院，妳先別忙了，去東屋陪柒柒，她一個人醒來會怕。」

小翠忙應好，又問要不要送他過去，慕羽崢拒絕了，說雲實在外頭等他，接著便往外走，走到門口時又叮囑。「妳可以點燈，柒柒怕黑。」

自從他陪著柒柒睡覺後，小姑娘便漸漸戒掉了晚上點燈的習慣，畢竟家裡熬不住這樣夜夜點蠟燭，這也是一筆開銷。

小翠應好，等慕羽崢出門，她便拿鞋子到了東屋，坐在炕上接著做。

慕羽崢隨雲實往西院走。「我阿姊來了嗎？」

「剛到。」雲實答。

「那快些，你扶著我。」慕羽崢也不逞強了，把手遞給雲實，雲實忙扶著他通過小門、穿過西院，開門進屋。

一進門，慕羽崢就迫不及待開口喊道：「阿姊？」

慕雲檸一來就站在灶間焦急地等著，門一被打開，就見一個身穿布衣的男孩，手裡拄著根枴杖，睜著一雙沒有焦距的雙眼望向她。

明明她就站在他幾步外，可他卻看不見，還在試探著喊阿姊。

出事後一直淡定的慕雲檸再也忍不住，上前緊緊抱住男孩，朝他背上啪啪來了兩掌，嚎啕大哭道：「我不是跟你說過飲食要格外謹慎，你怎麼就不聽話，這下可好，中毒了吧，眼瞎了吧?!」

這熟悉的兩掌差點將慕羽崢拍得背過氣去，他扔掉枴杖，緊緊摟住慕雲檸的脖子，開心地笑了。「阿姊，妳來了。」

慕雲檸抱著弟弟，哭得無法自抑。

那日她雖親眼看著護衛帶弟弟逃脫了，可也瞧見那兩個護衛都中了箭。她這邊被重重包圍，已無力支援。

在那種情形下，她從未奢望過能活下來，意外被裴定謀救下純屬幸運。

醒來之後，她堅信弟弟還活著，並非是多有信心，只是她本能地不願往不好的方向想。

之後自家人找了過來，在得知弟弟當真活著的那一刻，她只有歡喜。

哪怕知道他斷了腿、瞎了眼，也覺得不過是上天對他的試煉罷了。

然而，如今真真切切把人抱在懷裡，她那深深壓在心底的害怕和恐懼，才像決了堤的洪水，泛濫成災。

母后離世之後，弟弟由她一手帶大，這次她險些永遠失去他了，她傷心、懼怕、自責又懊悔。

緊緊抱著失而復得的弟弟跪坐到地上，慕雲檸哭得幾乎脫了力。

慕羽崢趴在她肩頭笑著安慰。「阿姊，我好好的呢，我現在吃得可多了，吃完兩個羊肉包子，還能吃兩顆雞蛋，妳看我都長胖了，也長高了。」

可說著說著，他自己也忍不住哭了起來。「阿姊，妳的傷還沒好呢，別哭了……」

望著相擁在一起放聲痛哭的姊弟倆，周圍眾人都跟著紅了眼眶。

在裴定謀心裡，他的公主娘子一向冷靜從容，偶爾又極為霸道，可她從來沒這般柔弱過，他一顆心像被針扎一樣，疼得厲害。

他蹲在她身邊，不知該如何相勸，只是輕輕摸著她的頭。

好一會兒，慕雲檸漸漸止住了哭聲，像慕羽崢小時候那樣親了親他的小臉。

慕羽崢五歲之後兩人分宮而住，慕雲檸就沒親過他了，這一親把剛停了眼淚的男孩又勾得淚水直落，臉埋在她脖子親暱地蹭了蹭，輕聲喊了句。「阿姊。」

慕雲檸扶著他道：「我們起來吧。」

姊弟相互攙扶著起身，慕雲檸朝眾人微微頷首道：「抱歉，失儀了。」

眾人忙朝她行禮，同聲道：「公主殿下言重了。」

將姊弟兩人讓到東屋炕上坐著，大夥兒寒暄幾句後便退了出去，順手把門帶上。

慕雲檸雙手捧著弟弟粗糙了許多的小臉，仔細打量他的雙眼，許久之後，重重嘆了口氣道：「真的什麼都看不見嗎？」

「看不見。」慕羽崢點頭道：「不過顧大夫說一定能治好，阿姊不必擔心。」

「腿呢，可還疼？」慕雲檸又去檢查他的腿。

慕羽崢晃了晃自己斷過的那條腿，輕鬆道：「不疼了，早就好了，妳看。」

慕雲檸聞言，牽著他下地，把他的枴杖遞給他道：「你走幾步，讓我仔細瞧瞧。」

慕羽崢聽話地拄著枴杖，穩穩當當地走了一圈，就算不特別小心翼翼，也沒有撞到東西，走著走著，他臉上竟然還帶了些炫耀。「阿姊妳看，崢兒走得好不好？」

這令慕雲檸心酸不已，伸手攬著他的小肩膀到炕邊坐下。「走得真好呢，來，我們說說話。」

慕羽崢伸手抱住她的腰，依賴地偎在她懷裡。「阿姊，妳身上的傷好了嗎？」

「無大礙，再養幾個月就好了。我在青山寨吃得好、住得好，沒受任何苦。」慕雲檸簡單地說明了自己的情況。

這些事廣玉之前都曾跟慕羽崢說過，可聽自家阿姊說的感覺又不一樣，每個字慕羽崢都認真聆聽。

聽完，他難過地說：「阿姊，我聽顧大夫說妳傷到了臉，我想摸摸看。」

慕雲檸便抓起他的手放在自己左眉上道：「不過是一道疤而已，我都不介意了，你傷心個什麼勁。」

輕輕摸著那猙獰的傷疤，慕羽崢心如刀割，聲淚俱下道：「阿姊以前那麼美都不好嫁，如今傷成這樣，往後怕是更難嫁了。」

這話直接戳中慕雲檸的心，她沒能忍住，翻了個白眼，把男孩的手拍開道：「你阿姊找男人不靠臉，你在這兒哭哭啼啼做什麼？」

慕羽崢一想也是，擦乾眼淚，鄭重道：「既然阿姊不在意，那崢兒也不在意，日後待我登基，不管阿姊看上哪個男人、對方同不同意，我都會將他搶來給阿姊。」

連番被戳，慕雲檸抬手就朝他背上來了一掌。「你又知道他不同意了?!」

這掌比方才那兩掌輕多了，可還是拍得毫無防備的慕羽崢從炕上往地上摔，慕雲檸連忙伸腿一擋，算是沒讓人撲在地上。

她不但不反省，還不滿地挑剔道：「怎麼，傷了一條腿、瞎了兩隻眼，就成了個小廢物了，一掌都挨不住？」

慕羽崢摸索著爬回炕上坐好，無奈地嘆道：「阿姊，妳這隨手就打人的習慣，什麼時候能改改？」

看了看自己的手，慕雲檸無辜道：「我也不知為何，一見你就想動手，對別人我可沒這樣，你說，你是不是該從你自身找找毛病？」

慕羽崢開心地笑了。「那可能因為我是妳親弟弟。」

看著男孩臉上開朗的笑容，慕雲檸眼眶泛紅，心酸的同時，也鬆了一口氣。

崢兒真是好樣的，小小年紀遭此大難，竟還能如此樂觀，絲毫沒有一絲頹廢的氣息。

見慕雲檸半天不回話，慕羽崢伸手摸她的胳膊道：「阿姊？」

慕雲檸抬手摸了摸他的頭道：「阿姊在。」

想起方才她說的話，慕羽崢好奇地問道：「阿姊，我進門時妳那樣罵我，難道妳知道我是因何中毒了？」

慕雲檸面色凜然。「顧大夫之前來過寨子，我問了他此事，他說那毒無色無味，食之令人雙目失明，他猜測是有人將此毒下在你的吃食或飲品之中。」

聽到這番話，慕羽崢不解道：「那就是在驛館的事了，可那人若有機會下毒，為何不再狠一點，乾脆下個致命之毒，直接取了我的性命豈非更好？」

慕雲檸搖了搖頭。「這也是我百思不得其解之處。」

想了一下，慕羽崢接著問道：「顧大夫可說過此毒何人能製？」

慕雲檸回答道：「顧大夫說此毒罕見且配法精妙，少一分無用、多一分致命，且毒發時間又掐得很準，不是一般人配得出來的，他已經有了猜測，但是還不能確認。」

聽了這些話，慕羽崢分析道：「妳我兩人的吃食皆經細心查驗方得入口，所以下毒者必定是我身邊親近之人。」

仔細回想了一番，慕雲檸說道：「那日，除了護送你離開的兩人，你身邊親近的那幾人全戰死在驛館。」

慕羽崢滿腹疑惑道：「所以此人下毒致我失明，卻又沒有逃走，而是隨我們一同戰死，那他為何要下毒？」

對慕雲檸來說，毫無根據的推測不過是浪費時間。「不知。外祖父已經著手調查，待將當日隨行之人都查個底朝天，總能找出蛛絲馬跡來。顧大夫會先把你的眼睛治好，之後他會去找他懷疑的那個人確認，雙管齊下，定能揪出幕後黑手。」

慕羽崢點頭，又問道：「阿姊可知，本該接應我們的五千名親衛去了何處？」

聽他提起這個，慕雲檸嘆道：「怕是已經不在了，等過陣子我身體好一些，我就去找找他們。」

五千名驍勇善戰的親衛騎兵悄無聲息地消失，這等大手筆讓姊弟兩人細思極恐、神情凝重，齊齊沈默了。

如今他們一個重傷未癒、一個眼睛腿瘸，想再多也無用。

慕雲檸摸了摸慕羽崢的臉，轉移話題。「你這臉怎麼糙得跟樹皮一樣？」

聽著自家阿姊那嫌棄十足的語氣，慕羽崢摸著自己的臉道：「沒有吧，這不是挺好的嗎？」

雖然和以前不能比，可和塔布巷的孩子們比起來，已經好太多了。

掐了掐他的臉，慕雲檸「嘖」了一聲道：「你搽些香膏吧，不要把自己搞得這般狼狽。我看廣玉他們的皮膚個個溜光水滑的，怎麼把你弄成這樣？」

慕羽崢把她的手從自己臉上拽下來。「不怪他們，是我自己不搽的。」

塔布巷裡可沒有哪個男孩搽香膏的，如今他藏身此處，要儘量和大家保持一致才好，不可過於突兀——這正是柒柒要他也搽點香膏，他卻拒絕了的原因。

不明白自家弟弟在想什麼，慕雲檸也懶得管，又問：「撿你回來的小姑娘呢？」

「在東院睡著了，外祖父不讓我向柒柒表明真實身分，我就沒敢讓她來見妳。」慕羽崢笑了，熱情邀請道：「不過阿姊要是想見她，我便帶妳去見。」

慕雲檸也對那小姑娘很好奇，便答應了，又說：「我讓裴定謀進來，你們認識一下。」

一聽此話，慕羽崢立刻說好。「阿姊，快請他進來吧，我該當面感謝他才是。」

慕雲檸想了想，先打了預防針。「裴大當家這人灑脫不羈，言行上若有冒犯之處，你莫要計較。」

牽著她的手，慕羽崢笑著說：「阿姊，無妨，日後若妳見了柒柒，妳也要多多包涵她。」

第三十八章　視若珍寶

慕雲檸好奇地問道：「不是說柒柒能幹又乖巧嗎，有什麼需要我包涵的？」

見自家阿姊好奇，慕羽崢便解釋道：「是這樣沒錯，就是發起脾氣來有點凶。對了，先前她為了幫一個同伴出頭，還被人罵無賴、小潑皮，這麼一說妳明白了吧。」

慕雲檸笑了。「一個才幾歲的小姑娘被人罵無賴跟小潑皮？還沒見著面，我就覺得她合我胃口！」

一旁的慕羽崢笑著嘀咕道：「能不合妳胃口嗎，妳在長安城那可是一霸。」

這話慕雲檸聽清楚了，故意問道：「你說什麼？」

聽出了威脅之意，慕羽崢臉色一正道：「我是說時候不早了，快請裴大當家進來吧。」

慕雲檸笑著去喊裴定謀，待聽到腳步聲，慕羽崢便起身拱手長揖道：「感謝裴大哥對我阿姊的救命之恩，來日定當報答。」

廣玉同慕羽崢說過，裴定謀對慕雲檸時都是「娘子」、「娘子」地叫，方才慕雲檸叫他進來，他也這麼喊，而她並未阻止，所以慕羽崢才沒稱呼他裴郎君，而是改喊裴大哥。

裴定謀此人對皇權不太敬畏，哪怕知道今夜來見的人是太子殿下，也絲毫不感到緊張。

然而，此刻看著男孩一臉正經地朝自己道謝，他不由自主地嚴肅了起來，沒敢冒失地喊

「弟弟」，忙拱手還禮道：「不敢當，不過舉手之勞罷了。」

兩個人客氣地寒暄，拜過來、拜過去，拜得慕雲檸不耐煩了，出聲阻止，他們才停下來。

時候不早了，姊弟倆雖有千言萬語，可一個念著弟弟年紀小要休息，一個擔心阿姊傷勢未癒不能勞累，於是決定去隔壁見見柒柒之後，慕雲檸就離開。

慕羽崢先回去讓小翠回西屋歇息，才去接慕雲檸進來，兩人躡手躡腳，像做賊一樣進了東屋。

輕輕關上門後，慕羽崢熟練地爬上炕，摸到柒柒的小被窩，探了探她的鼻息，見她呼吸平穩、睡得極沈，這才伸手偷孩子似的，把她的小被窩往外扯了扯，再用氣聲說：「阿姊，這就是柒柒，妳看，可愛嗎？」

男孩那炫耀寶貝一樣的神態和語氣，和當初給周敞看柒柒的時候如出一轍。

「可愛，可愛極了。」慕雲檸看著那縮成一小團的小姑娘，想著她聽到的、關於小姑娘的一切，既心疼又憐惜，眼眶濕潤地哽咽道：「這麼小就要養家，實乃不易。」

她想看清楚小姑娘長什麼樣子，可當她伸手慢慢撥開小姑娘那亂糟糟的頭髮，瞧見小姑娘只有中間那塊細膩、周邊卻粗糙的小臉蛋時，實在沒忍住，噗哧一聲笑了。

慕羽崢嚇了一跳，忙伸手去捂她的嘴，低聲道：「阿姊，妳笑什麼，待會兒該把柒柒笑醒了。」

慕雲檸忍著笑，拉開慕羽崢的手，死命壓低聲音道：「對不起，你們倆的臉變這樣，是沒錢買香膏是吧？」

慕羽崢立刻知道她在笑什麼，輕聲說：「家裡的錢不多，柒柒很節省，我又不能暴露身分……」

「柒柒這臉，就塗那麼一塊……」慕雲檸極力忍笑，說道：「還不如不搽呢。她這樣，別人不笑嗎？」

慕羽崢搖頭道：「不會，大家都習慣了，再說了，這塔布巷孩子們的臉，還沒有柒柒的好看呢。」

想到從青山寨到雲中城一路上的所見所聞，慕雲檸心情沈重，輕嘆了口氣，小聲問：「要不，讓廣玉他們等柒柒出門，丟兩錠銀子到門外？只要找不到失主，就可以拿來用。」

慕羽崢一聽，連連擺手阻止。「萬萬使不得。」

見他反應這麼大，慕雲檸不禁問起這是怎麼回事，慕羽崢便把柒柒之前以為自己是烏鴉嘴一事說了。

慕雲檸聽完，一手撐炕，一手捂肚子，無聲地笑了好一陣子還停不下來。

慕羽崢生怕她把柒柒吵醒，乾脆道：「阿姊快走吧，再待下去非把柒柒吵醒不可，她可聰明了，回頭不好解釋。」

不知還有多少笑料等著自己，慕雲檸也不敢再待，憋著笑起身往外走。「我是得走，再不走，內傷怕是要復發了。」

將慕雲檸送到院裡，慕羽崢拉著她的手，依依不捨道：「阿姊，妳什麼時候再來看我？」

慕雲檸的笑勁還沒過，拍了拍他的肩膀說：「過了年再說，你先陪你小媳婦兒好好玩吧。」

男孩覺得自己的感情被褻瀆了，難得一見地炸了毛。「阿姊妳混蛋，趕緊走。」

慕雲檸心情十分愉悅，笑著轉過身，去西院和等在門口的眾人打了聲招呼，就上了一輛極不起眼的馬車，由廣玉親自趕車將兩人送回城中。

馬車上，慕雲檸想到剛才那一幕幕，還是一個勁兒地笑。

裴定謀看著她宛如花兒般明媚嬌豔的笑容，也跟著咧開嘴傻笑。

慕雲檸瞧了他幾眼，對他招了招手，裴定謀以為她要說悄悄話，就把臉湊了過去，沒想到慕雲檸卻一口親在他臉上。

少女柔軟的唇重重親在自己的臉頰，親得裴定謀心頭一跳，捂著臉，驚喜交加、難以置信道：「娘、娘子，妳這是親我了，還是不小心撞上的？」

夜色靜謐、寒風刺骨，廣玉攏著袖子，腰桿挺直地坐在車轅上趕車，生怕不小心輾過石頭或土塊，顛著了一身是傷的公主殿下。此外，他還小心地觀察四周，以免哪裡躥出什麼夜貓，驚了馬。

廣玉正全神戒備，冷不防聽到車廂裡傳來那親得響亮的一聲，驚得他一個趔趄，差點從車轅掉下去，幸虧他身手俐落，胳膊往車廂上一撐，再次坐穩了。

他本想不動聲色地裝聾作啞，可方才那一撐，在車廂上撞出了「咚」的一聲。

車內車外，一片死寂。

裴定謀連忙捂住了嘴，一臉抱歉地看著慕雲檸；慕雲檸見他那副傻樣，無語望天。

廣玉滿心焦灼，在開口致歉和閉嘴裝啞巴兩個選擇之間左右為難。

斟酌再斟酌，廣玉最後還是決定閉嘴，那可是公主殿下，打遍長安城貴族王孫世家子弟無敵手的崇安公主。

廣玉識時務地沈默著，越發謹慎地趕車，可內心卻洋溢著發現了公主殿下秘辛的興奮，還有滿腹八卦卻不敢向任何人分享的憋悶。

馬車一路平穩地駛到客棧門口，廣玉斂起了笑意，停好馬車，恭敬道：「周娘子，到了。」

裴定謀想確定慕雲檸那一親是故意還是意外，可他喊了那一嗓子之後，慕雲檸一直雙手抱臂闔眼休息，沒再搭理過他。

他煎熬了一路，聞聲立刻扶著慕雲檸下車，同廣玉告辭。

進入客棧，兩人一到屋內，就見裴吉趴在桌上睡著了，裴定謀上前一腳把人踢醒，低吼道：「滾回你自個兒屋去！」

裴吉揉了揉眼睛，見兩人安然無恙地歸來，便笑嘻嘻地說道：「嫂嫂，爐子上熱著奶羹，妳慢用，我先回屋去了。」

慕雲檸很喜歡這個機靈能幹、嘴還特別甜的少年，她笑著點頭說：「多謝你了，裴吉，早些歇息。」

獲得了嫂嫂的關心，裴吉頗為得意地朝裴定謀挑了挑眉，在他那大腳踢過來之前，嗖地一下躥出門了。

裴定謀把門關好，上前抱住慕雲檸，將她舉得老高，焦急道：「娘子，妳快跟我說，剛才妳是故意親我的嗎？」

慕雲檸被嚇了一跳，雙手按在他肩上，低頭俯視著這一向精明、有時卻格外愚蠢的男人。

她故意不回答，裴定謀便急得抱她直轉圈。「娘子，好娘子，妳快說。」

慕雲檸被轉得頭暈，繃著臉一會兒，忍不住笑了。「嗯。」

裴定謀這下不轉圈了，慢慢將她往下放，直到兩人臉對著臉、額頭抵著額頭，他的視線就落在慕雲檸的唇上，喉間滾動了一下。

慕雲檸摟著他的脖子靜靜等著，可等了好一陣子，也不見他行動，她就往前湊了湊。然而，那明明很想親她的男人，卻不知死活地往後縮了縮。

「躲什麼！」慕雲檸不悅地訓斥，手揪著裴定謀的頭髮，把他腦袋往前扯了一下，直接親了上去。

雖是一觸即離，可裴定謀腦中卻像炸開了煙花，一陣火花閃過後，他竟有些恍惚起來。那一刻，他眼中再無其他景象，只有那作惡之後，衝著他笑得有些囂張的小娘子。

鬼使神差的，裴定謀學著慕雲檸的樣子，大手兜上她的後腦勺，毫不猶豫地回親了上去，凶狠、野蠻、霸道……

被啃得喘不過氣來時，慕雲檸這才想起來，這個自從認識後就一直在她面前慫唧唧、蠢兮兮的男人，本是個狂妄蠻橫的土匪。

更沒料到的是，他的力氣竟如此大，一條手臂箍緊她的後背，一手扣著她的後腦勺，將她牢牢困住，動彈不得。

她這個遺傳了周家人天生怪力的周家外孫女，推了他的胸口幾次，卻沒能將他推開分毫。

慕雲檸覺得自己下一刻不是被憋得斷氣，就是被他活生生給勒斷氣，她忍無可忍，一巴掌抽在裴定謀臉上。

這不輕不重的一巴掌，把裴定謀給抽清醒了，他雙手抱著將慕雲檸舉遠了些，像個傻子似的一臉茫然，還有些委屈。「娘子，怎麼了？」

慕雲檸忍著翻白眼的衝動，指了指自己的唇，沒好氣地說道：「你說呢?!」

「哎呀，怎麼腫了呢？」見那粉潤晶瑩、甜美無比的嘴唇竟微微腫起，裴定謀既心虛又愧疚，忙把人抱到炕邊輕輕放上去。

他單腿跪在她面前，擺出那副又慫又憨的死德行，雙手握著她的手往自己臉上拍。「娘子，妳打我吧，狠狠打。」

慕雲檸抽回手，點了點自己發麻的唇，氣不打一處來。「裴定謀，這是親嘴，不是啃羊蹄子，不必這麼大力。」

「娘子，我錯了。」裴定謀死皮賴臉地又要去抓她的手，被甩開了幾下才終於抓到手裡。

他將慕雲檸的手貼在自己臉上，來回晃著身子說：「娘子，我不懂嘛，妳多教我，妳教完我就會了嘛。」

一個大男人像個受盡了委屈的小媳婦兒半跪在地上，抓著姑娘家的手晃啊晃，晃啊晃。要不是他嘴裡說著賤嗖嗖的話，要不是他剛才親她時像隻捕食獵物的惡狼一樣，就憑他這張越養越俊的臉，看起來還真是楚楚可憐。

「起來。」慕雲檸想抽出自己的手，可裴定謀卻死活不肯撒開，她氣得一腳將他踹翻，踢掉鞋子上炕，脫下大氅隨手一甩，進了被窩，面朝牆躺著。

裴定謀從地上起身，這次不用慕雲檸要他滾過去，他便迅速將自己的被褥拖到她身邊鋪平、躺好，雙手將慕雲檸連同被子撈進懷裡。

等了好一會兒，也沒等到冰冷無情的「滾」這個字，裴定謀放下心來，在她頭髮上親了親。「娘子，妳還生氣嗎？」

總算見到了弟弟，慕雲檸今晚非常高興，在馬車上看那陪著她笑的男人格外順眼，決定把兩人花前月下的進度往前提一提，一個衝動就親了他的臉一口。

後來彼此的氣氛到位了，她就覺得再往前一步也不是不行。

本來，頭一回親嘴，她心裡還挺欣喜的，也有一絲旖旎，可沒想到這男人粗蠻至此，真是令人火大。

不過，慕雲檸終究不是那種情感細膩的小娘子，一向是遇到問題就商議，商議不了的話動動拳腳就能解決，前面抽了他一巴掌，後面又因他扭捏作態踹了他一腳，那點氣就消了。

見裴定謀有點畏縮地問自己，慕雲檸如實答道：「不氣了。」

聽著那平和的語調，裴定謀徹底鬆了一口氣，臉在她頭髮上蹭了蹭，聲音低低的。「娘子，我沒親夠，要不，妳現在教我？」

慕雲檸的嘴還在發麻，聞言冷聲道：「滾。」

「欸，好咧，那明天再親。」裴定謀識時務地應道。

瞧慕雲檸閉上眼睛不再說話，他又將人抱緊了些。「娘子，我覺得妳今晚和以前不一樣了。」

慕雲檸睏得很，含糊不清地問：「哪裡不一樣？」

裴定謀想了半天也沒找出個恰當的說明來，最後說道：「像個人了。」

初次見面，他唐突地喊她「娘子」，她卻不怒不躁，淡淡回應，還格外有禮地喊他「裴郎君」。

一個小娘子，傷得那麼重，還破了相，也不見她露出一絲失望或難過。

哪怕說起她失蹤不見的弟弟，她也只是紅了眼眶，落了幾滴淚，隨後就冷靜沈著地想出各種辦法方便他找人。找不到，她也沒哭，又讓人往長安送信。

後來和家裡聯繫上，找到了弟弟，她也只是笑了笑，沒有那種劫後餘生的喜極而泣。

在今晚之前，他總覺得她像被一層霧籠罩住了，總是那麼淡淡的，像個仙女；又永遠那麼堅強，像個無堅不摧的神人。

所以他雖然嘴上犯賤，內心卻還是不敢造次。

可今晚不同，她抱著弟弟坐在地上哭得毫無儀態，還有那啪啪兩掌，及滿是關心的責罵，一下子就把神仙般的女子從天上拉到地上，一切瞬間變得極為鮮活。

這讓裴定謀覺得，她也是個會哭的脆弱小娘子，他想把她抱在懷裡呵護，永遠都不想讓她再像今晚那般嚎啕大哭。

他這話說得不清不楚，慕雲檸卻聽明白了，一個沒忍住笑出了聲。「蠢東西，你是在罵我以前不像人嗎？」
聽到她的笑聲，裴定謀得寸進尺地在她鬢邊親了親，說道：「娘子，我好喜歡妳，妳可喜歡我？」
慕雲檸笑著躲開這個渾身直冒熱氣的男人，又說了句。「蠢東西。」
裴定謀被罵得心花怒放，傻兮兮笑個不停。
慕雲檸翻身面對他，臉靠在他胸口。「裴定謀，崢兒是一定要坐上那個位置的，我要幫他。」
裴定謀立刻點頭說道：「我陪妳。」
慕雲檸接著說：「不過，這一條路滿是血腥，注定不太平，你要是跟著我，或許這輩子都無法像個尋常男人娶妻生子，有個家。」
裴定謀語氣鄭重。「娘子，我有妳就夠了，我就要妳，只要妳。」
慕雲檸沈默了許久以後，開口說道：「裴定謀，等我的傷好了，我們打一架吧。」
裴定謀大驚失色道：「娘子，我說錯話了嗎？」
慕雲檸抬起頭，在裴定謀下巴上親了一口，雙眸亮晶晶的。「我高興，我這人一高興就愛跟人打架，不把對方打趴絕不停手。」
一想到和娘子打架自己不能真還手，只能乾等著挨揍，裴定謀就覺得全身都開始疼了，咬牙道：「好咧娘子，到時妳打輕點。」

第三十九章　歡欣度年

臘月二十九，陽光普照，地上、屋頂上的積雪在陽光下刺得人睜不開眼。

孩子們約好今天上午一起去趕集，大家都起床了，就剩下最小的柒柒還在呼呼大睡。

「伍哥，你趕緊把柒柒那個小懶蛋喊起來，我們先在外頭玩一會兒！」在山趴在窗戶上喊。

呂家接了第二單的妝奩，在山每天都在家幫忙，已經很久沒出來野了，他朝屋裡喊了一聲以後，就團了一捧雪，跟柱子、雲實幾個瘋成一團，一個個大呼小叫，院子裡熱鬧非凡。

慕羽崢把喊了幾遍都喊不醒的柒柒抱到懷裡晃著。「柒柒，快起來，在山他們都來了，喊妳呢！」

小姑娘本就是貪睡的年紀，冬天又更容易犯睏，睡在暖烘烘的被窩裡，柒柒是真不想起來啊。

她往慕羽崢懷裡拱了拱，伸出一根手指道：「哥哥，我再睡一小會兒，就一小會兒喔。」

昨天晚上睡覺前，小姑娘一再交代慕羽崢隔天要早點喊她起來，說去得早可以逛得久一點，還說要是她不起來，就直接把她打醒，可這下她又說要多睡一會兒了。

他當然不可能像小姑娘交代的那樣打她，可又怕縱容她睡下去，回頭耽誤了小姑娘逛街，到時錯過了什麼，她可是會生氣的。

慕羽崢想了想，說：「我聽廣掌櫃說，花影軒為了慶祝過年，今日又有活動呢，好像是答對了問題就送彩頭，去晚了的話怕是什麼都沒有了。」

原本睜不開眼的小姑娘，一聽這話，像個彈簧一樣猛地從慕羽崢懷裡跳起來，著急地扒拉兩下亂蓬蓬的頭髮，手腳並用地爬到炕頭，拽起棉襖、棉褲，手忙腳亂地往身上套。「你怎麼不早說！」

柒柒以極快的速度穿好衣裳、穿鞋下地，拿梳子往慕羽崢面前一遞。「哥哥，梳頭，快！」

慕羽崢哭笑不得，以最快的速度為小姑娘梳好頭髮，柒柒一刻都不願多等，洗臉刷牙、穿好外襖，小挎包一拎，抓了幾塊點心在手裡，撒腿就往外面跑。

「伍哥，我也跟著柒柒去街上。」小翠和慕羽崢說了一聲，拿了柒柒的頭巾追出去，幫小姑娘圍好。

在山他們一見柒柒出來，也不打雪仗了，興沖沖地張羅著出門。

雲實跟知風藉口家裡東西都已買齊了，不去趕集，等柒柒他們走遠，兩人就進屋去陪慕羽崢。

等他們一進門，慕羽崢就說：「雲實，你換條路跑一趟花影軒，告訴廣玉，說我方才同柒柒說今天鋪子會做活動，有彩頭可送，讓他準備一下。」

雲實應是，出門後趴在牆頭上，等見到柒柒他們離開巷子，這才從巷子溜出去，東彎西拐、一路飛奔，朝著花影軒而去。

慕羽崢留在家裡，與知風練了幾回拳腳、玩了一會兒投壺，雲實就趕了回來，說一切辦妥。

聞言，慕羽崢放下心來，帶著兩人把屋子到處收拾一遍，又掃了掃院子，才剛進屋去生火取暖，柒柒他們就從街上回來了。

院門嘎吱一響，慕羽崢聽到那興奮的腳步聲，嘴角不禁微揚。

片刻工夫後，小姑娘宛如一陣風似的跑進門，語氣滿是撿到了寶貝的開心。「哥哥，你猜怎麼了？」

慕羽崢照舊假裝什麼都不知道，十分感興趣地問：「怎麼了？」

柒柒拿下小翠縫給她的花布小挎包，小心翼翼地拿出一大盒香膏，往慕羽崢手裡一放，歡快得像早起覓到食的鳥兒，欣喜地說道：「是一大盒香膏，這麼一大盒耶！」

慕羽崢拿著那比平時大上兩、三倍不止的瓷盒，有些好笑地說：「這麼大一盒？」

柒柒高興地說：「多虧你喊了我起來，我們去得算早的，廣掌櫃說我們一幫人為鋪子添了不少人氣，每人獎勵了一大盒。」

說完，小姑娘又嘆了口氣，頗為惋惜地說：「不過廣掌櫃說，這盒香膏不能久放，必須趕緊用，不然放到開春怕是要壞了。」

慕羽崢猜到廣玉這是怕小姑娘捨不得用，刻意找的說詞，他點頭道：「那妳可得抓緊用，壞了就可惜了。」

「那是當然。」柒柒歡喜地應下，又對小翠說：「小翠姊，妳的也別省著。」

「好。」小翠自然也高興，笑著點頭，回西屋去把香膏仔細放好。

柒柒和小翠都沒錢，她們今天說是去趕集，無非就是去湊個熱鬧而已，根本就不會買東西，慕羽崢深知這一點，並未多問。

在山幫蔓雲也領了一盒，剛送回家，就從牆頭跳過來喊大夥兒吃飯，等柒柒等人應了，他又跑到西院去請顧奂揚。

一會兒工夫之後，眾人都聚集到呂家。廣玉在鋪子裡沒回來，家裡的大人只有呂成文跟顧奂揚，其餘一大幫都是孩子們，鬧哄哄的，房頂都快被掀翻了。

呂成文為了這頓飯特地打了一張大圓桌，一群人熱熱鬧鬧地擠在一起。

羊肉燉胡蘿蔔、馬鈴薯燉雞肉、紅燒豆腐、素炒大白菜，還有夏天存的野菜乾泡開做了野菜湯，這些全是家常菜，種類也不多，但分量十足，呂成文陪著顧奂揚邊吃邊喝酒，孩子們則吃得停不下來。

柒柒一邊吃，一邊為慕羽崢挾菜解說，雲實跟知風要替她照顧他，她還不讓，一頓飯下來，可把小姑娘忙壞了。

呂家買了一整隻雞，蔓雲把雞腿剁下來煮了，一根給了雲實這個愛吃雞腿的「傻孩子」，一根給了柒柒。

柒柒把雞腿撕開餵了在江幾口，又往慕羽崢碗裡放了幾片肉，最後才自己拿著骨頭把雞腿啃得乾乾淨淨。

等大夥兒吃得差不多時，廣玉扛了一條烤羊腿趕回來給大家加菜，孩子們不禁歡呼出聲。

開開心心飽餐了一頓，孩子們幫著收拾完桌子，便各自回家。

因柒柒家和西院一家搭伙，第二日除夕，兩家人又聚在一起過年，早飯跟午飯都隨便吃，晚上這頓算是年夜飯。

廣玉也放了假，說要向大夥兒展示一下他的廚藝，雲實、知風與小翠三個孩子，洗菜的洗菜、切菜的切菜、燒火的燒火，幫忙打下手。

柒柒看他們忙得不可開交，也想過去搭把手，大過年的，大家倒是沒像以前那樣讓她歇著，可她圍著眾人的腿邊轉了半天，仍是沒插上手，不禁嘆了口氣，拉著慕羽崢去院子裡放鞭炮玩。

最近這段日子，她已經練習了許多次，如今膽子大了起來，點鞭炮時不再一驚一乍、動不動尖叫了，可她還是不敢用手拿著點火，總要把鞭炮放在地上，蹲得很遠、胳膊伸得老長，才敢去點。

雲實出來取柴火，一見到裹成顆球的小姑娘隔著老遠的距離要點鞭炮，人都快趴在地上了，火摺子還沒碰到引線，就欠罵地猛然大喊道：「點！」

柒柒本就緊張，這冷不防的一聲把小姑娘嚇得一哆嗦，火摺子掉落，人也摔在地上了。

雲實幸災樂禍地笑著。「膽小鬼。」

「雲實！」柒柒氣炸了，爬起來四處找棍子，可昨天慕羽崢他們把院子收拾得乾乾淨淨，棍子都收到柴火垛旁碼了起來。

慕羽崢猜到小姑娘在找什麼，把手裡探路的枴杖遞過去道：「柒柒，用這個。」

柒柒跑過去接住枴杖，拔腿就追起雲實，可追了好幾圈也沒追上。

聽見小姑娘累得氣喘吁吁，慕羽崢慢慢往前走了一段，摸索著找到雪堆，揉了幾個硬實的雪團。

隨後他偏過頭、側著耳，靜靜聽著兩人的腳步聲。

聽了一會兒，慕羽崢猛地揚手，一個雪團又快又狠地砸在雲實的腦袋上。

雪團頓時散開，落進雲實的衣領內，冰得他驚聲慘叫。「伍哥，不帶這麼偷襲的！」

回應他的，是一個又一個雪團。那些雪團像是長了眼睛一樣，百發百中，砸得雲實這個搗蛋鬼上竄下跳。

柒柒樂得直蹦跳，在一旁拍手助威。「哥哥，再砸！左邊，往東……」

三個人鬧騰著，直到屋裡的柴火燒完，小翠走了出來，雲實這才抱著一捆柴火，彎腰躲在比他矮上許多的小翠身後進了屋。

柒柒牽著慕羽崢的手，格格笑著向他講述雲實的狼狽模樣，聽得慕羽崢也忍不住跟著笑。「下次他再招惹妳，妳就告訴我，我來打他。」

屋門打開，小翠笑著喊道：「伍哥、柒柒，準備吃飯了！」

「來嘍！」柒柒歡快應道，拉著慕羽崢的手進屋，一進門就猛力吸了一下鼻子，驚喜道：「什麼東西這麼甜呀？」

廣玉哈哈笑著說：「知道妳這小饞貓愛吃甜食，伍哥特地讓我熬了一鍋牛乳紅豆羹給妳。」

柒柒眼睛都發亮了。「放了糖嗎？」

廣玉點點頭道：「放了，伍哥叮囑過多放兩勺。」

柒柒開心地抱住慕羽崢說：「哥哥，你真好！」

廣玉頗為不服地說：「嘿，妳這小姑娘，東西是我熬的、糖是我放的，妳不謝我，去謝伍哥？」

柒柒晃著腦袋道：「可你都說了是我哥哥讓做的呀。」

「說得對。」慕羽崢笑著點頭，又說：「少吃幾口，剩下的等吃過飯再吃。」

小翠端了早就盛好的小碗遞到柒柒手裡道：「早給妳涼著了。」

柒柒捧著小碗喝了一口，開心得瞇起了眼睛道：「好甜哪！」

開開心心、熱熱鬧鬧地吃過年夜飯，顧奐揚作為長輩，給所有人都發了壓歲錢。

柒柒拿著沈甸甸的荷包，心急難耐，很想打開看看有多少錢，可神醫伯伯還在場，她怕壞了禮數，只好等著。

察覺到小姑娘偷偷過來捏他那個荷包，慕羽崢猜出小姑娘的心思，將她悄悄拉到自己身後，回頭小聲說：「偷看一眼不打緊。」

柒柒便藏在慕羽崢背後，飛快打開荷包瞅了一眼，見裡面裝著足足兩個銀錠子，小姑娘樂開了花，趴在慕羽崢背後用氣聲說：「哥哥，二兩銀子……竟然有二兩銀子！」

慕羽崢聽著那興奮難抑的聲音，忍笑把自己的偷偷遞給她道：「也看一眼我的。」

柒柒接過一看，兩隻眼睛又瞪大了一些。「也是二兩。」

這下好了，家裡的錢匣子終於不會再那麼空了。

「可是神醫伯伯給這麼多，我們該怎麼謝謝他呢？」柒柒有些犯愁。

想了想，她眼睛一亮，和慕羽崢商量著說：「哥哥，要不我們給神醫伯伯磕個頭吧。」

慕羽崢笑著勸阻。「不必了，大家都領了壓歲錢。」

可柒柒覺得不一樣，廣玉、雲實、知風三兄弟是神醫伯伯的姪子，而她和哥哥只是鄰居，再說，不光是這四兩壓歲錢的事，神醫伯伯平日教了她那麼多醫術，又盡心盡力為哥哥治眼睛，他們兄妹兩人合該去給神醫伯伯磕個頭，以表感謝之意。

柒柒小聲對慕羽崢說了自己的想法，慕羽崢點頭道：「言之有理，那就去磕一個吧。」

於是柒柒牽著慕羽崢，走到正在和廣玉閒聊的顧奐揚面前，跪了下去，甜甜地開口。

「伯伯，我和我哥哥給您磕……」

她這「磕」字還沒說完，坐在炕邊的顧奐揚和廣玉就像被什麼東西咬了屁股一樣，嗖地一下從炕上跳起來，一人撈起一個孩子，如臨大敵。

「萬萬不可。」

「這可使不得！」

吃過晚飯，雲實跟知風就一直在旁邊嗑瓜子，見到這一幕，驚得齊齊張大了嘴巴，瓜子都忘了嗑。

柒柒被廣玉拎著，腳尖騰空，她嚇到了，委屈巴巴地解釋道：「我們只是想給伯伯叩個頭拜年。」

讓太子殿下給人磕頭，這不是要他們的命嘛……廣玉忍著翻白眼的衝動，把柒柒放在地上，好聲好氣哄著。「自家人，不必如此客氣。」

「喔，那好吧。」柒柒也不明白這兩個人怎麼了，逢年過節的，晚輩給長輩叩頭是再尋常不過的事，他們為什麼這麼大驚小怪的。

慕羽崢牽著柒柒的手說：「我們去放煙花吧，雲實說西院還有好多煙花，去玩吧。」
廣玉朝那目瞪口呆的兄弟兩人使眼色，兩人回過神來，瓜子往兜裡一放。
「走，放煙花去。」
「放煙花！」
「哥哥走，小翠姊走！」柒柒樂呵呵地應下，左手牽著慕羽崢，右手拽著小翠，一起出門。
到了院裡，她爬到木墩子上扯著嗓門喊：「蔓雲姊、在山哥、在江小壞蛋，看煙花嘍！」
沒一會兒工夫，孩子們全都聚集在院子裡，幾個男孩跑到西院把那些煙花全搬過來，一個接一個地點燃。
夜空中綻放著一朵又一朵絢爛的煙火，璀璨耀眼。
柒柒仰頭看著，一雙眼睛熠熠生輝，發出了來自內心深處的感嘆。「哇，哥哥，好好看哪。」
慕羽崢雙眼看不見，只能聽見煙花綻放的聲音，不過往年的除夕、上元節，他曾見過無數煙花，想像一下，也跟著笑了。
柒柒轉身走到慕羽崢面前，望著他那雙映滿了煙火的眼睛道：「哥哥，我真希望時間過得快一點，你的眼睛能趕快好起來。」

慕羽崢摸摸小姑娘的頭道：「會的，興許明年過年，我就可以陪妳看煙花了。」

柒柒高興地晃著慕羽崢的胳膊說：「到時候，咱們家就買個大大的煙花！」

慕羽崢笑著點頭道：「好，就買個大大的。」

過了個歡欣熱鬧的年，眾人的日子又恢復了平靜。

柒柒每日上午一樣去林氏醫館，下午就去西院幫忙顧奐揚製作各種藥丸。

喝藥、敷藥、針灸、藥浴，顧奐揚每日都去東院，按部就班地為慕羽崢治眼睛。

慕羽崢照舊拿著每月五百文的束脩教雲實和知風寫字，孩子們也雷打不動地跟著一起學。

呂成文接連幾單妝奩做完，買家又下了新的單子，包括首飾盒、珠寶盒等各式各樣的物品，他的木工活計再沒斷過，在山整日在家幫忙，已很少有時間出門玩耍。

出了正月，小翠為了賺錢的事愁得嘴邊長了一圈火疱，柒柒勸了也沒用，實在看不過去了，她便找廣玉幫忙。

廣玉私下問過慕羽崢之後，就安排小翠到花影軒當學徒，打掃環境、清點貨物、整理庫存，每月給她開五百文的工錢。

小翠開心得落淚，格外珍惜這個來之不易的機會，每日早上和柒柒一同出門，送了柒柒去醫館，她就去胭脂鋪，午飯跟晚飯都在鋪子吃，吃完才回家。

她一整天兢兢業業，既勤快又能幹，鋪子裡的夥計們都心疼這懂事的小姑娘，對她很是照顧。

柱子過完年就跟他販菜的舅舅學著做起了生意，每日早出晚歸，也很忙碌。

第四十章　重見光明

匈奴因戰將左谷蠡王的死亡，戰鬥力大減。韓東將軍去年一路追著匈奴打，大興這麼多年來終於揚眉吐氣了一回。

北境各州各郡前所未有地安穩起來，雲中城的百姓們也都復工復產，家家戶戶的日子漸漸有了起色，這個春天，孩子們終於不用再跑到漫漫草原上到處刨食，也再沒有餓過肚子。

在山、柱子和小翠各自有了營生，今年也沒時間去草原上挖藥草。

慕雲檸在青山寨安心養傷，隔三差五就戴著冪籬或面具遮掩自己的面容，前往雲中城探望慕羽崢。

日子不緊不慢地過著，春去秋來、冬去春來。

轉眼間，一年過去，草原上再次春花爛漫。

這一陣子，慕羽崢的療程已經到了最後關頭，他的雙眼敷著藥，一直被白布纏著。

看不見慕羽崢的眼睛，令柒柒有些心慌，她總是拉著他的手，問他有沒有哪裡不舒服。

慕羽崢總是笑著安慰小姑娘，說自己一切都好，讓她不必擔心。

柒柒等得焦急，每每問一句「還要多久」，慕羽崢便笑著說快了快了。

這一日，風和日麗、晴空萬里。

柒柒一回到家，就見大夥兒都在屋裡，慕羽崢眼蒙白布坐在炕上，朝她伸出手，笑著說：「柒柒，過來。」

意識到有大事要發生了，柒柒摘下小挎包往桌上一放，跑過去牽住慕羽崢的手，既期待又忐忑地說：「哥哥，眼睛是不是好了？」

慕羽崢笑著點頭。「嗯。」

柒柒開心得蹦蹦跳跳道：「太好了！」

雲實在一旁看著兩人執手傻笑，忍不住催促道：「柒柒，妳能不能先別跳了，伍哥非得等妳回來才肯拆布，說要第一個看見妳，妳趕緊給伯父讓個位置。」

「喔，好。」柒柒乖巧應下，忙鬆開慕羽崢的手，讓到一旁。

顧奐揚走了過去，將慕羽崢眼睛上裹了月餘之久的白布一圈一圈慢慢取下來，又用浸濕的帕子將上面殘留的藥漬擦乾淨，這才笑著說：「好了。」

慕羽崢閉著雙眼，伸出手道：「柒柒？」

「哥哥，我在這兒。」柒柒忙把手放到他手上。

慕羽崢摸索著找到小姑娘的腦袋，捧起她的小臉，這才緩緩地睜開眼睛。

他微瞇著雙眼，適應了片刻，便盯著面前那張想像了無數遍的小臉，久久凝視。

見他眼珠子動都沒動一下，柒柒有些忐忑不安，小聲問道：「哥哥，你能看見我嗎？」

其他人也緊盯著慕羽崢的眼睛，大氣都不敢喘一下。

慕羽崢笑了，說道：「能。」

「好了，真的好了！」

「真是太好了！」

屋內響起一陣歡呼聲，雲實跟知風兩個半大小夥子蹦得老高，滿屋子瘋跑，最後嫌屋裡太小，直接跑出門，到院子裡發瘋去了。

顧奐揚笑著收拾藥箱，默默出門。

廣玉滿面喜色，拱手作揖，道了一句「恭喜伍哥」，隨後匆匆出門，去給慕雲檸和太尉府送信。

柒柒嘿嘿笑著說：「哥哥好了，真的好了！」

看著眼前缺了兩顆門牙，朝他傻裡傻氣、笑得無比燦爛的小姑娘，慕羽崢也開心地笑了。

難怪他最近總覺得小姑娘說話漏風，問她幾次她都不說，原來竟是掉了兩顆門牙。

可他卻想，柒柒這樣仍舊是天底下最可愛、最好看的小姑娘。

柒柒拽下慕羽崢捧著自己臉的手，晃著腦袋，向他展示自己的小臉蛋。「哥哥，你看我夠胖嗎？」

這些日子以來，每晚睡前，兩個人總是要暢想一番慕羽崢眼睛治好了之後的情景，柒柒也老是問他覺得她長什麼樣。

慕羽崢就說，她一定是天底下最好看的小姑娘，可就是太瘦了，要再長胖一些才好。

畢竟在慕羽崢的印象中，長安城裡那些富貴人家的小姑娘，小臉都是白白淨淨、圓圓的。

柒柒過去是因為受苦、受累又吃不飽才這麼瘦，如今家裡不缺吃的，也不需要她那麼勞累，他就想著小姑娘也要養得白白胖胖的。

可慕羽崢沒想到，過去他見過的那些小姑娘，大都三、四歲而已，白胖肥嫩些倒也正常，如今柒柒就要八歲，在抽條了，很難再長成那樣。

柒柒不懂他為什麼這麼執著要她長胖些，不過她還是盡可能地多吃一點。如今慕羽崢一能看見，柒柒自然要問上一句她夠不夠胖。

慕羽崢認真地打量了一下，點頭道：「胖是胖了些，可還不夠胖。」

這張小臉，還不夠圓呢。

柒柒便說：「那我再多吃一些，長成包子那樣。」

說完，她自己忍不住笑得前仰後合，倒在慕羽崢胳膊上。

慕羽崢也跟著一個勁兒地笑。

盼了這麼久，慕羽崢終於重見光明，柒柒當即便張羅著帶他去草原上看天、看雲、看花，這是她早就答應他的。

當天下午，柒柒就在雲實的陪伴下跑了一趟醫館，和林義川請了一天假，順便告訴他這個好消息。

林義川和許翠嫻都很高興，當即應允，還說要是一天不夠，玩兩天也沒問題。

這段時間內，柒柒早就把該認的藥草認全，各種藥草的藥性背得滾瓜爛熟，不管是什麼藥草到她手上，她都毋須睜眼，只要一聞一摸，便能精準辨認。林義川教她背的藥方也是信手拈來，不錯一個字。

今年過完年以後，林義川便讓柒柒上手處理外傷、上藥包紮，工錢也漲到每月八百文。如今醫館要是來個受了小傷的患者，都是柒柒親自接待，作業流程熟練得很。

難得的是，小姑娘面對各種血腥場面都能鎮定自若、處變不驚，這點出乎林義川的意料，總是連番誇讚，不停地和許翠嫻說柒柒是個好苗子。

柒柒沒辦法告訴別人，那是因為上一世她見過許多殘肢斷臂、四處噴濺的腦漿還有拖在地上的內臟，她從一開始的噁心嘔吐、高燒不斷、噩夢連連，到後來的冷靜以對，早已練就了一身麻木的神經。

如今再見這些傷了手指、削破外皮之類的小傷，簡直是不值一提。

林義川說了，等柒柒能夠熟練地縫合傷口、處置各種外傷後，就教她接骨，等她能接骨了，就將每月的工錢漲到一兩半，所以她可不敢多請假，忙說請一天就好。

等到晚上，柒柒又去邀請蔓雲、在山和柱子，問他們有沒有空去草原上玩半天。幾人一聽慕羽崢眼睛好了，再加上已許久不曾出去放風，便欣然應允。

柒柒又慫恿小翠明天一起去玩，小翠知道這是為了慶祝慕羽崢的眼睛好了，便去向廣玉請假。

第二天一早，柒柒和小翠裝好糕點、拿好水壺，等人到齊，大夥兒就一道出門。

擔心慕羽崢露面會引人注意，惹得他的仇家尋上門，孩子們便圍成一個圈，把他藏在裡頭。

為了安全起見，已經長成大人身量的雲實又嘎嘎怪叫著在巷子裡頭跑了兩趟，成功地把左鄰右舍都嚇回家之後，眾人才簇擁著慕羽崢往巷子外走。

但凡誰家有個冒頭想偷看的，雲實就揮著拳頭跑過去，嚇得人家罵罵咧咧，說廣掌櫃可真是缺德，這傻孩子長這麼大了也不看好一點，竟放出來禍害人。

柒柒早就對雲實時不時抽風犯傻病見怪不怪了，明白他不會真的傷人，也不管，放任他鬧。

這是慕羽崢被柒柒撿回家之後第一次出院門、頭一回出塔布巷，他不禁好奇地四下打量。

然而，孩子們為了掩護他，把他的視線擋住了。

雲實跟知風一前一後護著他，柱子和蔓雲一左一右擋著他，他們的身高全比他高；在山和小翠擠在縫隙裡，身高和他差不多，還有柒柒牽著在江圍著他鬧，一會兒撞一下他、一會兒碰一下他，影響他的注意力。

所以，直到走出塔布巷，慕羽崢什麼也沒看清楚，不禁有些哭笑不得。

這兩年來，慕羽崢抽高了不少，缺了昔日宮中那般精細的照料，他又刻意不搽香膏任由皮膚變得粗糙些，再加上這一身粗布衣裳，還有那隨意用一條髮帶紮起來的頭髮，看上去除了五官漂亮以外，已經和塔布巷的孩子們沒什麼兩樣了。

況且他有一口道地的雲中郡口音，哪怕不被孩子們小心翼翼圍著，獨自走在街上也不會引人矚目。

除了慕羽崢、雲實跟知風，其他人都不知道，在他們四周有無數雙眼睛關注著他們，並暗中保護。

孩子們謹慎小心地護著慕羽崢，一路從城北出了城。

一出城門，男孩們就像被關了很久、剛放出籠子的野獸一樣，大聲嚎叫著，朝著熟悉的那片草原狂奔而去。

呂家已頓頓能吃上飽飯，在江養得胖胖的，邁著兩條小短腿跑不快，急得直跺腳。

蔓雲抱不動在江，大聲喊在山，讓他回來揹人。

在山碎唸個不停地折返，朝著在江的小屁股上拍了一巴掌，罵了聲「小累贅」，扛起他就跑，惹得小傢伙格格笑個不停。

蔓雲不放心，牽著小翠一路追著喊「慢點」。

聽著那聲格外熟悉的「小累贅」，慕羽崢和柒柒都笑了，兩人也牽著手跟在後頭跑。

那幫瘋了的男孩實在太能跑了，兩人追了一會兒沒能追上，柒柒累得氣喘吁吁，慕羽崢便揹起她跑。

天空碧藍、雲朵潔白，青草碧綠、野花鮮豔。

聽著耳邊呼呼吹過的風聲，柒柒摟著慕羽崢的脖子，大聲地笑著說：「哥哥，你是飛毛腿吧！」

慕羽崢早已習慣小姑娘時不時冒出一、兩個他從沒聽過的詞來，他加快腳下的速度，笑著應道：「妳說是就是。」

等終於追上他們，慕羽崢就把柒柒放下來，柒柒隨即走到躺成一堆的男孩面前，挨個兒踢了一腳道：「跑那麼快做什麼？」

幾個男孩嘻嘻哈哈地躲著她。

「妳自己腿短，不要怪別人！」

「就是！」

柒柒懶得理他們，見慕羽崢似乎不累，便拉著他去摘野花。

草原上的野花繁多，五顏六色、各式各樣，可柒柒獨愛金燦燦的金蓮花。

「哥哥，你幫我摘這個，我喜歡。」柒柒招呼慕羽崢，慕羽崢便應好，上前幫小姑娘摘花。

不過片刻工夫，兩人就摘了一大捧金蓮花。

柒柒坐到草地上，簡單地編了兩個花冠，一個扣在自己腦袋上，另一個戴在慕羽崢頭上，歪頭打量他，笑著說：「嘿嘿，好看。」

慕羽崢笑著回誇。「柒柒也好看。」

見他的視線落在自己嘴上，柒柒才反應過來自己沒了兩顆門牙，忙抿住嘴。

那欲蓋彌彰的小模樣，惹得慕羽崢忍不住笑，柒柒見他笑得開心又好看，也笑了，還故意齜牙對著他說：「想笑就笑吧。」

之前慕羽崢一顆下牙掉了的時候，她看著逗趣，也偷偷笑著。

小姑娘發起脾氣來那麼凶，慕羽崢哪敢大聲笑，他平躺在草地上，枕著雙臂，仰頭望天，嘴角越揚越高。

見他躺得悠閒自在，柒柒扯開他一條手臂躺了上去，蹺起二郎腿慢慢晃著。

兩個孩子，頭上戴著金燦燦的金蓮花冠，並排躺在綠油油的草地上，一起看晴空萬里、雲捲雲舒……

慕羽崢的眼睛好了，顧奐揚又觀察了他幾日，確定再無問題後，就以要繼續雲遊的名義離開雲中城。

臨走那天，柒柒不捨，難過得直掉眼淚，不顧顧奐揚的阻攔，硬是給他磕了三個頭，感謝他對慕羽崢的相救之恩，還有對她的授醫之情。

有些事情還不到解釋的時候，顧奐揚就未多說什麼，只是叮囑小姑娘。「柒柒，我教妳的那些，只可用來救人，切莫拿來害人。」

見神醫伯伯說得格外嚴肅，似乎還有些擔憂，為了讓他放心，柒柒便舉手對天發誓，絕不會用那些醫術來害人。

顧奐揚這才摸了摸小姑娘的頭，對眾人揮手道別，又朝慕羽崢拱了拱手，上車離開了。

柒柒對著越駛越遠的馬車不停揮手，直到馬車出了巷子再也看不見，她才跟著大夥兒轉身回屋。

進屋之後，小姑娘面朝牆，靜靜坐在炕邊，忍了又忍，還是沒忍住哇一聲哭了出來。

慕羽崢輕輕嘆了口氣，伸手將人抱進懷裡道：「別難過，以後還有機會再見的。」

柒柒把臉埋在慕羽崢懷裡，哭得抽抽噎噎。「可是……可是伯伯說，他以後不會再來、再來雲中城了。」

慕羽崢摸著她的頭說：「那我們就去找他，總能有機會相見的。」

柒柒只當慕羽崢是在安慰她，應了好，可還是難過。

這兩年以來，神醫伯伯日日帶著她配藥、製藥丸，像對待自家晚輩一樣對她，和善慈祥、照顧有加，她早就把他當成親伯伯了。

之前柒柒還小，把一切想得很簡單，總覺得等自己長大，想去哪兒就能去哪兒。可隨著年紀漸長，她越來越能體會到，這個出行只能靠腿跟車馬的世界，想去遠一點的地方是多麼艱難。

上次和遇兒分離時，她只盼著某天能不期而遇；這次和神醫伯伯分開，她就知道此生難再相聚。

「哥哥，我討厭分別。」柒柒埋在慕羽崢懷裡，悶聲悶氣地說。

慕羽崢緩緩拍著她的背道：「放心，我們永遠不會分開，不管到哪裡，一輩子都要在一起。」

柒柒抬起頭，格外認真地點頭說：「好。」

然而，當天夜裡，慕羽崢便發現自己的話說得有點早了。

前幾天剛來過的慕雲檸夜訪塔布巷，把和周敞商議過的決定告訴慕羽崢。

「白景安排自己人以江南商人吳慈仁的名義，在城裡置辦了一處宅院，過兩日，吳家會給吳小郎君招募陪讀和陪練的小廝，你登門應聘，之後就搬進去住。

「你以前的拳腳師父是宮廷中人，如今不能再用，可百花坊的人必須在暗處行事，不便露面，所以外祖父另外找了兩位江湖高手，他們會教你武功，順便護你安危，還請了一位隱世大儒，他會教你讀書。」

慕羽崢知道自己的眼睛痊癒後就該往前走了，一一應好，末了說道：「柒柒也得搬過去，我們要在一起。」

見男孩一副兩人死也不分開的鄭重模樣，慕雲檸覺得好笑不已。

可上次被一向溫文爾雅的弟弟跳腳罵過混蛋後，她不敢再亂開玩笑，點頭說道：「那是自然，柒柒的房間也準備好了，你自己找個說詞同她說就行。小翠也能跟著一起過去，你們搬走之後，廣玉他們也會搬到你們隔壁去住。」

慕羽崢頓時一愣。「柒柒的房間？她……不和我同睡嗎？」

第四十一章 分房而住

聞言，慕雲檸恨鐵不成鋼道：「我的太子殿下，你都要十一歲了，柒柒也要八歲了吧，男女七歲不同席的道理還需要我教？」

慕羽崢實在難以接受。「可是……」

「你眼睛都好了，還可是什麼？」慕雲檸打斷他，語氣不容置疑。「柒柒越來越大，以後會長成大姑娘，你們兩人從今往後必須分開住。」

慕羽崢垂下頭，沈默了。

這兩年多的日日夜夜，他生活在一片黑暗之中。

從最初的惶恐不安，到後來的心中安定，他早就習慣夜裡一伸手就能摸到小姑娘的小手跟小臉，也習慣把那一睡著就蜷成一小團的小姑娘抱在懷裡，只要撫摸她那毛糙糙、亂蓬蓬的小腦袋，他就無比心安。

慕羽崢從來沒想過，等他的眼睛一好，兩個人就要分開睡。

可是按道理、按規矩，他們……是該分開了。

慕羽崢沈默許久，萬分沮喪地開口。「阿姊，可是分開住柒柒會怕，我擔心跟她說，她會哭。」

見到慕羽崢垂頭喪氣的模樣，讓慕雲檸想起了他五歲分宮單住時也是這般。

那時候他還是圓嘟嘟的小奶娃，可憐巴巴地抓著她的袖子賴著不肯走，說「阿姊妳一個人睡會怕的，崢兒留下陪妳吧」。

明明是他自己不想分開，卻嘴硬不肯承認，非說她會怕不可。

慕雲檸在男孩的背上拍了拍，決定還是維護一下太子殿下的顏面，只道：「柒柒要是哭了，你就好生哄哄她，但還是得分開。」

默默無語了一會兒，慕羽崢強顏歡笑道：「好吧。」

往後的白日，他要習武、讀書，柒柒要去醫館，兩人只有晚上才有時間相處，可卻要分開睡……一想到這裡，慕羽崢心頭就悶悶的。

他想起了自己小時候，從阿姊宮裡搬出來之後，夜晚躲在被子裡哭過，到時候只怕柒柒也要偷偷哭了。

見他情緒低落，慕雲檸安慰道：「搬去城中前還要作套戲，總得花些日子，這陣子你多陪陪柒柒便是，跟她講清楚道理，她要哭就讓她哭，哭過之後她就能明白。」

慕羽崢點頭，也只能如此了。

最近這幾天，柒柒發現慕羽崢突然變得很黏人，她一回家，他就要牽著她的手，晚上睡覺也要連人帶她的小被子一起拖進他的被窩，然後抱著她的腦袋不放。

天氣暖和了起來，柒柒蓋著兩床被子，實在熱得睡不著，尤其是腦袋還被慕羽崢摟在懷裡，頭髮甚至抓在他手裡，就更加悶得慌了。

這天晚上，柒柒本就熱得難以入睡，慕羽崢的手還不停地捋著她的頭髮，她無奈地從他懷裡把腦袋伸出來，語氣幽怨。「哥哥，你這是薅羊毛嗎？」

看著小姑娘氣鼓鼓的小臉蛋，慕羽崢一臉歉疚道：「吵到妳睡覺了？」

柒柒晃了晃腦袋，把他還放在她頭上的手晃掉。「哥哥你要是這麼喜歡我這腦袋，我擰下來給你好了。」

慕羽崢一噎，半晌才輕聲訓道：「胡說八道，這話日後不可再說。」

柒柒哼了一聲，抱著自己的小被子，從他被窩爬出去，回到自己的褥子上躺好，揮拳警告道：「今天晚上你不許再把我抱過去，不然我揍你啊。」

見小姑娘那凶相和雲實扮傻的時候簡直一模一樣，慕羽崢忍不住笑著說：「別跟雲實學。」

柒柒又哼了一聲，閉眼睡覺。單獨睡涼快多了，沒一會兒，小姑娘就睡著了。

慕羽崢側躺著，靜靜看了小姑娘好一陣子，這才輕嘆了口氣。

睡著之前，他滿是擔憂地呢喃道：「罷了，若是過兩日夜裡哭，我就再陪她幾晚好了。」

縱使慕羽崢再不情願，該來的還是來了。

先是廣玉過來告知，白掌櫃打算讓他在雲中城多留幾年，所以他們過些天就要搬到城裡白掌櫃新置辦的宅子去住了。

在一起搭伙了這麼久，感情早就好得像一家人似的，柒柒很捨不得他們，但是也只能祝福。

緊接著，吳家小郎君招陪讀書僮和拳腳陪練小廝的消息放了出來，慕羽崢就跟柒柒說自己想去試試。

柒柒一聽慕羽崢要去應徵，當即不同意。「哥哥，你這麼拋頭露面行嗎？我知道你想賺錢，可我已經問過書肆，也和掌櫃的說好了，過陣子有抄書的活計就會給你，到時我把活拿回家裡，你抄完我再送過去，這樣你也安全些。」

知道她在擔心什麼，慕羽崢安慰道：「別擔心，我讓廣掌櫃幫忙打聽清楚了，吳家來自江南，和我那仇家不是同個地方的。再來，妳不也說過，我的模樣和剛來的時候大不一樣了，日後出門我就稍微低著頭走，不打緊的。」

柒柒還是覺得不妥當。「可是，給大戶人家做書僮和小廝也不是那麼容易的。」

慕羽崢攥著小姑娘的手說：「柒柒，不要擔心那麼多，我總不能一輩子不出門，這兩年也沒人來找過，想必那些人早就當我死了。」

柒柒的心情很矛盾。

她希望慕羽崢去試試，畢竟就像他說的，他一個男孩不能真的一輩子待在家裡讓她養，她是願意養沒錯，但也擔心長久下來他抬不了頭。

可她又不希望慕羽崢選上，也不知道為什麼，她總覺得像他這樣的人，不該對任何人低聲下氣，要是給富貴人家的公子做下人，哪能任由自己的性子來。

柒柒想了又想，勉為其難地鬆了口。「那你就去試試吧，要是選不上也沒關係，咱們再找其他活計。」

慕羽崢笑著應好，說隔天便去試一試。

柒柒怎麼都不放心他一個人去，說要請假陪他，慕羽崢堅定地拒絕了，提議道：「要不我們去問問在山和柱子，看他們願不願意一同過去試試，要是能選上，發衣裳跟管飯不說，工錢一個月還有一兩銀子呢。」

將來的日子會如何他不知道，但他只要待在雲中城一天，就想帶他們多認些字、多讀幾本書。

柒柒立即點頭，兩人先去了在山家，又去了柱子家。

一開始，兩家人都有些猶豫，畢竟在山正和呂成文學木工活趕單子，家裡挺忙碌的，而柱子和自家舅舅學販菜，也算有了營生。

然而，一聽慕羽崢說日後沒時間再教大家識字，若能被吳家選上，每月不光有一兩銀子可拿，還能跟著吳家小郎君一起讀書、學些拳腳，兩個孩子都心動了。

再一問，聽說是兩年一簽的活契，兩家人格外慎重地商量一番過後，都答應讓在山和柱子明天一起跟著去試試。

有柱子和在山陪伴慕羽崢，柒柒安心了不少。

第二天一早，三個男孩都特地梳洗了一番，打扮得乾淨俐落。

他們和柒柒一起出門往街上走，先把柒柒送去醫館，聽了柒柒好一頓叮囑，這才去了吳家。

今天醫館不忙，柒柒便搬了小板凳坐在門口拾掇藥草，可眼睛卻一直瞥著他們離開的方向。

艱難地熬過了上午，又熬到了晌午，柒柒心中有事，午飯吃得比平時少了些，許翠嫻見狀，詢問有什麼情況，柒柒便如實說了。

剛說完，就聽外頭傳來在山和柱子激動的說話聲，柒柒忙跑出去問道：「怎麼樣?!」

有在山和柱子在，根本輪不到慕羽崢開口，他牽起柒柒的手笑著，聽在山和柱子你一句、我一句，把話都說完了。

「成了成了，我們三個都選上了！」

「每月一兩銀子工錢，休三天，一季發兩套衣裳，一年總共八套，還包早、午兩餐。」

「吳小郎君很和善，性子也好，看著就好說話。」

「最重要的是，我們只管陪吳小郎君讀書跟練拳腳，不需要服侍他。」
「吳家真的好有錢，專門請先生到家裡來住，方便教導吳小郎君。」
「今天他們還留我們吃了頓飯，全是肉，真叫一個香！」
「吳家這麼好？」聽他們倆講得眉飛色舞，柒柒也很高興。
慕羽崢捏捏她的手指道：「這些對富貴人家而言並不算什麼，不過是給自家公子找些玩伴罷了。」
在山又說：「對了，就是柒柒妳得和伍哥搬過去住，往後咱們就離得遠了。」
柒柒看著慕羽崢，皺起眉頭說：「哥哥，怎麼要搬去吳家住？」
慕羽崢回道：「先生考我們寫字，見我寫得還可以，便說他在編撰典籍，缺人手，問我願不願意幫他謄抄，每個月他自掏腰包給我五百文，可以宿在吳家，還包一頓晚飯。
「我告訴他我有個妹妹，他便說可以一起搬過去，妳的晚飯也包了。我想著，吳家離醫館更近，這樣妳每天來回也方便些，還能多五百文進帳，便應下了。」
過去慕羽崢有什麼事都會和柒柒商量，這還是頭一次自己作了決定，不過柒柒仔細盤算了一下，兩個人的晚飯能省不少錢，還多了五百文的工錢，挺好的。
她又問：「那小翠姊呢？」總不能把她一個人扔在家裡吧。
慕羽崢說道：「吳家的府邸很大，那位先生為我們向吳家要了個小院子，房間足夠，小翠也可以搬進去住，走一段路就到花影軒了。」

柒柒開心地笑了。「那就好，這樣小翠姊來回也近了。」

等到返家和小翠一說，小翠就緊拉著柒柒的手道：「柒柒，妳去哪兒，我就去哪兒。」

柒柒很興奮，問慕羽崢什麼時候搬，慕羽崢說明日帶呂叔和柱子他爹一同去簽身契，簽好之後，最遲後日就要搬。

柒柒聞言，拉著小翠連夜收拾起行李來，一邊收拾一邊盤算。「哥哥一日三餐都在吳家吃，小翠姊，我們早上就在外頭買個包子當早飯，我晌午在醫館吃，晚上在吳家吃，小翠姊妳午飯跟晚飯都在花影軒吃，這樣就不用做飯了，鍋碗瓢盆一類都不用帶，帶衣服、被褥和一些常用的東西就行……對了，別忘了香膏。」

慕羽崢整理著自己的衣物，接話道：「被褥也不用，吳家說我的和柒柒的都會發，應該也不差小翠那一套。」

柒柒和小翠都很驚喜，這樣的話，放個假若要回家住時也有得蓋。

收拾好幾個包袱，三人便去了西院。

廣玉三兄弟這兩天也忙著打包，一聽柒柒說了這個消息，三人連番道喜，說這下可好，兩家都搬去城中，走動起來也方便些。

隔天，三個男孩跟著呂成文和柱子他爹去吳家簽完兩年的身契，晚上廣玉就在自家請大夥兒聚餐，算是告別宴。

又過了一天，柒柒、慕羽崢、小翠在柱子與在山的幫助下，大包小包地搬去吳家。

看著那高門大院，柒柒有些發怵，緊緊地抓著慕羽崢的袖子。

好在門房進去通報之後，出來接人的廖管家很和善，笑著把三人迎了進去，直接帶他們到離上課的學堂不遠的一個獨立小院子。

小院子比柒柒在塔布巷的家稍微大了一些，但房間卻多了不少，正房三間，左右兩邊各帶了一間耳房，另有東西廂房各兩間，不管是屋裡還是院子都是青磚鋪地，走起來不會帶起塵土。

廖管家把人帶到之後，交代了幾句，說這小院子裡的房間隨便住，讓他們自行安排，便離開了。

在山和柱子幫忙把東西拎進正房，便告辭回家。明日即將上工，兩人就想著今日要多幫幫家裡的忙。

小翠有些侷促地問慕羽崢。「伍哥，我想住廂房，你看行嗎？」

自幼小翠就在家裡戰戰兢兢地看人眼色，時日一長，造就了她心細如髮的細膩性格。

這兩年來，她早就透過種種跡象，察覺慕羽崢的身分不一般。

她想單獨住在廂房，一是不希望下次再有人夜訪的時候，她要躲到被子裡把耳朵捂住，生怕自己聽到什麼不該聽的，二是她得趁著夜裡做衣裳跟鞋子。

再有幾個月，小翠就能攢到十兩銀子了，還錢給大家的時候，她會再各自送上一件衣裳跟兩雙鞋當作謝禮。大家都長得很快，之前她沒敢做，眼看著錢要攢夠了才做起來，得抓緊時間趕一趕。

還有，柒柒不會女紅，小姑娘的衣裳鞋襪、荷包帕子，這兩年都是她這個姊姊在張羅。今年小姑娘長胖了些，個子也高了，去年的衣裳已經顯小，得做兩套新的。

至於伍哥，既然吳家會發新衣裳，那她給他做兩雙鞋子就成了。

若是三個人都住在正房，她晚上點燈熬油的，難免會影響他們休息。

正房的屋門敞開著，柒柒抱著包袱一下東屋、一下西屋地跑著放，還朝他們喊：「哥哥、小翠姊，你們在院裡傻站著幹什麼，快來搬東西啊！」

慕羽崢笑了笑，朝小翠點頭道：「好，東廂房我留著有用，妳住西廂房吧。」

「謝謝伍哥。」小翠鬆了一口氣，笑著跑進屋去搬東西。

柒柒一聽小翠要住西廂房，剛開始還不同意，說正房明明住得下，為什麼要去廂房住。

小翠解釋說自己想做活，怕擾人清靜，柒柒見小翠堅持，便由著她。

幫小翠把她的東西都搬到西廂房後，柒柒又跑回正房，樂顛顛地把自己和慕羽崢的東西都往東屋搬。

慕羽崢默默陪著小姑娘把東西都搬完，看著她把包袱拆開，開始往櫃子裡放衣服時，他才不得不開口，語氣頗為沈痛地說道：「柒柒，從今往後，我們分開住。」

柒柒一愣，轉過身，詫異地問道：「為什麼要分開？」

對著小姑娘那雙茫然的大眼睛，慕羽崢覺得自己像是拋棄了她一般，心中滿是罪惡感，他遲疑了一陣子，才低聲道：「我晚上要讀書，怕吵到妳。」

「你讀你的啊，我又不怕吵。」柒柒笑了，繼續放衣服。

慕羽崢上前按住她的手，繃起臉，擺起了兄長的架子。「柒柒，就算妳不怕吵，我們也要分開睡。」

柒柒不明白慕羽崢這是在抽什麼風，昨天晚上還死活要抱著她腦袋薅她頭髮呢，今天就非要分開睡。

不過……既然這裡房間那麼多，分開就分開吧。

柒柒已經很久沒作過噩夢，覺得分開住也不是什麼大事，一個人睡一間房，想想更舒服呢。

小姑娘略微一思量便答應了。「行，那哥哥你睡東屋，我睡西屋。」

說完，柒柒又忙忙碌碌地把自己的包袱往西屋搬，一路蹦蹦跳跳的，像隻歡快的小兔子。

完全沒有出現慕羽崢想像中的場景——小姑娘傷心地抱著他嚎啕大哭，說「哥哥，我不想跟你分開」，她甚至完全沒生氣。

看著小姑娘笑逐顏開地扛著包袱屁顛屁顛來回跑，慕羽崢心頭越發憋悶了。

第四十二章　全新生活

沈默地站了一會兒後，慕羽崢伸手拉住她，語氣聽起來不大痛快。「柒柒，我要和妳分開住，妳不生氣嗎？」

「為什麼要生氣？」柒柒滿臉困惑。

以前慕羽崢眼睛看不見的時候，她膽子還小，家裡的地方又不夠住，只能擠在一起。可現在他眼睛好了、她也不怕了，這裡又這麼寬敞，分開住就分開住啊。

慕羽崢氣結，鬆開手，垂眸道：「沒什麼。」

見他好像不開心，柒柒一頭霧水，歪著腦袋看向他的臉說：「哥哥，你生氣了？」

慕羽崢伸手推開她的小臉蛋，有點悶悶地說道：「快去收拾東西，待會兒要吃午飯了，必須自己去廚房打飯。」

想起在山他們那天描述的美味飯菜，柒柒眼睛一亮，應了一聲，抱著最後一個包袱跑去西屋了。

慕羽崢看著乾淨整潔卻空蕩蕩的東屋，說不出心裡什麼滋味。

柒柒對慕羽崢的多愁善感一無所知，兀自快樂地收拾著她的行李，末了把裝了玉簪和錢的木盒拿出來，藏在衣櫃最下方，隨後用衣裳壓好。

整理好帶來的東西，柒柒又跑到炕上，看了看已經鋪好的被褥跟枕頭——是全新的，柒柒很高興，暗自感嘆有錢就是好。

她跑到東屋，躲在門邊瞅了一眼，見慕羽崢還在那裡默默收拾，她就好心問了一句。「哥哥，要我幫你嗎？」

慕羽崢頭也不抬道：「不用，妳歇著吧。」

「那我去找小翠姊嘍！」剛搬到新環境，柒柒興奮得很，撂下一句，轉身就往外走。

慕羽崢故意將剛疊好的衣裳弄亂，出聲說道：「這衣裳怎麼這麼難疊？」

柒柒聽到以後回過頭，納悶地問道：「你剛剛不是疊得好好的？」

慕羽崢低頭坐著，格外「笨拙」地疊起一件外衫，卻弄得歪歪扭扭的。

柒柒看得著急，上前教他，她示範了兩遍，他才把一件衣裳疊好。

柒柒見狀，笑著拍拍他的胳膊，毫不吝嗇地鼓勵。「哥哥，你可真能幹，多疊疊就會了。」

見小姑娘笑得眼睛彎彎，慕羽崢也跟著笑了。

東西沒多少，在柒柒的指點下，慕羽崢再「笨拙」，也很快就收拾好了，他起身道：「我們出去逛逛吧，熟悉一下環境，逛完順便去廚房領飯。」

柒柒點頭應好，兩人手牽手出門，又到西廂房喊上小翠，三人出了小院子，在府裡四處逛了起來。

小翠跟柒柒都有些好奇，不停地四下觀望，慕羽崢邊走邊為她們介紹，交代哪裡可以去、哪裡不可以去，兩人一一牢記。

走到一個高牆圍著的僻靜院落時，慕羽崢特地小聲交代。「這裡是那位教書先生住的，他這人性子有些古怪，陰晴不定的，妳們以後繞開這個院子走比較好。」

柒柒滿臉擔憂道：「你跟著他抄書，要是犯了錯，他會不會打你、罵你？」

慕羽崢捏捏她的手說：「無妨，我儘量不犯錯便是。」

三人繞著吳府走了一大圈，算是把該認識的地方都認識了，柒柒納悶道：「怎麼不見吳家主人，也沒瞧見幾個下人，他們都不出來走動的嗎？」

慕羽崢表情平靜地說道：「興許都在忙吧，我們只管過自己的日子便是。」

小翠回想了一下剛才遇到的幾個下人，心中升起一個奇怪的念頭——這府裡的人，好像在刻意躲著他們。

這麼大的府邸，他們又逛得很久，一共才遇到四、五個下人，確實不算多，而且那幾個下人本來走得好好的，可一看到他們三個，全都低頭退了幾步，繞路離開，無一不是如此。

他們的樣子說不上是懼怕還是恭敬，但感覺上都特地放輕了腳步。

她和柒柒是土生土長的塔布巷人，這反常的行為自然不會是因為她們，那麼問題就在伍哥身上了。

柒柒認完路，肚子有些餓了，著急道：「哥哥，我們去廚房吧，待會兒去晚了可就沒飯了。」

聽到小翠想回去吃早上多買的一個包子，柒柒便小聲說：「小翠姊，妳回去等著，我和哥哥把飯拿回來，我們三個吃。」

小翠連忙拒絕。「那怎麼夠。」

柒柒霸道說：「夠不夠都是我們三個分著吃，要是吃不飽，晚些時候咱們就出去買胡餅。」

小翠不禁看了慕羽崢一眼，見他笑著點頭，便應了聲好，先返回小院子。

慕羽崢牽著柒柒去廚房，一進門，廚房管事就笑容滿面地迎上來，在和慕羽崢的目光對上之後，他忙收斂了笑意，隨手指了指放在灶臺上的食盒道：「飯在那兒。」

柒柒走過去打開蓋子一看，眼睛瞬間一亮，恨不得當場大喊一聲「哇」。

一碗香味撲鼻的燉羊肉、一碗翠綠的清炒小白菜，還有一碗黃燦燦的蔥炒蛋，三個菜碗滿滿的，下面還有兩大碗黍米飯，不光足夠他們三個吃，就是再來個在山也成。

「多謝伯伯。」柒柒甜甜地道謝。

廚房管事裝出一副無所謂的樣子揮了揮手，示意他們拿了飯趕緊走，他還要忙呢。

柒柒也不敢繼續打擾，招呼慕羽崢來拿食盒，他單手就輕鬆拎了起來，牽著柒柒往回走。

兩人一路沈默著回到小院子，慕羽崢把食盒拎去正房，柒柒則興沖沖地去西廂房把小翠拉到正房，指著已經擺在桌上的飯菜樂得直拍手道：「看，這麼多，夠我們吃的了！」

「這麼多？」小翠驚訝無比。

伍哥應聘的不過是個陪讀書僮跟陪練小廝，可吳家不光單獨給他撥了個小院子，允許他帶人來住，伙食還這麼好……

小翠下意識地看向慕羽崢，方才那奇怪的念頭又冒出來了。

慕羽崢看了小翠一眼，隨後看向柒柒道：「剛才忘了多要一副碗筷。」

柒柒一拍腦門，懊惱道：「唉唷，忘了，這下怎麼辦？」

慕羽崢那狀似無意的一瞥，看得心思一向敏感的小翠有些心驚，忙低下頭往外走。「我房裡有，我去拿。」

看著小翠急急忙忙離開的背影，柒柒沒心沒肺地哈哈笑道：「看來小翠姊也饞了，跑那麼快。」

慕羽崢拿筷子挾起一塊燉得軟爛的羊肉，餵到小姑娘嘴邊道：「妳先吃，少了兩顆牙，吃得慢。」

柒柒嘿嘿笑了兩聲，把肉咬進嘴裡，瞇起了眼，含糊不清地說：「商！」

慕羽崢笑著說：「香就多吃點。」

小翠很快就拿了碗筷過來，三人圍著桌子坐好，美美地飽餐了一頓。為了不浪費食物，柒柒和小翠都吃撐了。

吃完飯，小翠搶著收拾碗筷拿去洗，柒柒要去幫忙，反被她趕走了。

柒柒抱著圓滾滾的肚子，像隻翻了殼的小烏龜一樣躺到炕上，幸福地感嘆。「要是頓頓都吃得這麼好就好了。」

慕羽崢坐在一旁，笑著看她，沒說話。

今日搬家，大家都不需要幹活，小翠洗完碗筷放進食盒，就回西廂房去做針線了。

柒柒賴在慕羽崢的東屋炕上和他東扯西扯，扯睏了，連打幾個哈欠道：「哥哥，我不想動，我就在這裡睡午覺好嗎？」

慕羽崢自是應好，為柒柒鋪好了被褥，看著她滾上去，又幫她把被子掖好，便坐在她身邊守著她。

等到柒柒睡得沈了，慕羽崢才輕輕起身離開，交代小翠留意正房的動靜之後，便出了院門。

小翠想了想，拿著做了一半的鞋子，搬了張椅子坐到正房門口接著做。

慕羽崢來到先前特地交代柒柒她們要繞開走的院子，推門進去。

包括廣玉、雲實、知風在內，院裡眾人齊齊拱手，低聲道：「小郎君。」

慕羽崢揮了揮手道：「不必多禮。」

眾人簇擁著他進入屋內，各自落坐後，慕羽崢才開口。「人多眼雜，眼下我還不能暴露身分。不管是人前還是人後，大家還是按照先前講好的，把我當成鳳伍即可。」

待眾人應是，慕羽崢便看向假扮成吳慈仁的百花坊夥計葉少秋，還有假扮成吳小郎君的少年杜勤，笑著道：「吳老爺、吳小郎君，在我這個『小廝』面前，還請你們拿出點江南富商的派頭來，適當擺擺譜。小翠已經起了疑心，你們要是再這樣下去，怕是不妥。」

雲實自豪地說道：「你們學學我跟知風，看我們演得多好。」

杜勤是和雲實他們一起長大的，知道雲實是個皮猴性子，便笑著橫了他一眼道：「你那是缺心眼。」

慕羽崢點頭笑道：「雲實的缺心眼可起了大作用了。」

在場眾人哄笑出聲，氣氛頓時輕鬆起來。

又聊了一會兒，慕羽崢便起身回去。

小翠見他回來了，趕忙把門口讓開道：「伍哥，柒柒還睡著呢。」

「好。」慕羽崢笑著點了點頭，進入東屋。

小翠隨即搬著椅子、拿著鞋子返回了西廂房。

晚上的飯菜照樣是兩葷一素，可分量比晌午少了一些，三個人吃飽剛剛好。

柒柒也沒多想，見慕羽崢不知道從哪裡借了本書來看，她就跑去找小翠玩了。

小翠縫著為柒柒做的衣裳，縫得又快又好，柒柒托著腮幫子羨慕不已道：「小翠姊，妳可真能幹，我怎麼就少了根拿針的筋啊，裡裡外外全都得讓妳做。」

聽了這些話，小翠笑著說道：「我是姊姊，本就該幫妳做的。再說了，妳會治病救人，不是更厲害嗎？」

柒柒賴在小翠身邊說道：「那以後咱們長大，就去南邊找個有山有水還暖和的小地方住下來，我開間醫館，妳開間裁縫鋪，我哥哥則開間學堂，大家開在一起當鄰居。」

小翠笑著點頭道：「好，到時候我們早上一起去開門，晚上一起關門回家。」

柒柒光是想像那個畫面就高興，說道：「小翠姊，要不今晚我和妳睡吧，我們說說話。」

小翠納悶地問道：「那伍哥怎麼辦？」

柒柒答道：「我哥哥說，今天開始我們兩個分開睡，妳沒看我行李都搬西屋去了。」

「也是，伍哥眼睛都好了。」小翠點頭，開心道：「行，那妳今晚就跟我睡。」

「等我一下，我去抱被子喔！」柒柒高興地跳下地。

回正房一趟後，柒柒抱著被子樂顛顛地往外走，慕羽崢聽到動靜出來查看，見狀，擋住她的去路道：「妳這是要去哪兒？」

柒柒抱著被子看著他說：「我去跟小翠姊睡，哥哥你讓開，沒看我都看不見路了嗎？」

慕羽崢繃著臉道：「不行。」

柒柒一臉不解。「為什麼不行？」

「妳要是作噩夢的話，她哄不好妳。」慕羽崢說完，伸手搶過柒柒的被子。「反正妳不能去。」

「什麼？」柒柒氣得跺腳道：「我已經很久沒作過噩夢了！」

「胡說八道，前晚妳才作了噩夢呢。」慕羽崢從容不迫地撒了個謊，抱著被子送回西屋。

慕羽崢出來時，見小姑娘整個人氣呼呼的，便溫聲哄道：「妳作噩夢又哭又喊的，連踢帶踹，小翠膽子本來就小，妳嚇到她多不好。」

見他說得有鼻子有眼睛，柒柒也糊塗了，決定先妥協。「那好吧，我去跟小翠姊說一聲。」

小翠聽完柒柒的話，想起以前確實曾在半夜聽到柒柒作夢哭鬧，便笑著安慰她。「沒事，妳先自己睡幾晚，要是不再作噩夢，伍哥就能放心了，到時候我們再一起睡。」

柒柒點頭說好。

到了晚上睡覺的時候，慕羽崢特地把東、西屋的門都開著。「妳要是害怕就喊我，開著門聽得清楚些。」

柒柒「呿」了一聲道：「哥哥你少瞧不起人。」

說是這麼說，可當柒柒真的一個人躺在炕上時，她還是有些不習慣，就算起身點了燈也一樣。

兩年多了，她沒再一個人睡過，身邊躺著個會呼吸的，令她內心踏實許多。

可如今又一個人睡，前後左右都空蕩蕩的，總覺得心裡沒個著落，好像隨時會有妖魔鬼怪不知道從哪裡冒出來咬她一口。

柒柒爬起來，把被子拖到東牆旁，緊緊貼著牆睡，後背有了依靠，感覺好上許多。

可不知道是不是下午睡太久了，她總睡不著，想了想，便伸著脖子用氣聲喊了句。「哥哥？」

她想著，要是慕羽崢還沒睡，就跟他說幾句話。

可沒想到她話音剛落，慕羽崢彷彿就等著她這一聲似的，眨眼工夫就閃身出現在西屋。

看著冷不防出現在眼前的人，柒柒驚得瞬間坐起身來道：「哥哥，你是飛來的嗎？」

「怎麼了，可是怕了？」

慕羽崢坐到炕上，伸手把小姑娘摟進懷裡道：「別怕，哥哥在呢。」

柒柒一陣無語，任由他薅了一會兒頭髮，才抬起頭來說：「哥哥，我不怕，我就是睡不著。」

慕羽崢扶著柒柒躺好，為她蓋好被子，坐在床邊摸著她的腦袋說：「那我陪著妳，妳睡著我再走。」

柒柒裹著被子往他身邊蹭了蹭，笑著說：「好。」

不知是習慣慕羽崢的陪伴，還是真的睏了，沒多久小姑娘就睡著了。

慕羽崢又坐了一會兒，等小姑娘徹底睡實才起身，當察覺腳下冰涼一片時，他才發現自己沒穿鞋子就跑了過來。

他光著腳丫子返回東屋睡下，睡到半夜時習慣性地伸手去摸人，摸了半天沒摸到，又嚇醒。

慕羽崢坐起來時才想到，兩人已經換了地方分開睡了，他想了想，下地去西屋看了一眼，幫小姑娘扯了扯被子才回到東屋。

如此反反覆覆，光一個晚上，他就往西屋跑了三、四次。

第二天，慕羽崢精神有些不濟，柒柒問他怎麼了，他便說換了地方後睡得還不太適應。

柒柒讓慕羽崢不如抓緊時間再睡一會兒，他卻堅持把柒柒和小翠送到大門口，看著她們走遠才折返。

兩個小姑娘先跑到包子鋪，各自買了個大肉包當早飯，小翠把柒柒送到醫館後，才拐去花影軒。

在山和柱子在規定的時間內趕到吳府，和慕羽崢會合後一起領了早飯，吃過之後就去了學堂。

上午，他們三個陪著吳小郎君聽先生講學；吃過午飯，三人在慕羽崢住的小院子休息了一下；下午又陪吳小郎君跟著拳腳師父練武。

這一天下來，在山和柱子都感覺比挖了一天的藥草還累，回家的時候，兩個人神情都有些恍惚。

上午還好，先生講的東西他們雖然有些聽不懂，然而經過慕羽崢解釋後，也算弄明白了。先生留給他們兩人的功課很簡單，就是寫字。兩人從來沒正式拿過筆，各領了一套可以帶回家的筆墨紙硯，都挺高興的。

下午就有些慘了，拳腳師父那是真打啊，一根手指粗細的小棍子抽在身上，真叫一個痛。

第四十三章　打消疑慮

兩個人抱著領來的衣裳與文房四寶，一邊說話一邊往回走，累歸累、疼歸疼，卻都十分興奮。

「唉唷，我這一走路啊，屁股扯得都疼。」在山捂著屁股走得歪歪扭扭的。「吃過飯後你來我家，咱倆再過幾遍動作，免得明日還挨揍。」

柱子看在山那樣，忍不住笑道：「行，吃過飯我就去。還有今天學的那些字，咱倆再對對，別認錯。」

說著，柱子四下環顧一圈，壓低聲音道：「在山，我猜伍哥以前一定是大戶人家的小郎君，不管先生考什麼，他都能立刻答上，先生留給他的作業可是做文章呢，你說咱們什麼時候能做文章？」

在山勾住柱子的脖子，說道：「還早著呢，咱們先把字寫好再說吧。我現在只希望這個月趕緊過去，等領了工錢，我要幫我姊買筆墨紙硯，她讓我把在學堂學到的都教她呢。」

柱子點頭道：「這是好事啊，回頭等我弟弟跟妹妹大了，我也教教他們。對了，你說秦師父怎麼不抽伍哥呢，我仔細留意過了，你、我、吳小郎君還有他那兩個貼身小廝，所有人都挨了抽，就伍哥一個人沒挨打。」

在山翻了個白眼道：「你沒看伍哥的動作多標準嗎？」

柱子想了想，點頭道：「那倒是，咱們也得跟伍哥學學，好好練，不能白白浪費了這個機會。」

在山躊躇滿志道：「是啊，要是學好了，說不定咱們以後還能當個將軍呢。」

柱子把在山的手從自己肩上拉開，斜眼訓話。「你給本將軍站直了。」

在山哈哈笑著搥了好兄弟一拳道：「老子才是將軍！」

兩個男孩忘了身上的疼痛，一路嘻嘻哈哈、打打鬧鬧地回了家。

自從那天生出了異常的念頭，小翠就多了個心眼，在吳府內活動時，越發留心觀察周遭的情況，尤其是和伍哥一起走的時候。

然而，奇怪的是，像頭一天那樣的怪事再也沒發生過，大夥兒都很正常。

小翠根本沒在高門大院待過，不知道大戶人家該是個什麼樣，但是大家再見到伍哥時沒躲開，而是該幹麼就幹麼，反倒是伍哥帶著她們讓路。

有一天伍哥送她和柒柒出門的時候，剛好跟吳老爺撞上了，他們還沒來得及讓開，吳老爺就不耐煩地揮了揮手，讓他們滾一邊去，別擋道。

伍哥趕緊帶她們退到一邊，對吳老爺拱手作揖，連聲說「對不起」。

後來，柒柒偷偷對她抱怨吳老爺幹麼那麼凶，不過她反倒心安起來，覺得之前想太多了。

小翠暗自慶幸，覺得幸好自己沒把那些亂七八糟的猜測跟柒柒說，不然柒柒肯定要笑她疑神疑鬼。

經過這件事，小翠暗暗下定決心，以後要像柒柒教她的那樣，要變得強大一點，不要為了別人隨便一個眼神、不經意的一個表情或動作就東想西想，這樣活得太累了。

沒了心事，小翠肉眼可見地放鬆了。

柒柒以為小翠和自己一樣，剛搬進吳府時有點緊張，見她總算適應了，便放下心來。

不久後，柒柒驚喜地發現，廣玉他們三兄弟竟然搬到他們隔壁的宅子。受邀過去做客的時候，她樂得直拍雲實跟知風的胳膊，說大家可真有緣分。

雲實哈哈笑了起來，調侃柒柒是個小傻蛋，惹得柒柒追著他打。

因顧奐揚已不在此地，柒柒下午就閒了下來。慕羽崢和小翠一整天都在忙，她一個人待著無聊，又不敢在吳府亂跑，就主動和林義川說下午想在醫館幫忙，工錢不用漲，她就是打發時間，順便多學一些。

林義川立刻答應，有時候出診還會帶上柒柒。

柒柒很喜歡跟著林義川走街串巷上門看診，每天都能見到不同的人、遇到不一樣的事，她覺得很新奇，也很有趣。

每天晚上回家時，柒柒都要拉著慕羽崢，把一天的所見所聞說給他聽，慕羽崢總是不停追問情況，聽得興致盎然。

相互匯報過一天的情況後，慕羽崢就教柒柒寫字，兩人趴在炕桌上，一個讀書做文章，一個認真寫字。

柒柒見小翠不是上工就是做針線，懈怠了學習，便當起小先生，把慕羽崢教她的字轉教給小翠，讓她也每天練字，還得交給她檢查。

小翠認真地完成柒柒交付給她的任務，每日在西廂房寫完字，就送去給柒柒檢查。見柒柒擺出先生的架子，一本正經地教導小翠，慕羽崢總是忍不住笑。不過他得暗地裡笑，不然要是被小姑娘發現，可得挨揍。

這個月花影軒發工錢的時候，小翠的錢終於攢夠，給大家的謝禮也都做好了。找了一個大夥兒都休息的日子，她把眾人請到塔布巷的柒柒家，還了錢、送上衣裳與鞋子，深深地一鞠躬。

柒柒一刻都沒多等，立即拿著賣身契和身分文牒，帶著小翠，在大家的陪伴下去了衙門。

小翠看著賣身契被銷毀，捧著新的身分文牒，放聲大哭。

可孩子們卻都笑了。

「小翠妳快別哭了，真醜！」

「哭得醜死了！」

小翠不禁破涕為笑，拿著兜裡最後一點錢，拖著孩子們去點心鋪子，買了甜甜的點心請大夥兒吃。

雲中城這邊，孩子們各有營生，每天忙忙碌碌，時間過得飛快，一晃眼，又是小半年過去。

如今的雲中郡很太平，沒什麼大事發生，然而隔壁的五原郡卻換了個太守。

新太守蕭俊是在都城中犯了錯，被貶到這苦寒之地的。為了做出點成績，好早日返回都城，蕭俊可說是新官上任三把火，揚言要剿了盤踞大青山多年的青山寨。

這消息傳到青山寨，眾位當家的齊聚一堂，商議如何應對。

大家齊齊看向在上首端坐著的慕雲檸，問道——

「大當家的，妳說怎麼辦？」

「不管大當家的決定如何，兄弟們都聽妳的。」

慕雲檸看向懶洋洋地坐在她身邊的裴定謀。

裴定謀馬上坐直身子，說道：「娘子，他們是在問妳，妳現在是大當家的，我是二當家的，妳說了算。」

慕雲檸一伸手，裴定謀立刻起身拿來她那一把長刀，殷勤地遞到她手上。「娘子。」

接過長刀後，慕雲檸將刀往地上一杵，聲音清冷、語氣平淡。「那就打。」

一年前，慕雲檸的傷痊癒後，就想和裴定謀好生打上一架。

切磋武藝，是她表達喜愛之意的方式。

可裴定謀卻死活不肯跟她打，說什麼打媳婦兒的不是男人，又說娘子妳傷還沒完全好，等妳養養再說。

慕雲檸不擅長撒嬌耍賴，見裴定謀死活不肯出手，便只能再等等，可這一等，又是將近一年過去。

她每日跑到無人的山林裡勤加操練，可無人與自己過招，實在無趣。

裴定謀不跟她打，寨子裡的人更不跟她打，每每她邀請寨子裡的兄弟切磋幾個回合，大家都說怎麼能打大嫂，這可打不得。

剛開始認識的時候，裴定謀以為慕雲檸只不過是個有點拳腳功夫的小娘子，打死不打算和她動手，生怕自己錯手傷著她。

後來，他親眼見她單手拿起那把長刀，頓時驚掉了手裡的酒壺。

那時候他就想，他家娘子還真有幾下子，說不定能在他手底下過上個十來招。

但他還是捨不得和她打，自家娘子就該寵著、護著，怎能和她動手呢？

兩個月前，慕雲檸再次向裴定謀發出打架的邀請，還學江湖人士的做派，正經八百地給他下了一封戰書，約定了時辰和地點。

裴定謀從裴吉手裡拿過戰書，看過後拍著大腿哈哈直樂，只當是自家娘子在和他玩花前月下的新花樣。

他武器都沒帶，去山上摘了一大捧野花，捧著花喜孜孜地去赴約。

結果兩人一見面，慕雲檸二話不說，掄起長刀就劈。

那渾厚凌厲的刀風劈到臉上，裴定謀才意識到，這次他家娘子是來真的。

可他還是不想打，捧著花東躲西閃，故意大呼小叫地裝可憐，只求娘子手下留情。

慕雲檸並不是真要砍裴定謀，只是想逼他出手。不過裴定謀一身好武藝，他既打定主意不還手，又豈是那麼好逼的。

就這樣，一個抱著花在前頭狂奔，一個掄著刀在後頭猛追，兩人生生跑了半座山頭。動靜鬧得挺大，惹得寨子裡的人抓上兩把瓜子，站到高處，嘻嘻哈哈地看起熱鬧來，說大當家的可真會哄媳婦兒玩。

裴定謀又賴過去一回，正沾沾自喜呢，晚上就發現娘子不搭理他了。

兩人的關係雖然沒有實質上的進展，可每天都會親親抱抱，然而娘子一生氣就不讓抱，也不讓親了。

他死皮賴臉地蹭過去，直接被一腳踹開，不管他怎麼撒嬌都不行，就連扯著她衣角裝哭都不好使了。

沒有香香娘子抱的夜晚實在太難熬了，連續被冷落了兩個晚上，裴定謀妥協了，答應好好和她打一場。

慕雲樽立即獎勵了他一個長長的吻。

裴定謀被親得心花怒放，說既然娘子這麼想打，那乾脆在寨子裡舉辦一場比武大賽，大家一起樂樂。

又說，在青山寨，當家的順序是按照武功高低來排位的，要是她願意，可以打出個當家的來做做。

慕雲樽相當感興趣，表示一定會好好打，爭取成為當家的。

於是，在一個風和日麗的日子，青山寨舉辦了三年來最大的一次盛會——全寨比武。

聽說是大嫂要打，另外十五個當家的，不管是在家裡的，還是在外頭辦事的，全都到齊了，說大當家的要哄大嫂玩，這個面子必須給足了。

還有之前因為年紀小，沒能趕上當家排位賽的年輕後生們，也是個個摩拳擦掌、躍躍欲試。

青山寨尚武，寨子裡的男男女女、老老少少，但凡會那麼幾招幾式的，都要上去比劃幾下，包括廚房的熊嬸，還有上次說要給裴定謀送酒的掉牙奶奶……

這麼一比劃下來，就過去了整整五天。這五天裡，寨子裡一片歡聲笑語，熱鬧非凡。

慕雲樽不著急，跟裴定謀往看臺上一坐，嗑著瓜子、吃著果子，開開心心地看熱鬧。

五天過後，除了沒有上場的裴定謀和慕雲樽，一共選出二十位優勝者，包括十五個當家的，還有五位優秀青少年作為當家候選人，他們已經打過一輪，排出了新的名次。

第六天開始，慕雲檸上場，按照由後到前的順序，和這二十位一一比試。

當慕雲檸不費吹灰之力打贏那五名當家候選人時，眾人嘻嘻哈哈的，說大嫂不愧是大嫂，功夫真不錯。

當慕雲檸輕鬆打贏十六當家到十一當家後，大夥兒的臉色嚴肅起來，坐直了身體，稱讚大嫂真勇猛。

當慕雲檸依次打敗十當家到六當家時，所有人都站了起來，眼露崇拜之色，說沒想到大嫂竟是個高手。

裴定謀瓜子不嗑了，小酒也不喝了，跟著站起身，兩眼直發光。

當慕雲檸將長刀舞得虎虎生風，面不改色地打敗五當家、四當家、三當家、二當家後，整個青山寨沸騰了，一聲聲「大嫂威武」震天動地、響徹雲霄。

以熊嬸為首的一幫女子上前抬起了慕雲檸，一下下將她拋得老高。

一向清冷淡漠的女子，在飛上天空之際，忍不住哈哈大笑出來。

那明媚無比的笑容、張揚放肆的笑聲，惹得裴定謀像個癡漢般看呆了。

裴吉看不過去他那副傻樣，笑嘻嘻地說「大哥你擦擦口水吧」，他才回過神，踹了裴吉一腳。

踹完裴吉，裴定謀擠到人群中，把慕雲檸搶到懷裡，認真地說：「娘子，我也要跟妳打。」

青山寨由裴定謀帶人創建，從一開始他就是大當家的，哪怕過去幾年經歷過兩次比武，他仍靠著碾壓眾人的絕對優勢，穩穩當當坐著大當家的位置，從未動搖。

經過剛才的比武，慕雲檸已是妥妥的二當家，但沒人想著她能打贏裴定謀。

可當兩人各執一把大刀，真的動起手來時，大家卻都情不自禁地屏住了呼吸。

慕雲檸天生力氣大，功夫又是宮廷之中的頂尖高手教出來的，自然不弱。

裴定謀師從多人，招數變幻莫測，又是真刀真槍地磨練過，招式狠辣。

兩人棋逢敵手，一時之間竟打得難捨難分。

然而，慕雲檸虧在她已經打了一整天，體力耗費巨大。

裴定謀這傢伙則蹲在看臺上嗑了一天的瓜子、看了一天的熱鬧，精力充沛。

到最後，慕雲檸有些力竭，便想著今天先到這裡，明天再接著比。

誰知裴定謀虛晃一招，故意把身子往她刀背上擦了過去，隨後一個假摔，倒在她腳邊，抱著她的腿哀嚎，說「娘子我認輸，從今往後妳就是大當家的」。

慕雲檸可不想占裴定謀的便宜，踢了他一腳，讓他滾起來。

可眾人卻哄笑著改了口，朝她喊起了大當家。

在大夥兒心裡，他們是夫妻，關上門是睡一個被窩的人，誰是大當家，誰是二當家，又有什麼區別？

再說了，大嫂確實威武，他們心服口服。

盛情難卻之下，慕雲檸就成了青山寨大當家，裴定謀成了二當家，以前的二當家就成了三當家，三當家成了四當家……

依次往下，按照比武結果重新排位，大夥兒混亂了好一陣子，才叫明白誰是幾當家。

雖說事情過去這麼久了，可慕雲檸一聽別人喊她大當家就有些恍惚，總覺得像作夢一樣。

上回她去雲中城看慕羽崢，跟他說了這件事，一向沈穩老成的太子殿下，竟然目瞪口呆了好一會兒才回神道：「阿姊堂堂一國公主，就這樣落草為寇，還做起了大當家，會不會不大合適？」

慕雲檸倒是無所謂，在世人眼裡，崇安公主早就死了，她何必讓那莫須有的身分禁錮自己，怎麼痛快怎麼活就是。

她拍了拍慕羽崢的肩膀，說道：「阿弟別擔心，等你日後登基，把這片山頭劃給阿姊，阿姊就不是寇了。」

慕羽崢哭笑不得。「阿姊，到時候我就封妳當鎮北王，妳想要幾座山頭都行。」

第四十四章　好整以暇

自從慕雲檸當上大當家，裴定謀就偷起懶來，寨子裡需要作什麼重大決定時，他就推給慕雲檸。

慕雲檸身為一國公主，自幼接受精心教導，管理個山寨算小意思，見裴定謀什麼事都找她，她也不推辭，兩三下就能拿出個主意來。

以前她就覺得，上千號人的寨子能井然有序、一片和諧，還不缺錢，裴定謀這人還是有點本事的。

等到真正參與其中，慕雲檸才發現，這貌似玩世不恭、吊兒郎當的男人，何止有點本事，簡直是足智多謀。

以裴定謀的才智和武功，在軍中混個領兵打仗的將軍當當，可謂輕而易舉。

慕雲檸有些可惜他一身本事無處施展，再一次認真問他可想要建功立業，他卻抱著她，說只想和她在一起。

人各有志，她也不強求，親了親他，說好，那就在一起。

平日慕雲檸作的決定都是寨子內部的事，這次官府要來剿匪，她還是想看裴定謀怎麼說，可他卻隨興得很，還說聽她的。

依照她的性子，別人欺負到頭上了，自然是要打回去的。

青山寨不是第一次被「剿」，前面幾次也都是裴定謀帶人把官兵打退了。

這次當家們還擔心新大當家是女子，怕她優柔寡斷，回頭答應官府的招安，沒想到她竟這麼有血性，大刀一豎就說打，眾人放下心來，一陣歡呼。

當然，慕雲檸並不是意氣用事，等事情商議完，兩人回了自己住的房子，她就和裴定謀交了底。「裴定謀，我決定要打，不光是依循青山寨的舊例，其實是另有打算。」

裴定謀像是沒骨頭一樣，懶洋洋地靠在慕雲檸身上道：「娘子妳說。」

慕雲檸早就把當初她和弟弟落難的來龍去脈說給裴定謀聽，對他也沒什麼好隱瞞的，便如實相告。「當年的事情，外祖父那邊一直沒查出什麼結果，每次要查到關鍵訊息時，線索就斷了。」

裴定謀摸著她的手說：「娘子上次和我提過，背後之人深不可測。」

慕雲檸點頭道：「如今崢兒的眼睛好了，一切確實該往前走，然而不把當年的事查個水落石出，揪出是誰在背後作祟，我和外祖父都不放心讓崢兒回去那蛇鼠窩。在那些人看來，我們姊弟兩人已死，他們只要藏起來不再動，這事怕是很難查下去。」

裴定謀順著她的話往下推測。「所以，娘子就想露個面，引蛇出洞？」

慕雲檸把靠在她身上的男人推開，側身倚進他懷裡，接著說：「對，等五原郡的府兵打上門時，我要親自出面打退他們。」

裴定謀捧著慕雲檸的臉打量。「他們認得娘子嗎？」

慕雲檸篤定道：「不管認不認得我這張臉，只要我穿著一身紅衣，提著我的刀一亮相，想必很快就會傳到有心人的耳裡，到時他們肯定坐不住，不管是真是假，都必須前來打探打探。」

她望著面前男人好看的眼睛，說道：「裴定謀，我是怕到時候青山寨就不得安寧了。」青山寨的人樸實善良、生活悠閒自在，在寨子生活了這麼久，她已經喜歡上這裡、把這裡當成了家，她不想破壞這片安寧。

裴定謀的額頭抵上慕雲檸的額頭，和她蹭了蹭鼻尖，滿不在乎道：「這麼多年，那些閒出屁來的官老爺們三天兩頭的不是招安就是剿匪，探子也沒斷過，青山寨何時安寧過，想來就儘管來，咱們不差那三瓜兩棗的。」

慕雲檸有點過意不去，還是想把話說明白。「話雖如此，可先前都是小打小鬧，若是我一露面，惹來的定是大麻煩。」

裴定謀豪氣干雲道：「娘子信我，老子的青山寨也不是想來就來、想走就走的地方，妳想做什麼便去做，其他的交給我。」

慕雲檸知道裴定謀的本事，不然青山寨也不會「囂張」地存在這麼多年。

她沈默了一會兒，點頭說道：「好，我信你。」

裴定謀興高采烈地狠狠親了她一口，又問：「娘子，這樣的話，咱們弟弟那邊會不會有什麼危險？」

慕雲檸回道：「上次去見崢兒時，向他提過我想露面的事，他現在身邊人手夠用，自己會做好安排。」

想到那眼睛剛好沒多久的男孩，裴定謀有些操心地說：「他一個人行嗎，要不我們再去一趟雲中城找他商議一番？」

慕雲檸沈穩淡定道：「不必擔憂，崢兒年紀雖小，可他的心計非常人能及，他自有打算。」

見她成竹在胸，裴定謀也覺得確實如此，畢竟心思單純的人怎能當得了儲君，又怎會招致如此縝密的謀害。

他頷首道：「不過現在已入了冬，山道上的積雪都掩過膝蓋了，我想那新來的狗屁太守，也不會冒著那麼厚的積雪來攻打我們，這一仗估計要到年後去了。」

慕雲檸往裴定謀懷裡窩了窩，找了個舒服的姿勢說：「那就先過個安生年。」

雲中郡的冬天，總是白雪皚皚、寒風刺骨。

傍晚時分，慕羽崢在大門口迎接柒柒，摸到小姑娘的手一片冰涼，他心疼得直擰眉。

「早上不是帶了暖手爐出門，怎麼沒帶回來？」

柒柒的臉蛋凍得通紅，冷風一吹，直縮脖子，兩隻小手往慕羽崢袖子裡鑽。「走得急，忘了。」

慕羽崢牽著她往屋裡走。「待會兒讓小翠幫妳把那暖手筒縫條帶子，明日掛在脖子上出門，別拿下來，免得回來的時候又忘。」

之前慕羽崢領了「工錢」，就帶著柒柒去街上買了暖手爐和皮毛縫製的暖手筒，讓她每日帶在路上取暖用。

每天早上有他特別叮囑，她定會帶上一個出門，可回來的時候總是丟三落四的。

柒柒嘿嘿笑著說：「我哪有那麼矜貴了，前兩年冬天，我一身上下的棉花還沒現在這一條棉褲用的棉花多呢。哥哥，我不冷的，再說我這不還披著斗篷嘛。」

說著，柒柒晃了下身子，展示她的斗篷——這也是慕羽崢用工錢為她買的，是灰色的毛領子，可好摸了，也很暖和，就是因為她不冷，才忘了拿暖手爐。

和前兩年比起來，現在的日子簡直天天像過年，吃得好、穿得暖，還不用幹什麼活，這個冬天手上連凍瘡都沒生呢。

兩人說著話進了小院子，路過西廂房見小翠還沒回來，柒柒便嘆道：「花影軒的生意這麼好，小翠姊最近都回來得很晚。」

「不用擔心，小翠在鋪子吃過晚飯，廣掌櫃會順帶捎她回來。」慕羽崢說道。

牽著小姑娘進門，為她解下斗篷，讓她在燒得熱呼呼的炕上坐著，慕羽崢便從桌上的食盒裡端來一小碗牛乳紅豆羹。「快喝，還熱著。」

「哇，又有甜羹。」柒柒開心得眉眼彎彎，伸手接過，拿著勺子三、五口就喝完了，納悶道：「哥哥，怎麼最近總有甜羹喝？」

慕羽崢面不改色道：「天氣冷了，吳小郎君就想吃些甜食，廚房做得多了，吳小郎君喝不完，我就順便要了一小碗來。」

「難怪。」柒柒意猶未盡地舔了舔碗邊。「好喝是好喝，就是少了點，希望明天吳小郎君多剩一些。」

慕羽崢正往炕桌上擺飯菜，一抬頭見小饞貓又在舔碗，就笑著把碗從她手裡接過來。「這東西太甜，吃多了就吃不下飯。」

柒柒「喔」了一聲，心道：總共就這一碗而已，我想多喝也沒得喝啊。

慕羽崢浸濕帕子為柒柒仔細擦了手，兩人便開始吃飯。

吃過晚飯，一起收拾好碗筷、擦乾淨桌子，慕羽崢跟柒柒便在桌前寫字。

柒柒寫著寫著，突然抬起頭來說：「哥哥，你說怪不怪，今天我回來的時候，路上有雪，我滑了幾跤，每一跤都有人來扶我耶。」

吳家府邸離林氏醫館沒多遠，早上柒柒都和小翠一起出門，最近花影軒忙，小翠回來得晚，柒柒就一個人回家，可她身邊一直有人暗中跟著，想來是看穿得彷彿顆球的小姑娘不好爬起來，便上前扶了一把。

慕羽崢頭也不抬地繼續寫字。「見人摔倒，順手扶一把，不是什麼大事。」

柒柒歪頭想了想，還是覺得有些怪。「可在我前頭還有兩個人摔倒了，也沒見人扶啊，為什麼只扶我一個呢？」

「可能是見妳圓滾滾的很可愛吧。」慕羽崢點了點她的紙張，板起臉來轉移話題。「妳看妳這個『淮』字寫得……重寫二十遍。」

柒柒對大興版圖很感興趣，慕羽崢最近在教她各地的地名，今晚寫的是「淮南」，可小姑娘的手腕虛浮無力，寫起字來歪歪扭扭的，有些慘不忍睹。

「喔。」柒柒心虛地應了一聲，老老實實地寫了二十遍「淮」字。「哥哥你看。」

慕羽崢認真地檢查，點頭說大有進步。

柒柒笑了，又問：「哥哥，你去過淮南嗎？」

慕羽崢搖頭道：「不曾，那是淮南王的地盤，不好去。」

柒柒不知道這話是什麼意思，但也不打算了解，說起了今日的見聞。「哥哥，我今天和林爺爺去給縣令大人看診，在衙門裡頭聽說，過了年五原郡要剿一個叫青山寨的匪窩。哥哥，你見過山匪嗎？」

慕羽崢垂眸寫字道：「有幸見過。」

柒柒覺得慕羽崢用詞不當，可也沒多想，睜著一雙好奇的大眼睛問：「山匪長得可嚇人了吧？」

慕羽崢回道：「還行。」

想到那些衙役說青山寨的人很凶殘，柒柒便叮囑。「哥哥你下次要是再見到山匪，可得跑快點，我聽說山匪幹的都是打家劫舍、殺人越貨的事。」

「如今我很少出門，遇不到山匪。」慕羽崢不欲在這個話題上多談，伸手把小姑娘的腦袋扶正，讓她看著紙張。「好好寫。」

柒柒乖巧地應道：「喔。」

剛寫了幾個字，她的腦袋又轉過來。「哥哥，下個月就過年了，到時候咱們是在這裡過，還是回塔布巷過？」

慕羽崢見她像是想回去過年，便問道：「妳不想在這裡過嗎？」

柒柒點頭道：「在這裡住著是好，可塔布巷才是咱們的家啊，在自己家總自在些。再說，過年的話，家裡該有點人氣才好，哥哥，咱們回去過吧。」

自從搬進吳府，塔布巷的家長期沒住人，到處落滿了灰，他們三個都是每十天才休一天，要回去住的話，得收拾環境好半天才行，柴米油鹽的更沒有，也就懶得返家。

然而過年可是要休息好幾天呢，柒柒就想回自家過年。

慕羽崢也挺懷念那小巷子跟小房子，可想到慕雲檸接下來的打算，他決定還是留在吳府，儘量不要露面為好。

想了想，他以退為進道：「回去住幾天也行，只是那樣怕是要錯過除夕晚上的紅封了。」

柒柒本來趴在桌上，一聽這話，頓時坐直了身體，一雙大眼睛閃爍著火焰一般炙熱的光芒。「什麼紅封？」

慕羽崢裝作不經意道：「今日聽廖管家說吳小郎君喜歡熱鬧，若是我們幾個留在這裡過年，除夕當晚不光可以陪他一起用飯，還會賞個大紅封。我聽兩個小廝說，去年他們在江南過年，吳老爺給每個人賞了五兩銀子呢。」

「五兩？」柒柒把筆一扔，聲調高昂。「哥哥，你是說五兩?!」

慕羽崢忍著笑，抓住小財迷的手道：「去年是五兩，今年不知道多少。不過妳要是想回去過年，咱們就回家，等我領了這個月的工錢，就拿來置辦年貨。」

柒柒有些著急地說：「那紅封不就拿不到了？」

慕羽崢道：「回家重要，咱們可不貪那點銀子。」

貪啊，怎麼不貪呢?!

柒柒忙說：「哥哥，我想了想，咱們還是留下來過，先不說賞錢不賞錢的，就說除夕晚上那頓年夜飯，咱們要自己張羅的話得花不少錢，還沒吳家吃得好，還有那甜羹，吳小郎君那麼愛喝，過年總有吧，要是自己做，多麻煩啊……」

剛才執意要回塔布巷過年的小姑娘，搬出左一條、右一條的理由，極力說服慕羽崢。

慕羽崢耐心聽她嘮叨了好一會兒，才「勉為其難」地點了頭。「好，那就依妳，本來我還想著回去住一住的。」

柒柒抱著他的胳膊晃啊晃。「哥哥，以後有的是機會回去住，先攢銀子要緊。」

慕羽崢伸手在小姑娘稍微柔順了一些的頭髮上摸了摸，但笑不語。

此刻院門有了動靜，柒柒立刻下地，穿上鞋就要往外跑。「小翠姊回來了，我去跟她說一聲。」

「斗篷。」慕羽崢伸手把人撈住，為她披上斗篷、戴好帽子，又拿了暖手筒塞給她。「記得讓小翠幫妳縫條帶子。」

柒柒應了一聲，整個人圓滾滾地跑出去了。

片刻工夫後，外頭傳來小姑娘歡快的說話聲，嘰嘰喳喳的像隻小鳥，慕羽崢忍不住笑了。

大年三十，吳府張燈結綵，府裡上上下下喜氣洋洋。

慕羽崢穿著吳府新發的小廝衣裳，樣式跟料子都普通，可穿在他身上卻格外好看。

柒柒和小翠也穿上新衣，這是兩個小姑娘知道要留在吳府過年，覺得要體面一些，狠下心咬牙買的。

買的時候超級開心，買回來之後心疼了好幾天。

可如今穿在身上，漂漂亮亮的，兩個小姑娘又覺得值了，手牽手相視傻笑了好一陣子。

慕羽崢笑著問：「穿上新衣裳就這麼開心？」

柒柒眉眼彎彎地回道：「開心。」

她已經不記得上一回過年穿新衣是什麼時候，小翠就更不用說了，這麼多年來過年總是穿得破破爛爛的。

外頭有人喊他們過去，說要開宴了，三人連忙出門去了吳老爺住的主院。

柒柒以前遇過吳老爺幾次，每次他都端著架子、板著臉，柒柒還擔心他今天也會臭著臉，好在，興許是過年心情好，吳老爺今天格外和善。

一共分成三桌，吳老爺和吳小郎君父子倆一桌，慕羽崢帶著柒柒和小翠，還有吳小郎君另外兩個小廝在旁邊一桌作陪，再往外，吳府的管事們坐了一大桌。

吳老爺講了幾句話後宣布開飯，柒柒就迫不及待地拿起筷子。一桌子的美味佳餚，小姑娘的眼珠子都快掉進碗裡了。

柒柒的胳膊短，慕羽崢不停地幫她挾菜，她只顧著埋頭吃。

等到吃得肚飽腰圓，又喝了小半碗甜湯後，柒柒才反應過來，這一大屋子人吃飯都不說話的，只有碗筷碰撞的聲音。

她往慕羽崢身旁靠了靠，安靜坐著，不敢亂動。心道真不愧是大戶人家，這麼熱鬧的節日都能忍住不說話。

第四十五章　精心策劃

很快的，慕羽崢也吃完了，他一撂筷，所有人也跟著撂了筷子。

柒柒正為此感到納悶，就見吳老爺站了起來，笑著說了一堆吉利話，隨後廖管家拿出一個木托盤，上面擺滿紅色的荷包。

來了……來了！

柒柒激動難耐，在椅子上挪了挪屁股，扯了扯低頭喝茶的慕羽崢，又拉了拉小翠，示意他們看過去。

吳老爺在屋子裡繞了一圈，給在座每人各發了一個荷包，眾人齊聲道謝，隨後散席。

柒柒按捺住急切的心情，跟慕羽崢與小翠慢悠悠、頗為端莊地走回小院子。

可院門一關，她立刻拉著兩人拔腿就跑，一口氣跑回屋內，打開自己的荷包，倒出裡面的銀子，數完就大喊一聲跳了起來。「五兩！真的是五兩！」

「哥哥，快看你的！」她把慕羽崢的荷包拿過來倒在炕上，一看又是五兩，樂得差點躥上房頂。「啊——」

以前她一個人賺錢的時候，本就是她當家；現在慕羽崢賺的錢也都給她，還是她當家，這下家裡瞬間多了足足十兩銀子，可真是發財了！

小姑娘的聲音尖銳高昂，慕羽崢不禁捂著耳朵，笑著退開數步。

柒柒懶得和他計較，慫恿小翠趕緊看看，小翠便把她的也倒出來數了，同樣是五兩，她高興得滿臉通紅，一時之間不知道說什麼才好。

自從還完錢，小翠就沒存款了，這兩個月發了工錢才攢下來一點，可買衣裳又花掉一半，如今多了五兩，可謂一大筆額外收入。

柒柒替小翠高興，抱著她好一陣跳。

外頭響起了燃放煙花的聲音，慕羽崢提議出去看看，可柒柒卻說要在屋裡守著她的十兩銀子，怕弄丟了。

慕羽崢哭笑不得地將銀子揣進自己懷裡，拉著她出了門。

在漫天絢爛的煙花裡、在小姑娘的歡笑聲中，這個除夕過完了。

年後歇到正月初五，吳家小郎君開始正常上課跟習武，慕羽崢再次忙碌起來，柒柒與小翠也上工去了，一切恢復正常。

幾個月一閃而過，轉眼間就到了四月。

天氣暖和起來，漫山遍野的積雪漸漸融化，露出底下的土地，還有那不畏寒的草芽也冒出頭來。

雲中城內，街頭巷尾最近都在熱議五原郡剿匪一事，柒柒走在路上聽到的全是這個話題。

回到吳府的小院子，她把小挎包一摘，興致勃勃地對慕羽崢講了起來。「哥哥，你猜怎麼了？」

聽著這萬年不變的開頭，慕羽崢笑著配合道：「怎麼了？」

見慕羽崢拿了濕帕子過來，她自然地伸出了手，眉飛色舞地開講。「哥哥，你絕對想不到，那青山寨的匪頭居然是位女俠，聽說她一身紅衣，戴著一張銀色面具，扛著一把兩丈長的大刀……」

慕羽崢抓著小姑娘越發白淨細膩的小手仔細擦著，笑著糾正道：「沒有那麼長的刀。」

「你別打岔啊。」柒柒講得正起勁，聞言踢了慕羽崢一腳，見他閉嘴，這才接著說：「聽說這位紅衣女俠只憑一個人跟一把刀，就把五原郡五千多名府兵全打趴，而且她還沒殺人，你說她多厲害！」

慕羽崢笑著說：「一人打趴五千人，有些誇大其辭，應該只是打敗了為首的將領。」

連番被質疑，柒柒不服，當即嫌棄地反駁道：「哥哥你又不出門，你知道什麼，我聽大夥兒都這麼說呢！」

慕羽崢也不跟她爭，附和道：「這位女俠有如神人下凡，當真厲害。」

「就是啊。」柒柒點頭道：「要是我有機會見見這位女俠就好了。」

聽著小姑娘話裡話外的崇拜之意，慕羽崢好笑地說道：「妳之前不是還叮囑我見到山匪便趕緊跑，能跑多遠就跑多遠嗎，怎麼反倒『女俠』、『女俠』地喊上了，甚至還想見一見她，妳就不怕她把妳擄到山上去當小山匪？」

柒柒伸直擦乾淨的手，由著慕羽崢為她塗香膏。「可是女俠一個人都沒殺，由此可見，她不是濫殺無辜之人。」

慕羽崢滿臉笑意，沒接話。

五原郡新太守蕭俊的剿匪之舉，可謂聲勢浩大上山、屁滾尿流下山，這事很快就傳遍大興，一時之間成為舉國上下最大的笑柄。

面具、紅衣、大刀，慕雲檸藉此一戰，揚名立萬。

一提起青山寨新任大當家，各地的綠林好漢與江湖人士都對她欽佩至極、仰慕不已。

最近這段時日，青山寨送往迎來、熱鬧非凡。

不光有攜著家當前來投奔的，還有提著重金上門求娶的，甚至是求娶不成甘願作為兄弟追隨左右的……

慕雲檸懶得應酬，裴定謀也不想讓那些賊膽包天的臭男人靠近自家娘子，更怕有見不得光的鬼祟之人混雜其中，於是在山腳下臨時搭了個棚子，設了崗哨，好吃好喝招待過後，一律送客，一個生人都不可上山。

吃了閉門羹，眾人表現各異。有人覺得周大當家乃是有大本事之人，就該這般高高在上；有人暗地裡生氣，說這女人仗著自己有點本事，狂上天了，竟然誰的臉面都不給。

可不管心裡怎麼想，裴二當家親自下山陪著大家喝酒吃肉，又備上好禮相送，心思坦蕩之人，哪怕心有不甘，寒暄過後也就瀟灑離開了；可別有用心之人，卻死皮賴臉地非要見周大當家一面，不然不肯走。

這一切都在慕雲檸的意料之中，裴定謀假裝不悅，拂袖上山，把慕雲檸請了下來。

慕雲檸戴著面具現身，感謝大家的厚愛，之後便拱手相送。

可那些人卻起鬨，非要一睹周大當家的真顏，更有四、五個人堵住了慕雲檸回山的路，一副非看不可的架勢。

裴吉等人立刻抽刀拔劍，一時之間氣氛劍拔弩張，眼看著就要動起手來。

和裴定謀對視過後，慕雲檸裝作百般無奈地嘆了口氣，終是摘下面具了。

留下來的十多個人，無一不被慕雲檸的美貌驚豔得久久說不出話，驚豔過後，便為她眉上的疤痕惋惜不已。

慕雲檸指著那道疤，解釋了自己要戴面具的原因。

那幾個攔住她去路的，一臉做錯事情的懊悔模樣，拱手作揖，連說冒犯。

目的達到了，眾人便散去。

慕雲檸抱著雙臂站在山腳下，望著那些人騎著馬、捲著塵土離去，語氣冰冷。「魚上鈎了。」

裴定謀攬住她的肩膀，笑得一臉吊兒郎當道：「多來幾個，老子正手癢呢。」

是夜，雲中城內，吃過晚飯之後，慕羽崢為柒柒安排了功課，藉口要去幫先生抄典籍，去了被高牆圍住的那個院落。

慕羽崢正在院中練著一套劍法，廣玉走了進來，將青山寨送來的消息說給他聽。

他的動作未停，身形靈巧、劍風凌厲，沈穩泰然道：「把之前收養的那些孩子放出去，讓他們假扮乞丐盯住各個路口，但凡有可疑人員，立即來報。」

慕雲檸露面之後，青山寨來了一波波身分各異之人，但不管他們打著上門挑戰的名頭，還是使著仰慕周大當家的藉口，所有人的目的都只有一個——要慕雲檸死。

然而，慕雲檸武藝高強，裴定謀更不是吃素的，青山寨上其他當家們同樣身手不凡，外加裴定謀又邀請一些至交好友前來助陣，整個青山寨有如深不見底的古潭，不管什麼人，一旦上了山，全都有進無出。

數月之內，裴定謀特地為此事挖的地牢裡頭已經關了不下二十人，這還不算那些被抓了以後當場服毒自盡的死士。

雲中城這邊，慕羽崢布下的網也抓了數人。

姊弟兩人各自審問敵方，獲得不少新線索，他們密會了一次、商議整整一夜之後，規劃了下一步的行動。

秋風蕭瑟，青山湖的楓葉又一次紅了。

挑了個黃道吉日，慕雲檸一身紅衣，扛著一把長刀、戴著一張面具，由裴定謀帶領上百位高手伴其左右，大張旗鼓地下了山。

一行人騎著高頭大馬，帶著抓來的那些刺客一路疾馳，直奔五原郡太守府。

上次剿匪，蕭俊在青山寨手底下吃過大虧，聽見青山寨帶人打進城來，嚇得臉色煞白，當即下令調派府兵剿匪。

可還不等命令傳下去，慕雲檸就一刀劈裂太守府的大門，一馬當先衝了進來。

蕭俊不禁怒斥。「大膽狂賊，妳這可是要造反?!」

話音未落，騎在馬上的紅衣女子便摘下面具，心平氣和道：「蕭太守，別來無恙。」

蕭俊定睛一看，嚇得差點魂飛魄散，他一屁股坐在地上，手腳並用地往後退，喊道：「鬼啊！」

裴定謀翻身下馬，拿刀拍了拍他的臉，皮笑肉不笑道：「給老子滾過去看清楚。」

蕭俊爬起身來，戰戰兢兢、半步半步挪上前，盯著慕雲檸的臉辨了又辨，又盯著地上的影子看了看。

當終於確定崇安公主「死而復生」後，蕭俊雙腿一軟跪在地上，連哭帶嚎地告罪，說自己有眼無珠，冒犯了公主殿下，還請公主殿下饒恕。

慕雲檸也不與這沒什麼本事的被貶之官計較，她走進太守府，往椅子上一坐，雙腿往桌上一架——她負責口述，由蕭俊寫了封信，八百里加急送去長安城。

一個月不到，整個大興就炸了鍋。

不管朝堂上，還是高門大戶的後院，又或是大街小巷、茶肆酒館，都在熱議崇安公主的傳奇故事。

雲中郡也不例外。

這一日，柒柒從醫館出來，前往集市打算買些炒瓜子時，就在炒貨店門口遇到一群人在聊天。

「欸，你聽說了嗎，數年前為了大興前去和親，又和太子殿下合力刺殺了左谷蠡王的崇安公主，居然沒死。」

「聽說了，公主殿下不光沒死，還跑到大青山上當了山匪頭子呢！」

「是啊，年初五原郡的太守大人不還帶兵剿過青山寨嘛，這下可好，真是大水沖了龍王廟，一家人不認一家人。」

一說起那次剿匪，眾人哈哈一陣哄笑，笑過之後，接著嘮嗑。

那位大刀女俠竟然是公主殿下！柒柒很是震驚。

買完瓜子，她抓了一把，蹲在一旁一邊嗑，一邊聽得興致盎然。

「不過你們說說，好好的公主殿下竟變成山匪，這算什麼事呢？」

「這可不怪公主殿下，聽說她是在那一戰中傷了頭，得了離魂症，什麼都不記得了，前陣子剛想起自己是誰，就趕緊去太守府了。」

「聽說宮裡來人了，已經到了五原郡，要接公主殿下回去呢。」

「我也聽說了，不過公主殿下死活不肯回去，說是都城有人要殺她。」

「造孽啊，公主殿下為了咱們大興出生入死、立下大功，竟還有人要殺她？」

眾人都是道聽塗說，聊來聊去全是這些內容。

柒柒聽了一會兒，見沒什麼新花樣，嗑完手裡那把瓜子後，起身往吳府走。

在大門口一見到來接她的慕羽崢，她那句萬年不變的「你猜怎麼了」的開場白都顧不上說，便竹筒倒豆子一般把聽來的事全說給他聽，末了感嘆道，自己完全沒想到大刀女俠會是公主殿下。

聽了以後，慕羽崢笑著沒說話。讓慕雲檸的事情傳得沸沸揚揚，本就是他的手筆。慕雲檸要回宮，必須先在民間造勢，得讓宮中那位或是躲在暗處的老鼠不敢觸犯民意，再出手傷她。

見慕羽崢不接話，小姑娘嘰嘰喳喳感慨完後，就把這件事拋到腦後了。

畢竟公主殿下、都城皇宮什麼的，對於她這個邊關小民來說，都是遙不可及的事。

醫館、吳府，兩點一線，柒柒的日子不緊不慢地過著。

不過，去集市上買零嘴的時候，要是遇到有人談論崇安公主的事，她總是會駐足聽上幾耳，聽完回家，當故事一樣講給慕羽崢聽。

說是宮裡三番兩次派人來請公主殿下返回都城未果，最後驚動了周太尉親自出馬，這才把立了功卻不敢返家的公主殿下接回宮。

又聽說，公主殿下受了傷的腦袋還沒好完全，回宮之後動不動就犯病，滿皇宮找弟弟。還有，公主殿下頭疾發作的時間越來越長，有一回在皇宮裡找不到弟弟，竟拎著大刀殺到其他幾個皇子府上去找，找完皇子府，又殺到大臣家裡去……

原本就有長安一霸名號的崇安公主，生病之後越發囂張跋扈，攪得整個長安城雞飛狗跳，不得安寧。

陛下念及崇安公主為國傷身，又在外流落多年吃了不少苦，連句重話都沒講，被她打上門的那些皇親貴冑、世家貴族，只得忍氣吞聲。

這些都是柒柒在街頭巷尾聽來的，當然，也是「事實」。

慕雲檸借「病」發瘋，鬧得都城天翻地覆，有一次鬧著鬧著，突然有個不長眼的說了句「太子殿下早就沒了」，她愣怔許久，當眾痛哭，最後竟直接昏了過去。

所有人的注意力都聚集在崇安公主身上，也都以為太子殿下是真的死了。

如此一來，北境這邊無人關注，越發安寧。

姊弟倆跟周家沒有進一步的動作，因為他們已經查到的人暫時無法動；沒查到的人依舊深藏不露。

一切只能等。

慕羽崢繼續留在雲中城，韜光養晦、讀書習武，慢慢長大、漸漸變強。

四季流轉，物換星移。一晃眼又是幾年過去，柒柒十二歲了。

林義川把自己那一手正骨、接骨術盡數傳給柒柒，現在醫館裡頭來個傷筋動骨的病人，都是由柒柒處理。

當然，柒柒也沒忘了顧奐揚教她的醫術，得空的時候，她就在小院子的東廂房製作一些滋補藥丸、解毒藥丸。因為材料昂貴，她並沒多做，只是為了不要忘記所學，練練手而已。

如今吃穿不愁，還有銀子攢，日子平靜安祥，柒柒很喜歡這樣的生活，每天都樂呵呵的。她覺得日子似乎會一直這樣持續下去，直到她長大。

最近柒柒有了個想法，她打算過陣子去租匹馬，讓慕羽崢在草原上教她騎馬。

慕羽崢跟吳小郎君他們會在吳府後院的練武場比試馬術，一群少年郎騎在馬上，意氣風發、英姿颯爽。

柒柒見過一回，眼饞得不行。

慕羽崢已經答應她了，說過陣子暖和些，不那麼冷的時候，就帶她去草原上騎馬。

柒柒日盼夜盼，一場春雨過後，天氣終於暖和起來。

第四十六章 杳無音信

這一日，吃過晚飯，兩個人一同收拾完碗筷，柒柒便仰著頭，迫不及待地說：「哥哥，後日我們休息，咱們去租馬吧？」

慕羽崢今年十五歲，這兩年他的個頭猛地躥了起來，已經長成大人的身量。

柒柒雖也長高了許多，可和慕羽崢一比，就跟沒長一樣。

兩人站在一處，她還沒到他的胸口，跟他說話總得高高仰著脖子，可費勁了。

慕羽崢伸手兜著小姑娘的後腦勺，讓她仰得輕鬆些。「柒柒，騎馬這事，怕是得往後推一推了。」

少年正在變聲，嗓子低沈粗啞，但柒柒覺得還挺好聽的。

柒柒不解，扯著他的衣襬晃了起來。「為什麼，不是都說好了嗎？」

慕羽崢擔心小姑娘仰得脖子疼，乾脆坐到椅子上，柒柒就站在他面前，等著他回答。

「跑了一天，妳的頭髮都亂了。」慕羽崢沒回答她的問題，單手拎了把椅子放在自己面前，按著小姑娘坐上去，拆開她的頭髮，拿梳子慢慢梳了起來。

這些年來，柒柒的頭髮一直是慕羽崢梳的，一開始他只會梳兩個小揪揪，可熟能生巧，現在已經能梳好幾款髮式了，把柒柒這個小懶蛋慣得更手拙。

柒柒曾經試著自己梳，可那一頭蓬鬆厚密、不聽話的頭髮總是累得她胳膊痠疼，惹得她忍不住發脾氣，最後還是由慕羽崢接過這個活。

柒柒不太樂意，早不早、晚不晚的，梳什麼頭髮嘛……

她背對他坐著，沒多久就轉過頭追問道：「哥哥，你還沒說為什麼後日不能去騎馬。」

慕羽崢按著小姑娘的腦袋，把她轉過去接著梳頭，語氣雲淡風輕，可嘴角卻沈了下去。「吳小郎君要去一趟長安，我要跟著去。」

「去長安？」柒柒從椅子上跳起來，轉身看著慕羽崢，驚喜道：「難道是去做生意？我能跟著去嗎？」

慕羽崢挪開椅子，牽起小姑娘的手，將她扯到身前哄道：「不能，這一趟得騎馬趕路，不便帶妳。」

「喔，好吧。」不能跟著一起去，柒柒有些失望，可她不是不懂事的孩子。「那要去多久，什麼時候回來？」

「快則兩個月，慢則……」慢則多久，慕羽崢半天沒能說出來。

接替周家父子鎮守北境的韓東將軍舊疾復發，已經下不了床，若韓東將軍有個什麼意外，北境大軍將群龍無首，消停多年的匈奴恐捲土重來，剛剛安定了幾年的大興北境怕是又要陷入戰火之中。

韓東將軍病重的消息秘密傳回都城，陛下想派人接替韓東將軍坐鎮北境，讓他回都城養傷，奈何除了周敞和周錦林父子兩人，朝中一時竟無將可用。

陛下大發雷霆，直接氣病了，如今病了月餘之久，有越發嚴重的跡象，已經連續數日未上朝。

朝中動盪、東宮空虛，朝臣連番上書，奏請陛下另外冊立太子，幾位久居封地的成年皇子，皆以侍疾的名義被召回都城。

哪怕時機尚未成熟，哪怕當年害他的幕後黑手尚未被徹底揪出，慕羽崢這個前太子也不得不回去了。

此行不光要重返東宮，還要將北境軍權拿到手，注定血雨腥風，無比凶險。

「哥哥？」柒柒見慕羽崢半天未回答，伸手在他面前晃了晃。

慕羽崢扯了扯嘴角道：「得看吳小郎君要辦的事幾時能夠辦妥。」

柒柒又問：「那幾時走？」

慕羽崢道：「兩日後。」

兩日後的清晨，慕羽崢臨行前，柒柒把她煉製的藥丸全都幫他裝好帶上，又從攢了幾年才攢到的五十兩銀子裡拿出二十兩，讓他在路上使用。

慕羽崢收好藥丸，卻不帶銀子，反倒另外拿出二十兩，說是這次陪吳小郎君出遠門的賞錢，他在路上的吃喝都由吳家包了，用不上銀子，留在家裡就成。

這是兩個人頭一回分開，還要分開這麼久，柒柒心想彼此有幾個月都見不到了，忍了又忍，還是扁了嘴，淚眼汪汪。

柒柒一伸出胳膊，慕羽崢便自動彎腰，她用胳膊環著他的脖子，和他貼著臉，絮絮叨叨好一番交代。

慕羽崢抱起小姑娘轉了兩圈，又往空中丟了丟，見她笑了，才又把人緊緊抱進懷裡道：「柒柒，等哥哥回來。」

「好，那我送你出門。」柒柒鬆開他。

可慕羽崢拒絕了，揉了揉她的頭說道：「吳小郎君說了不必送，妳在屋裡待著吧。」

唉，給人當差就是這點不好。柒柒別無他法，只能點點頭，打算把慕羽崢送到院門口，目送他離開。

臨出院門，慕羽崢又抱了抱小姑娘，這才轉身大步離去。

等他走得不見人影，柒柒還是沒忍住，躲著人偷偷跑到小院子角落，費勁地爬上牆頭，看著他們一行人騎馬走遠。

柒柒抹了抹眼睛，從牆頭上跳下來，跑回屋內收拾東西，揹上小挎包出門去醫館。

慕羽崢離開後那一晚，柒柒怎麼也睡不著，抱著被子去了東屋，滾來滾去還是睡不著，最後又抱著被子去了西廂房，和小翠一起睡。

每天晚上睡前，她都要嘀咕，哥哥走了兩天了、哥哥走了五天了、哥哥走了十天了、哥哥走了十五天了……

一天一天這樣數著，不知不覺中，數到了七十天。

慕羽崢出去這麼久，卻什麼消息都沒有，柒柒開始焦急起來，忍不住再次去找廖管家問情況，廖管家和善地說暫無消息，其餘的不肯透露，只說不知情。

平日要上工倒還好，忙忙碌碌的，一天很快就過去，可這一日柒柒休息，在家坐立難安，就拉著同樣休假的小翠回了一趟塔布巷，去呂家打聽消息。

蔓雲和呂成文熱情地招待她們倆，聽到在山也沒來信，柒柒便無心多待，跟小翠一同告辭離開。

送她們到大門口後，蔓雲拉住柒柒，面帶憂色道：「我心裡七上八下的，在山走的時候，給了家裡二十兩銀子，說是這一次出遠門吳家給的賞錢。」

柒柒點頭道：「我哥哥也領了。」

「我知道，柱子也拿了。」蔓雲憂心忡忡。「可在山給我爹磕了三個頭，還悄悄和我說一些莫名其妙的話，說什麼萬一路上遇險回不來，我爹和在江就託付給我了。」

一聽到這話，柒柒就想了起來，慕羽崢和她說要走的那個晚上，他的神情莫名凝重，她心裡一個咯噔，臉色一白，緊緊拉住蔓雲的手道：「在山哥為什麼說那種話？」

小翠見兩人都要哭了，忙開口安慰。「出門在外，路途遙遠，在山只是擔心出什麼意外，隨口那麼一說。吳家那邊不是什麼動靜都沒有嗎，要是有事，早就傳來消息了。」

柒柒和蔓雲一想也是，齊齊轉頭對著一旁。「呸！呸！呸！呸！」

連呸幾口之後，兩個女孩有默契地不再提起這不吉利的話題。

「蔓雲姊，妳什麼時候成親啊？」柒柒刻意說起令人開心的事來。

蔓雲今年十七歲，前年年底就和城南豆腐鋪趙老闆的長子趙大郎訂了親，那時候說好今年成親。

可這件開心的事卻沒讓蔓雲的心情好轉，她臉色微微一僵，伸手捋了捋頭髮。「還不知道呢。」

上次見面，她們問起的時候，蔓雲姊明明還一臉害羞地說在看日子，怎麼又改口了。

一看蔓雲的表情不對，似是不願多說，柒柒和小翠對視一眼，沒再追問。

不過臨走之前，柒柒叮囑道：「蔓雲姊，如今在山哥不在家裡，妳要是有什麼事，一定要跟我們說。」

七十天，八十天，九十天……

隨著慕羽崢離開的天數越來越多，柒柒的日子越發難熬，一張小臉整日皺著，寢食難安。

她幾乎每天都要找廖管家問上一問，可依然沒有消息，好在吳府的運作一切照常，不像有事，她才略微安心了些。

熬過了炎炎夏日，又熬過了涼涼秋日，一場大雪過後，雲中郡入了冬。

這一日，柒柒正在醫館拾掇藥草，八歲的在江卻腫著半張臉，嚎啕大哭地找上門來，帽子也沒戴，臉凍得通紅。

「怎麼了？」柒柒連忙放下手裡的活，走過去拉他到火爐旁烤火，冷臉問：「誰打了你？」

在江憤怒得緊握雙拳道：「柒柒姊，豆腐鋪那群王八犢子上門來退親。」

柒柒暗道果然，接過許翠嫻送來的熱糖水遞到在江手裡。「你先喝了暖暖身子。」

在江咕嚕咕嚕喝完，抹了一把眼淚，把事情說了。

訂親的時候，趙家話裡話外都說在山在吳家小郎君身邊當差，前途無量，透露出想藉著他攀上富商吳家的意思。

本來兩家說好今年成親，可在山突然出遠門，遲遲不歸。

趙家擔心在山出事後這條線就沒了，頓時覺得蔓雲配不上他們家大郎，又說往後成了親，蔓雲總得貼補娘家、照顧娘家，成婚的事要再等等。

這一等就等到現在，在山仍舊未歸，趙家人就直接上門來退親。

然而，趙家人既想退婚，又不肯把過錯認在自家身上，非找了個算命的，說蔓雲命硬福薄、剋母剋弟，以後還會剋夫。

呂成文的性子向來與人為善，知道強扭的瓜不甜，趙家要是好聲好氣地商量，把他們的擔憂和難處說個清楚，他頂多斥責對方幾句不仁不義，這婚也就退了。

問題就出在趙家不該詆毀蔓雲的名聲，更不該說在山死在外頭了。

呂成文雖沒什麼大本事，卻格外護著孩子，尤其是全家人惶惶不安、擔心在山當真出事的當口，一聽這話，立即火冒三丈，抄起棍子就要把人打出去。

趙家那幾人並非什麼良善之輩，見狀，趙家夫妻跟趙大郎一擁而上。

蔓雲和在江見父親就要挨揍，自然上去幫忙，可一個是從沒打過架的年輕姑娘，一個是八歲的孩子，一個是腿還有毛病，一家人到底吃了虧。

趙家人打完之後，放話要呂家退還信物，還要賠他們五兩銀子的醫藥費，不然明日繼續上門打。

在江抽抽噎噎地說完，無助道：「柒柒姊，我爹和我姊不讓我來找妳，可我不知道能找誰幫忙。」

前些年北境戰火連綿不斷，呂家的親戚死的死、搬走的搬走，他們在雲中城實在沒人能幫襯。

柒柒聽得怒火中燒，小臉緊繃道：「豈有此理！」

她轉頭就向許翠嫻請假，讓她跟出診的林義川說一聲。

柒柒穿好斗篷，跟許翠嫻借了條頭巾往在江頭上一包，將暖手筒掛在他脖子上，帶著他出了醫館。

寒風刺骨，颳起的雪粒子打得臉上生疼，柒柒漸漸冷靜下來，站在路口仔細思考。

慕羽崢走的時候跟她說過，要是遇到什麼事需要幫忙，就去找廖管家，或者找隔壁的廣玉他們。

雖在吳府住了這麼多年，大家也熟悉了，可她總覺得不好煩勞別人。

想了想，柒柒帶著在江去了廣玉家裡，問雲實與知風可不可以跟她走一趟，幫她撐個場面。

雲實跟知風留在雲中城的任務就是保護柒柒，自然是一口應允，說他們正閒得發慌呢。

有了幫手，柒柒底氣足了些，邊走邊交代。「不用你們動手，只要幫我嚇唬住他們就行。」

雲實說：「要我們動手也沒問題，好久沒打架了，手正癢得厲害，妳回頭請我們吃頓好的就成。」

說著，兩人跟著柒柒還有在江去了塔布巷呂家。

一進門，就見蔓雲紅著眼睛正在收拾亂糟糟的家裡，呂成文坐在一旁修理被砸壞的凳子，滿臉愁雲、唉聲嘆氣。

見到幾人過來，蔓雲和呂成文都很驚訝，可一看到躲在後頭的在江，立刻明白是怎麼一回事，當即訓斥在江給柒柒添麻煩。

柒柒搖頭讓他們不要客氣，直接問起兩家之間可有其他財物上的牽扯，不為別的，而是雙方既然要成親，多少會有這方面的問題。

一問之下才知道，呂叔為蔓雲打了四個箱子和兩個櫃子當作嫁妝，可家裡堆滿木料和做了一半的貨，櫃子跟箱子沒地方放，就挪到院子裡，拿東西蓋著。

年初的時候趙大郎來過一趟，說這樣好的家具擱在外頭風吹日曬的，都糟蹋了，不如先拉去他家。

當時兩家正在商量成親的日子，呂家也就沒多想，讓他拉走了。

柒柒問道：「除此之外呢？」

蔓雲搖頭說：「沒有了，訂親的玉珮剛才已經丟給他們，我們的信物他們也還了回來，現在他們不僅要五兩銀子的醫藥費，還不肯歸還那些家具，說是我耽誤了趙大郎兩年，就算賠償。」

「臭不要臉。」柒柒黑了臉，又問：「呂叔、蔓雲姊，這口氣你們要嚥嗎？」

她確實想替他們出頭，可總得問清楚當事人的意思。

父女兩人還沒答話，在江就先開了口。「我嚥不下去。」

蔓雲抹著眼淚道：「柒柒，這事是憋屈，可如今在山不在家……」

呂成文重重嘆了口氣，看著柒柒說：「柒柒啊，這個虧呂叔不會吃，但呂叔自己想辦法，妳趕緊回家去，別攪和進這些爛事裡頭。」

柒柒知道他們是怕連累自己，可她不能袖手旁觀，呂家人以前那麼幫她，如今他們出事，她要是遠遠躲開，還算個人嗎？

她也不廢話。「這事我管定了，帶上傢伙，咱們去豆腐鋪。」

呂成文看著柒柒身後的雲實跟知風，略微一琢磨，手上的刨子就一撂，起身道：「那就走。」

一家人穿好襖子、戴好帽子，各自拎了個稱手的傢伙，柒柒也抄了根棍子，氣勢洶洶地出了門。

從塔布巷往外走的路上，柒柒又喊了幾個和在山玩得好的兄弟。

在山離開的時候和大夥兒交代過，他家要是有事就幫一把，可先前兩家是在呂家屋裡打架，冬天門窗又關得嚴實，眾人都不知道此事。

柒柒沒打算讓他們幫忙打架，主要是要討公道時必須人多勢眾，尤其是面對趙家那樣的惡人。

塔布巷的孩子們從小一起長大，有著當年一起挖野菜、趕拍花子的交情，何況平時在山沒少幫他們，一聽說蔓雲受欺負了，個個義憤填膺，抄了傢伙就跟上。

柱子的爹娘聞訊出來，非得跟著一起去，說如今兩個孩子在外頭，他們兩家就該相互幫襯著，柒柒覺得有道理，也就沒勸。

一路喊過去，等一行人出了塔布巷的時候，竟有二十多人，浩浩蕩蕩、聲勢驚人。

到了豆腐鋪的時候，正趕上趙家出攤——這黑心肝、不要臉的一家人，一大早去呂家欺負人後，竟然像沒事一樣做起了生意。

第四十七章　久別再遇

城南就這一家賣豆腐的，冒著熱氣的豆腐一擺出來，就有百姓圍上前。

柒柒帶著人殺氣騰騰地走過去，把那攤子圍了個嚴實，買豆腐的百姓瞧這群人架勢十足，手裡還都抄著傢伙，嚇得立刻躲到一旁，但也不離開，遠遠地看著熱鬧。

擺攤的趙家女主人陳嬌變了臉色，趕緊進去把家裡兩個男人喊出來。

趙大郎拎著切豆腐的刀在空中比劃。「你們想幹什麼?!」

柒柒上前把棍子往地上一豎，伸出三根手指道：「三件事。」

「一，你們打傷呂家人，我們來討醫藥費，也不多，就十兩。

「二，把呂家的家具完好無缺、原封不動地送回去，若是你們用過了，按價賠償。

「三，你們不仁不義在先，詆毀呂蔓雲的名聲在後，我要趙大郎給呂蔓雲跪下來道歉。」

她想過了，既然要談判，就得提高價碼，才能達到自己的目的。

呂家幾人沒開口，因為在來的路上他們就說好了，一切交給柒柒處理。

過去柒柒先是救了慕羽崢，又從賭坊打手那裡救下小翠，呂成文和蔓雲清楚地知道柒柒有主意，嘴皮子也厲害，決定全聽她的。

柒柒這話一說完，趙家三人跳腳大罵。

「作夢，也不看看我們這滿身滿臉的傷?!」

「早就聽說妳是個小潑皮，沒想到還真是！」

「趕緊滾，再不滾，我們就去報官。」

柒柒就知道不給這種人一點顏色瞧瞧是不行的，對雲實說：「幫我把人按到案板上。」

趙家三人嘴巴不乾不淨，雲實跟知風早就聽不下去了，一聽這話，抬腳就要上前。

不等雲實靠近趙大郎，人群裡就擠出一個女子，她拿著把菜刀護到趙大郎面前，來回揮舞著道：「敢動他一下試試！」

趙大郎躲在那剽悍的女子身後，雙手搭在她肩上，那女子一回頭，兩人便眉目傳情。

柒柒看著他們的親暱舉動，再轉頭去看蔓雲，就見蔓雲氣得直哆嗦，她立即反應過來是怎麼一回事。

原來趙大郎不光是覺得在山回不來，還和別人勾搭上了，這才迫不及待地用下三濫的方式要退親。

看著那女子紅潤光滑、略顯豐腴的臉，柒柒有了個大膽的猜測，她朝雲實使了個眼色。

雲實會過意，一個手刀劈在女子拿刀的手腕上，菜刀瞬間落地，接著他擒住對方的雙手，將她拎到柒柒面前。

柒柒捋起她的袖子，抓著她的手腕把脈，隨後冷笑一聲，湊近她低聲說：「孩子都有了啊。」

「妳胡說！」女子臉色大變，掙扎著想掙脫雲實，卻無能為力。

柒柒盯著她的臉，接著說：「我猜，這孩子是趙大郎的吧。」

寒冬臘月，女子的額頭上卻不斷冒汗，臉色一片煞白。

柒柒知道自己猜中了，在心裡冷哼一聲，難怪趙大郎這麼急著退親呢。

她沒打算宣揚出去，但也不打算輕易放過她。

不管是誰主動的，在趙大郎和蔓雲還有婚約的前提下，這兩人幹出這樣的事，就是對蔓雲的不尊重。

現在知道這個情況，倒是好談了，至少不必大動干戈。

柒柒拿棍子指了指趙家的豆腐鋪，對她說：「我剛才說的話妳都聽到了吧，我給妳一炷香的時間，妳去跟他們談，談妥了，這事就算了結；談不妥，別怪我把趙大郎要退親的真正原因公諸於眾。」

說完，她朝雲實示意，雲實鬆了手，那女子頓時雙腿一軟跪坐在地。

一旁嚇得半天沒敢動的趙大郎急忙上前，把人扶了回去。

柒柒朝那女子豎起一根手指，提醒道：「就一炷香。」

女子面色慘白，靠在趙大郎身上，招呼趙家人進了鋪子。

很快的，屋裡傳來重重的巴掌聲、哭泣聲、責罵聲，還有爭吵聲。

柒柒很意外，看來趙家夫妻不知道自家兒子幹了這樣的缺德事，但這不關她的事，她只要結果。

周圍有不少人看熱鬧，大夥兒指指點點、議論紛紛。

柒柒拄著棍子靜靜聽著，這才知道原來那女子是隔壁滷肉鋪的。

呂家父女雖沒聽到柒柒剛才和那女子的對話，但看剛才柒柒把脈，再看那兩人的互動，也猜到了個七七八八，氣得說不出話。

估計是怕此事鬧出去丟人，不到一炷香的工夫，趙家三人走了出來，趙大郎臉上頂了個大大的巴掌印，那女子卻沒再露面。

至於柒柒提出的條件，他們全答應了。

從看熱鬧的百姓口中，柒柒已經聽到有人在議論蔓雲命硬了，想也知道是他們這些狗雜碎造謠的。

蔓雲要是落下個命硬剋夫的名聲，以後再想嫁個好人家，怕是難。

柒柒轉頭問家具值多少錢，呂成文報了個價，柒柒便如數告知趙家人。不一會兒工夫，他們就湊齊了銀兩交到柒柒手上，由柒柒遞給呂成文。

隨後柒柒靜靜看著趙家人，等著他們做最後一件事。

瞧著冷眼瞪著自己的小姑娘，趙大郎牙一咬，走到蔓雲面前跪下，狠狠抽了自己一巴掌道：「我不仁不義，退親在先，造謠敗壞妳的名聲在後，我對不起妳，在這裡給妳賠不是了。」

蔓雲狠狠地啐了他一口，在江上去踹了他兩腳，這事就算完了。

事情既已解決，柒柒也不多留，冷冷掃了趙家夫妻一眼，轉身就走。

賠了銀兩，又當街丟了大臉，陳嬌這潑婦哪裡忍得了，衝著柒柒的背影吐了一口唾沫，惡毒地低聲咒罵。「小潑皮，看妳那猖狂勁，這輩子都嫁不出去！」

「妳這個骯髒老狗！」

雲實轉身就要去教訓她，柒柒立刻扯住他道：「隨她放屁。」

陳嬌見自己都罵到柒柒頭上了，她也沒什麼反應，越想越覺得他們不過是虛張聲勢，想到白白給了那麼多銀子，腸子都悔青了。

她得寸進尺地繼續罵街，聲音也不壓著了。「還有你們呂家，我就睜著眼睛看你們家那小子能不能回來，別說我咒你們，我看哪，這麼久都沒回來，怕是早就……」

如果在山哥回不來，那哥哥呢？

這話觸及了柒柒心底最深的恐懼，她眼神陡變，轉身衝了回去，揮著手裡的棍子，狠狠抽在陳嬌的胳膊上，罵道：「閉嘴！」

陳嬌慘叫連連，抱著胳膊東躲西閃。

一切發生得太突然，趙家兩個男人反應過來後，連忙上前去擋。

雲實跟知風明白柒柒為什麼發狂，上前兩腳就把那兩人踹翻在地，一人踩著一個，不讓他們動彈。

陳嬌不知道自己那句話說錯了，一邊躲一邊罵道：「妳這個小潑皮，竟敢當街打人，來人哪，快去報官啊！」

柒柒不想聽她說話，發瘋似的用棍子抽陳嬌，嘴裡不停地喊著「閉嘴」兩字。

塔布巷眾人早就見識過柒柒的厲害，她追著拍花子罵，和賭坊的打手對峙，向來都是既冷靜又大膽，但從來沒見過她像今日這樣發狂，一時全呆住了。

蔓雲也被小姑娘嚇到了，想上前拉她，可她手裡的棍子揮個不停，她沒辦法靠近，在一旁急得不得了，喊道：「柒柒，咱們回家吧！」

見小姑娘情況不對，雲實與知風對視一眼，鬆開腳下踩著的人，想去將柒柒拉開。

柒柒也不知道自己怎麼了，可她就是不想聽到那種話，一個字都不想聽。她只知道不能讓眼前這婆娘張嘴，不能讓她說話……

正發著狂，柒柒猛地被人從身後騰空抱起，她以為是雲實，扭著身子掙扎道：「放開我，放開我！」

「柒柒，是我，哥哥。」慕羽崢把瘋了似的小姑娘轉了個身，單手按進懷裡，大手兜著她的後腦勺，輕聲安撫著。

柒柒一愣，待她抬起頭來，看清抱著她的人是誰時，便不管不顧地哇一聲哭道：「哥哥……你怎麼才回來啊！」

慕羽崢心酸不已，拿下她手裡緊緊攥著的棍子，扔給雲實，接著像摟小孩一樣抱著小姑娘往回走。

柒柒趴在他肩上，哭著伸手往後指。「那婆娘說、說你回、回不來了。」

「別哭，我這不回來了。」慕羽崢安撫地拍了拍小姑娘的背，回頭吩咐一句。「在山，你家的事處理好了再過來。」

已經和家人歡喜相聚的在山高聲應了一句，冷臉看向趙家人，上去一腳就踹翻了豆腐攤子，一拳砸在趙大郎臉上。「狗雜種，趁老子不在家，欺負到我家裡來了，老子今天揍死你！」

「我以為你不回來了，我以為你不要我了……」柒柒坐在慕羽崢胳膊上一路哭訴。

慕羽崢單手解下身上的大氅，將小姑娘裹得嚴嚴實實，耐心十足地不斷哄著。

直到返回吳府的小院子，柒柒才將積壓在內心深處的擔憂和恐慌宣洩完畢，她從慕羽崢的胳膊上下了地，扯著他仔細打量——

頭戴玉冠、身著錦袍，貴氣十足。

柒柒觀察了慕羽崢許久，說道：「哥哥，你看起來跟以前不一樣，我好像不認識你了。」

慕羽崢笑著摸摸她的頭道：「胡說，不過是瘦了些，又長高了點而已。」

柒柒踮著腳，雙手扳著他的臉看，點頭道：「還真是瘦了好多。」

久別重逢，柒柒格外興奮，拉著慕羽崢問東問西，慕羽崢一一回答，末了主動說：「柒柒，有件事我得先跟妳說一聲。」

柒柒見他神情嚴肅，便乖巧地點頭道：「好，你說。」

慕羽崢說道：「我們回來的路上，機緣巧合下結識了前來北境巡查的太子殿下，太子殿下對我們幾人頗為賞識，給了我們一份差事。」

這次他回都城可謂九死一生，不過在眾人的努力下，他終於重返東宮，且拿到了北境大軍的控制權。

大事終於辦妥，他領了聖旨和兵符，馬不停蹄地往回趕。

這一路上，他想來想去，想著該怎麼跟柒柒表明他的身分，雖然事出有因，但他到底騙了她多年。

小姑娘脾氣大得很，到時候要是覺得他耍她，他怕是沒好果子吃。

思來想去，慕羽崢決定先跟她說他們結識了太子殿下，在他身邊當差，回頭多說說太子殿下的好話，再找個合適的機會坦白。

「太子殿下？」柒柒傻眼了，抓著他的手，疑惑地小聲問道：「可我怎麼聽說太子殿下早就不在了呢？」

慕羽崢面不改色地說：「新任太子殿下。」

柒柒莫名地擔憂了起來。「哥哥，不是說伴君如伴虎，要不這差事咱們別幹了，跟著吳小郎君當差就好。」

慕羽崢溫聲解釋。「吳小郎君同樣投奔了太子殿下，在山與柱子也都跟著去了，我要是不去，吳家這份差事也得丟。」

柒柒苦著臉道：「啊，這樣啊。」

慕羽崢點頭。「再說了，每個月有十兩銀子的月錢呢，還管吃管穿，我這一身衣裳就是……」

柒柒原本還愁眉苦臉，一聽到「重點」，猛地從椅子上彈起來，難以置信道：「多少？每個月多少？十兩？」

他就知道。慕羽崢忍著笑，認真地點頭道：「是十兩。」

柒柒歡喜得手舞足蹈。「一個月十兩，一年就是一百二十兩，我的天，這不是發大財了？」

照這個速度下去，再幾年就能攢下不少銀子，到時候買一輛馬車，就可以往南邊蹓躂蹓躂了。

「哥哥，那你還等什麼，快去上工啊，這可耽誤不起！」柒柒說著，扯起慕羽崢，站到他身後，頭手並用地頂著他的背，將人奮力往外推。

慕羽崢哈哈大笑，單手把小姑娘從身後撈過來，屈指敲了敲她的額頭道：「小財迷，今日才剛到，奔波了一路，放假。」
柒柒拍著胸口，長吁了口氣道：「嚇死我了，我這一算，耽誤一天得扣不少錢呢！」
說著，柒柒還是有點不放心，又問：「什麼差事啊，有沒有危險？」
慕羽崢回道：「太子洗馬。」
「顯馬？」柒柒沒聽過，伸出手問道：「怎麼寫的？」
慕羽崢寫在她手心上給她看。
看著那兩個字，柒柒恍然大悟，一副什麼都懂的模樣道：「洗馬啊，我知道，就是給太子殿下洗馬跟牽馬的嘛，那行，沒什麼危險，你去幹吧。」
慕羽崢的嘴角不受控制地抽搐一下。「……好。」
已經過了午飯時分，心想廚房怕是沒飯領了，柒柒就想帶慕羽崢出門吃頓好的，剛跑到西屋衣櫃去翻錢匣子，就有人提了食盒敲門送過來。
不過等到柒柒跑出去看時，慕羽崢已接過食盒，把人打發走了。
柒柒納悶不已道：「稀奇了，今日怎麼送上門來了？」
慕羽崢笑了笑，說道：「洗了手快來吃。」
如今他的身分公開，吳府上下毋須再藏著掖著，飯菜自然是要送上門的。
可柒柒這裡他尚未說妥，回頭還是得交代幾句，讓眾人再演上一陣子。
過去吃飯時，兩人都是面對面坐著，可許久不見，柒柒便親暱地挨著慕羽崢坐，一頓飯下來，左一句哥哥、右一句哥哥，不知道喊了多少遍。

慕羽崢一直笑著，不停地為小姑娘挾菜。

吃過飯之後，跑了一上午的柒柒開始犯睏，她也不回西屋，就賴在慕羽崢這裡，一邊打著哈欠，一邊和他閒聊。

慕羽崢坐在她身邊，輕輕拍著她胳膊道：「先前在街上，為何生那麼大的氣？」

柒柒扯著他一縷頭髮捲在手上玩，邊玩邊道：「她說在山哥回不來，我不想聽。」

慕羽崢摸了摸小姑娘的腦袋，輕輕嘆道：「傻瓜。」

柒柒不服，帶著被子踹了他一腳道：「你是大傻瓜。」

踹完這一腳，兩個人都笑了，慕羽崢大手遮住了柒柒的半張臉。「快睡。」

柒柒「喔」了一聲，沒一會兒便呼吸勻緩，睡著了。

接下來的日子，慕羽崢早出晚歸，柒柒早上起來趴東屋門邊一看，他走了；晚上回來趴東屋門邊一喊，人還沒回。

她不光見不著慕羽崢的面，連在山和柱子也好久沒見了。

柒柒不禁感嘆，這高收入的差事就是不好辦啊。

不過柒柒每天都要等到慕羽崢回家，和他見上一面，說上幾句話才睡。

後來，柒柒在街上無意中聽說了關於太子殿下的一些閒話，說什麼儲君之爭，太子殿下手段狠辣，鬥敗兩個皇子才上位。

柒柒有些擔心，特地問過慕羽崢情況，慕羽崢說除了比較忙，一切都好，柒柒便沒再多想。

第四十八章　憤而出走

這一日，柒柒和小翠都休息，兩個小姑娘閒來無事，就出去逛街、買零嘴。

家裡有個高收入的人，柒柒買零嘴不用再像以前那樣精打細算，瓜子都能整斤整斤地買了。

柒柒買了一斤炒得香噴噴的瓜子，小翠買了一包甜滋滋的黍米奶糕。

兩個小姑娘各自吃完一塊黍米奶糕，一人就抓了一把瓜子嗑著往前走，打算去裁縫鋪瞧瞧。

正走著，前頭就有人一路往北邊跑，邊喊道：「太子殿下正在北城門巡視，走啊，快去看看！」

「太子殿下？那豈不是能看到哥哥當差的樣子？」柒柒有些興奮，拉著小翠就跑。「咱們也去看看！」

兩個小姑娘跟在那些人後頭，一口氣跑到北城門。

柒柒站在人群中，放了一顆瓜子在嘴裡嗑，抬眼四處尋找慕羽崢的身影。

他那麼高，又長得那麼顯眼，柒柒一下子就找到了。

小姑娘又嗑了顆瓜子，一雙黝黑漂亮的大眼睛彎成月牙，語氣無比驕傲。「我哥哥可真好看。」

小翠用胳膊撞了撞笑得傻裡傻氣的小姑娘，小小聲對她說：「柒柒，我怎麼覺得不對勁呢？」

柒柒納悶道：「哪裡不對勁？」

小翠用下巴點了點城樓，湊到柒柒耳邊輕聲說：「妳看，所有人都圍著伍哥，那幾個穿鎧甲的將軍大人、兩個穿官袍的官老爺都對伍哥鞠躬哈腰的，還有吳小郎君和在山他們幾個都站在伍哥身後……

「柒柒，我怎麼覺得，這些人裡頭，伍哥的官最大呢？另外，伍哥那身衣裳那麼華麗，光說那件大氅吧，是洗馬跟牽馬的人穿的嗎？」

說著說著，小翠想起了自己以前那些疑神疑鬼的猜測，她抓緊了柒柒的胳膊，眼睛瞪大了。

「柒柒，妳說伍哥該不會是……」

柒柒嘴裡又放了顆瓜子，還沒嗑下，聽著小翠說那些話，觀察起城樓上的人，不一會兒，原本笑容燦爛的小臉板了起來。

在慕羽崢身後站著的在山湊上前，往城樓下指了指，不知道說了什麼，慕羽崢的視線就掃了過來。

柒柒跟慕羽崢的雙眼對上前的一剎那，他的目光是冷的，可轉瞬間，他的嘴角就有了弧度，像是在對她笑。

柒柒見狀，哼了一聲，把頭扭開。

她從來都不知道，原來慕羽崢那雙總是溫柔地看著自己的眼眸，目光還能那麼冷。

柒柒承認，有時候她有些神經大條，甚至糊裡糊塗的，但她並不是蠢蛋。

看到眼前這個情形，再回想這些年的種種，她猜到了慕羽崢的身分。

「咯」一聲，柒柒含著的那顆瓜子嗑開了，她把手裡沒嗑完的瓜子往小挎包裡一放，扭身就走，氣呼呼道：「小翠姊，咱們回去搬家。」

小翠追上柒柒，回頭看了兩眼，不解道：「往哪兒搬？」

柒柒小臉鐵青道：「搬回塔布巷。」

小翠頗為驚訝地問道：「那伍哥呢？」

柒柒咬牙說：「我不要他了。」

她生氣了，真的生氣了。

前幾天，她在街邊無意聽到人們悄聲議論，說太子殿下手段狠辣，在奪儲之爭中鬥得兩位皇子一死一囚，這才坐上儲君之位。

柒柒聽完之後便一直提心吊膽，總怕慕羽崢不小心犯了什麼錯，回頭被太子殿下給殺了。

那幾日她天天追著慕羽崢問他當差的情況，還把聽來的事小聲告訴他——聽聞太子殿下殺起親兄弟來都不眨眼的，在他手下當差可得謹言慎行，千萬要當心。

他當時是什麼反應呢？

喔，對，他每回都笑著說，太子殿下光明磊落、人品貴重、待人熱誠，外頭那些都是不實謠言，讓她切莫相信，也不要擔心。

聽他說得信誓旦旦，她終究信了他。

有幾回她都快睡著了，他才回來。那麼晚了，他居然還餓著肚子，大半夜的坐在她炕上，啃著乾巴巴的點心。

問他怎麼回事，他就說忙得沒空吃飯。

柒柒真正挨過餓，在她心裡，吃飯是天底下最重要的事之一，除非窮得吃不上飯，不然她實在難以理解，有什麼樣的差事能忙得連飯都顧不上吃。

見慕羽崢不願細說，她就猜恐怕是他犯了什麼錯，那缺德的太子殿下沒給他飯吃，他怕她擔心，不敢跟她說。

在那以後，她每天都特地跑去點心鋪買一些耐放又頂飽的糕點，拿油紙包著塞他懷裡，讓他萬一又吃不上飯，就找個沒人的地方偷偷墊墊肚子。

他當時是怎麼說的？

喔，對，他沒說話，在旁邊一直笑吟吟地看著她忙活，看她滿心擔憂地東交代、西嘮叨。

光明磊落、人品貴重、待人熱誠？呸，不要臉，把自己都誇上天了，應該是心口不一、詭計多端、虛情假義才對。

騙她、看她笑話、耍著她玩！

「缺德！混蛋！王八蛋！」柒柒氣急敗壞，破口大罵。

她罵完仍不解氣，狠狠踢了路邊的積雪一腳，踢得雪塵飛起，漫天飛舞。

一陣寒風颳來，颳得飛起的雪塵撲了柒柒滿頭滿臉，冰得小姑娘一個哆嗦，更生氣了，用力跺腳道：「狗東西，我要跟你恩斷義絕、一刀兩斷！」

柒柒沒有指名道姓，可小翠知道她是在罵伍哥……不對，是在罵太子殿下。

她有心想勸柒柒，說那可是太子殿下，要罵咱們就回家私底下罵，別在外頭光明正大罵。

然而見小姑娘發了大飆，小翠仍是一個字都不敢勸，在一旁默默跟著，戰戰兢兢地左顧右盼，就怕有人聽到，回頭惹上麻煩。

一回到吳府小院子，柒柒就往正屋跑，小翠在後頭喊：「柒柒，我去收拾東西，收拾好了就幫妳！」

「好，東西全都拿上，以後再也不回來了。」柒柒應了一聲，衝進正房，進西屋就開始收拾行李。

被褥跟生活用品都是吳家的，她不要。要帶走的只有錢匣子、四季的衣裳與鞋襪，還有呂成文為她打的那個妝奩。

雖說物品的種類和幾年前搬來的時候一樣，可數量卻多了許多，柒柒分門別類包好，包了足足四個大包袱。

隨後，她把錢匣子從衣櫃最底下翻出來，打開蓋子，把錢全都倒在炕上，開始「分家產」。

慕羽崢在城樓上見柒柒冷著小臉跑走，耐著性子聽完眾人匯報雲中郡的守備狀況後，就以最快的速度結束今日巡城之行，急匆匆地趕回來。

裹著一身寒氣進門，就見小姑娘黑著臉，正跪坐在西屋炕上認真地分配銀子，身邊還堆了幾個大包袱。

她果然要走。慕羽崢暗自慶幸他回來得快，可他心虛，沒敢靠近，像個木頭樁子在門口傻傻杵著。

往日，小姑娘一見到他，就像隻小兔子似的歡快跑到他面前；可眼下，小姑娘只顧著埋頭數錢，彷彿看不見他一樣，連個眼神都欠奉。

慕羽崢站了一會兒，故意用肩膀撞了一下門框，發出聲響，以此提醒小姑娘，門口還有個大活人站著呢。

可小姑娘卻是哼了一聲，乾脆背過身去，拿屁股對著他。

慕羽崢無奈地走進去，坐到小姑娘面前，伸手要摸她那亂蓬蓬的小腦袋。「柒柒，我……」

在他摸上她腦袋那一刻，柒柒胳膊一揚，把他的手給擋開，瞪他一眼，凶巴巴地說道：「別碰我！」

慕羽崢不敢再伸手，他想要解釋，可對著那張氣鼓鼓的小臉，一時又不知從哪裡開口才好。

沈默片刻之後，他拿起旁邊一枚銀錠子，沒話找話。「這都是咱們家賺來的錢哪，這麼多了？」

現在家裡一共攢了七十多兩，大部分是慕羽崢的工錢，柒柒本來想一分為二，留一半給他。

可這大騙子瞞了她那麼久，還在這兒氣定神閒地跟她閒扯淡，心頭火苗瞬間竄起，更氣了。

她奪回慕羽崢手裡的銀錠子，兩三下把剛分好的銀子聚集在一起，全部裝回錢匣子，一文都沒留在外頭。

他是太子殿下了，不差這點錢，不分了，全帶走。

柒柒繃著小臉，蓋好錢匣子，隨後跳下地，準備把四個大包袱往身上揹。

慕羽崢起身攔在她面前道：「柒柒，妳要去哪兒，哥哥還有話說。」

柒柒懶得搭理他，掄起一個大包袱往肩上甩。
結果下一刻，因包袱太大、人太瘦小、勁頭太猛，小姑娘居然被包袱拽得轉了個圈，往地上倒去。
慕羽崢眼明手快地伸手扶住她，嘴角極力抑著笑。「當心。」
柒柒站穩後，仰頭看著面前像座山一樣、高出她快兩個腦袋的大騙子，毫不客氣地踹他一腳，惱羞成怒道：「給我一邊去！」
小姑娘動手了，慕羽崢識時務地往後退開，把地方讓給她。
以他多年來對柒柒的了解，她現在要幹什麼就讓她幹，最好別攔，不然怕是她更難消氣。
柒柒繼續揹起了包袱，忙忙碌碌、費了大勁，最後左右肩各揹一個，左右胳膊各挎一個，錢匣子放在妝奩上抱在懷裡，重心不穩地往外走。
見她雖走得歪歪扭扭的，可橫眉怒目、殺氣騰騰，慕羽崢不敢攔，也不敢說話，默默地跟在後頭，兩隻手隔空護著，隨時準備扶她一把。
柒柒開門走了出去，就見小翠也大包小包揹了一身站在西廂房門口，在山和柱子正攔著不讓她走。
瞧見這一幕，柒柒大喝一聲。「你們倆幹麼?!」
聽到那聲熟悉的怒吼，心虛不已的兩人一個哆嗦，轉過頭來，柱子賠著笑臉道：「柒柒，好好的，妳們搬什麼家啊？」

柒柒走過去，把家當往地上一放，捋了捋袖子，扠腰仰頭看著兩人。「你們什麼時候知道的？」

他們知道柒柒在問什麼，神情戒備地後退兩步，在山笑嘻嘻地說道：「沒多久，就是去長安之前。」

都已經過了大半年，還叫沒多久?!

柒柒勃然大怒，抬腳就踢。「我就說怎麼總見不著你們的人影，那天在街上看到你們，你們還掉頭就跑，我追了半天都沒追上，原來是跟他一起騙我呢，把我耍得團團轉，很好玩是吧？」

「是殿下不讓我們說的，情勢所迫，我們不是故意騙妳的。」

「就是啊，我們哪裡敢騙妳，都是殿下逼的。」

在山和柱子兩人拔腿就跑，順便把慕羽崢給賣了。

柒柒追了一會兒沒追上，懶得再追，回去撿包袱，可慕羽崢已經把她那四個大包袱拎在手裡了。

「拿來。」柒柒上前去搶，拽了兩下沒拽動，胳膊一甩道：「我不要了。」

她抱起錢匣子和妝奩，從小翠手裡接過一個包袱，怒氣沖沖道：「小翠姊，咱們回家去。」

小翠忐忑不安地看了慕羽崢一眼，不知道該不該說些什麼，或者要不要請個安之類的，但見柒柒已經走遠了，她也顧不上別的，急忙追過去道：「柒柒，等我！」

慕羽崢拎著四個大包袱在後頭跟著，在山和柱子趕忙上前接過包袱，跟隨在慕羽崢身後。

在他們後面，一行十餘人的便服護衛不遠不近地跟著。

一行人分成好幾批，前後出了吳府，直奔塔布巷。

天寒地凍，滴水成冰。人們都窩在屋子裡取暖，沒事的話，不會在外頭閒逛。

偶爾碰到一、兩個行人，也都攏著袖子、縮著脖子急匆匆地趕路，沒人關注身邊走過去的是什麼人，不然今天慕羽崢已經在城樓上露了臉，怕是真會被人認出來。

柒柒抱著她的家底、拎著小翠的一個包袱，氣呼呼地走在前頭，小翠比柒柒高，可也要小跑著才跟得上。

等進了塔布巷的家門，都走出汗來了。

柒柒開了屋門的鎖跟小翠進去，許久沒回來這個家了，隨便一動就灰塵飛揚。

兩人把東西一撂就開始幹活，抱柴的抱柴、生火的生火。

柒柒想燒鍋熱水洗抹布打掃環境，順便燒炕，可一掀開水缸蓋，才意識到家裡沒水。

「我去打。」

小翠把倒扣在架子上的兩個水桶拎起來，拿上扁擔出門打水，一出去才發現慕羽崢他們到了。

「殿下。」小翠侷促不安地彎腰行了個禮。

「不必多禮。」慕羽崢頷首，說完後抬腳進門。

柱子把兩個包袱遞給在山。「你送屋裡去吧，我和小翠去打水。」

說罷，他從小翠手裡接過扁擔，挑著兩個水桶，拉著小翠跑走了。

在山硬著頭皮，拎著四個大包袱進屋，見柒柒坐在灶前燒火，他輕手輕腳繞過她，把包袱送到東屋炕上，和慕羽崢拱手說了句「回家去看看」，撒腿就逃。

慕羽崢拎了把椅子坐在柒柒身旁，看著小姑娘拿根棍子在扒拉柴火。

恍惚間，他有一種錯覺，彷彿回到了小時候。

那時候他還看不見，柒柒瘦瘦小小的，睡著的時候抱在手裡，只有小小一團。

可就是那麼一點點大的小姑娘救他回家，細心照料他，找人治好他的腿，趕跑他的仇家好護住他，不然他慕羽崢怕是早就不知去哪兒做了孤魂野鬼。

他能下地之後，她總是牽著他到灶前坐著，兩個人就像現在這樣烤著火，聞著鍋裡翻滾沸騰的米香。

柒柒坐在小板凳上望著灶裡的火發呆，慕羽崢則是望著她發愣。

柱子挑著兩桶水進來，先往燒成乾鍋的鍋裡倒了一些，剩下的就放在水桶裡，隨後說要帶小翠回自家去坐坐，便離開了。

家裡就剩下他們兩人，慕羽崢開了口。「柒柒，我不是有意瞞妳。」回應他的，是小姑娘重重的一聲「哼」。

慕羽崢覺得可愛極了，眉眼間浮現些許笑意，他有心揉揉小姑娘毛茸茸的腦袋，可沒敢。

想了想，他改了個話頭，接著說：「還記得妳撿我回來的時候嗎，我腿斷了、眼睛瞎了，還有內傷。」

這下小姑娘沒哼，只是拿棍子狠狠在灶膛裡戳了兩下，戳得火星四濺。

慕羽崢知道自己找對了切入點。「還記得那些到處找我，甚至找到塔布巷來的仇家嗎？」

柒柒見他繞來繞去，忍不住翻白眼。

「要說什麼就趕緊說，東拐西彎幹麼。」

生氣歸生氣，可她還是好奇，想弄明白事情到底是怎麼一回事。

慕羽崢不再兜圈子，從讓柒柒典當玉珮開始，講到周敞找來；再講到花影軒開業，廣玉他們搬到隔壁；顧奂揚到來、慕雲檸深夜來訪、他們搬來吳家；一直講到這次回都城，奪回太子之位、拿到北境軍權、回到雲中城……

還有他擔心自己這一趟有去無回，已經留夠銀錢，在江南安排好山明水秀的去處，並交代雲實跟知風，一旦他回不來，就帶著柒柒和小翠離開這裡。

過去幾年的所有一切，慕羽崢毫無隱瞞，悉數坦白。

第四十九章 言歸於好

這一講，不是三言兩語能講得清楚的。

鍋裡的水燒乾了又加，加了又燒乾，燒乾了再加……外頭冰天雪地，屋內蒸氣繚繞，兩人宛如置身仙境。

慕羽崢講得口乾舌燥，等到全部交代清楚，已經是一個時辰過去。

「柒柒，哥哥雖有苦衷，可著實不該瞞著妳，哥哥錯了，妳能原諒哥哥嗎？」

慕羽崢微微躬身，側頭看著小姑娘誠懇地說著，語氣可憐兮兮。

柒柒抱著膝蓋，坐在小板凳上靜靜聽著，從頭到尾一言未發。

可當慕羽崢講到那些她不知道的艱難和危險時，她卻偏過頭去，偷偷抹眼淚。

聽到慕羽崢問這話，她把燒得只剩一小截的棍子往灶裡一扔，起身踹了慕羽崢一腳，眼眶泛紅、小臉冷冰冰的。「你走吧，我不要你了。」

踹完那一腳，柒柒不再看慕羽崢，拿了木盆，從鍋裡舀了熱水，又兌了些冷水，拿上抹布走進東屋，東擦擦、西抹抹地打掃起來。

原來這麼多年，一堆人都在她面前演戲呢。

他處境艱難、危險重重，她都能理解，畢竟她撿他回來的時候，他是個什麼慘狀，她都看到了。

可偷偷告訴她一聲，她又不會說出去。

好，以前怕她年紀小，一個不小心說溜了嘴，他為了保命選擇隱瞞，她能理解。

可去長安之前呢？他已經預料到有危險，知道可能再也回不來，卻一聲不吭地英勇赴死去了，就沒想過萬一他真有個好歹，她該怎麼辦？

她好不容易有個家人，要是冷不防就這麼沒了，她會多難過、多傷心？就算說出事實，她也不會攔著他，至少能好好道別吧？

行，擔心大事未成，怕走漏風聲不敢說，她勉強能理解。

畢竟在山和柱子已經知道他的身分，抱著決一死戰的心跟著他去了長安，卻也沒敢跟家裡透露隻言片語，只隱晦留下遺言。

可從長安回來以後呢？

不過一句話的事，這麼多天了，隨便找個機會都能說，可他非得瞞著她，編造一套瞎話來誆她、耍著她玩，簡直壞透了。

柒柒沈默不語，忙著到處擦灰塵。

慕羽崢喊了幾句，見柒柒理都不理，也不再說話，脫了大氅，熟練地拿了掃把，先是把角落掛著的蜘蛛網掃下來，又每間屋掃地。

他太了解小姑娘的倔脾氣了，壓根兒沒指望他一坦白，她就會歡天喜地接受他的新身分。

慕羽崢早就料到會有今日這麼一齣，所以才拖拖拉拉、磨磨蹭蹭地沒敢說。現在看來，還不如一回來就坦白，早死早超生，說不定小姑娘早就發完脾氣，跟他和好了。

堂堂一個太子殿下，像個受氣包一樣在那裡勤勤懇懇掃地，柒柒看他那副德行就煩。她擦完炕和窗臺，跳下地從他手中搶過掃把，用力往外推他。「我都說不要你了，你趕緊走。」

任由小姑娘推了幾下，慕羽崢雙手握住她的肩膀，俯身低頭，望著她的眼睛溫聲哄道：「柒柒，哥哥真的錯了。我早該跟妳說明的，可怕妳知道以後會生氣，才一拖再拖。哥哥保證這是最後一次，以後絕對不會再騙妳，妳能原諒哥哥嗎？」

柒柒哼了一聲，偏頭不看他。「不能。」

話音剛落，咕嚕咕嚕，柒柒的肚子響了一聲。

這一陣鬧騰，兩人都沒吃午飯，如今快到晚飯時分，柒柒這才察覺出餓來。

慕羽崢也聽到那聲腹鳴，頓時既愧疚又心疼。「氣歸氣，但不能餓肚子，咱們先去吃飯可好？」

小姑娘是個一頓飯都捨不得落下的人，都這個時候了，竟然沒想起要吃飯，可見是真的氣著了。

「你去吃你的，我不用你管。」

柒柒不想因為大騙子的過錯而虧待自己，可眼下家裡什麼吃的都沒有，她只想把人趕走，然後去隔壁呂家蹭點吃的，順便揍在山一頓。

她掙脫他的束縛，走去桌子旁，從小挎包裡掏出一把瓜子，決定先用這個墊墊肚子。

剛才還氣鼓鼓的小姑娘，轉瞬就嗑起瓜子來，慕羽崢覺得可愛極了，又有些好笑，可在這節骨眼，他哪敢露出一絲笑容，當即轉身出門。

柒柒見狀，連鞋子也顧不得脫，迅速爬上炕，趴到窗臺仔細聽著外頭的動靜。

慕羽崢正在和院裡候著的護衛說話。「去景福樓點幾道菜帶回來，要炙烤羊排、羊肉湯、拔絲奶豆腐跟牛乳紅豆羹，甜羹多放糖，再看有什麼青菜，來一份。」

護衛應是，隨即往外走。

景福樓的飯菜耶……柒柒的肚子不爭氣地又咕嚕咕嚕叫了，忍不住吞了吞口水。

去年冬天，她無意中聽別人說起景福樓的飯菜多好吃，回家就跟慕羽崢念叨了兩回，說以後有錢了，一定要去大吃一頓。

結果沒想到，過小年的時候，吳小郎君就去景福樓訂了個雅間，招呼他們吃了一頓。

現在想想，那也是慕羽崢這個大騙子安排的了。不過……景福樓的菜是真的好吃。

聽到屋門那邊有動靜，柒柒火速爬回炕邊，輕手輕腳跳下地，跑到桌子旁，若無其事地繼續嗑瓜子。

慕羽崢的聽力很好，一進門就把小姑娘那刻意放輕的動作聽進耳中，他伸手捏了捏臉，把臉上的笑意捏沒了，這才進了東屋。「我讓護衛去景福樓買些吃的回來。」

柒柒身子一扭，側著臉對他說道：「你買你的，跟我有什麼關係。」

慕羽崢聽出小姑娘語氣中的一絲緩和，趁熱打鐵道：「柒柒，還記得我跟妳說過我的名字嗎？」

柒柒不以為意道：「慕羽崢啊，幹麼？」

當年他說怕沒人喊他，回頭他會把自己的名字給忘了，她心疼他，就隔三差五地悄悄喊他幾遍，這麼多年過去，早就記得牢牢的，怕是一輩子都忘不掉。

不過，既然身分是假的，那這名字肯定不是真的。

慕羽崢像是猜到小姑娘在想什麼，語氣誠懇道：「這是我的真名。」

柒柒一愣，仰頭看他。

慕羽崢再次道：「我就是慕羽崢。」

這一瞬間，柒柒有些高興。原來他一開始就告訴她真名了，那也不算完全騙她嘛！可轉念一想，她又生氣了，這回是跟她自己生氣。

柒柒覺得自己實在太蠢，他都把名字告訴她了，她也知道國姓是慕，卻壓根兒沒聯想在一起。

慕羽崢留心觀察著小姑娘的神情變化，猜到了個大概，安慰道：「尋常百姓無人直呼太子名諱，沒猜到不怪妳。」

柒柒沒了面子，瞪了他一眼，凶巴巴道：「我就是懶得猜，我每天忙死了，哪有空猜。」

慕羽崢識相地附和道：「那是自然，我們柒柒多聰明。」

這話柒柒聽著順耳，她小小地哼了一聲，想起一件事情來。「你是太子的話，那大刀女俠……公主殿下是你姊姊？」

小姑娘終於肯賞臉好好說話，慕羽崢忙答道：「那是咱們阿姊，阿姊見過妳幾次，不過都是妳睡著的時候，她可喜歡妳了。」

柒柒對女俠公主仰慕已久，早就想見她一面了，一聽自己竟然和她錯過幾次，氣得又踹了慕羽崢一腳。

慕羽崢知道她氣什麼，忙安撫道：「下回咱們一起回長安時就能見面了。」

柒柒低下頭，捏著手裡的瓜子，半天沒嗑，也沒說話。

他把來龍去脈都解釋清楚了，她又踹了他那麼多腳，其實早就不氣了。

這麼多年來，他除了對她隱瞞真實身分，並未傷害過她一絲一毫，一直都是想盡辦法哄她開心。

不管是花影軒的香膏、過年的大紅封，又或是那些美味的吃食，還有顧大夫教她的醫術……

再細細一想，小翠姊在花影軒學到的管事、算帳的本事，隔壁呂叔家源源不斷的單子，在山哥和柱子哥當初到吳家當差……

這林林總總的，其實都是他在變著花樣地讓她、讓大夥兒生活得更好一些。

柒柒不氣了，可內心莫名生出即將分別的難過來。

她垂著小腦袋，萬分沮喪地說：「我不生氣了，等會兒飯來了，一起吃了這頓散伙飯，你就走吧，回去好好當你的太子殿下，以後別來了。」

反正他的危機已經解除了，也恢復了身分，還待在這小巷子裡頭幹麼。

慕羽崢看不見她的表情，彎腰下去看又太費勁，想了想，他把她抱到桌上坐著，像小時候那樣捧起她的小臉蛋，說：「柒柒，妳在擔心什麼？」

柒柒看著他，問道：「我今天踹了你這個太子殿下，你會不會砍我腦袋？」

慕羽崢笑出聲來，難以置信道：「妳竟是在擔心這個？」

踹他的時候那麼凶，現在知道煩惱了。

柒柒的小臉被他的大手擠成一團，說話含糊不清。「我就問你砍不砍？」

明明在表達自己的擔憂，小姑娘的語氣卻格外囂張，眼神也很凶狠，好像他敢說錯一個字，她就跟他拚命。

慕羽崢捧著小姑娘的臉蛋，那雙手抖啊抖、抖啊抖，人都快笑岔氣了。

柒柒翻了個白眼，抬起胳膊扒開他那雙煩人的大手。「你別笑行不行，說正經事呢。」

慕羽崢撐著桌子笑了好一會兒才停下，一本正經地說道：「妳是我妹妹，踹我這個哥哥幾腳有何妨。妳是不知道，阿姊打我打得那才叫狠，妳這不痛不癢踹幾腳，跟阿姊比起來不過爾爾，不值一提。」

這話柒柒聽得舒服，抓了一把瓜子遞給他算是獎賞，她自己也抓了一把，嗑了一顆，兩隻腳在桌邊輕輕晃蕩，心平氣和道：「我是真不氣了，可我也真不要你了。」

慕羽崢剝了一顆瓜子，習慣性地把瓜子仁餵到小姑娘嘴邊，問道：「為什麼不要我？以前都是妳照顧我，如今我可以光明正大照顧妳了，妳不要我，豈不是太虧了？」

柒柒見他剝得快，趕得上供她吃，自己便懶得嗑了，就在那裡等著他一顆一顆餵過來。

「你是金尊玉貴的太子殿下，我不過是塔布巷裡頭一個平頭小百姓，咱們身分差異太大。」

這話慕羽崢不愛聽，當即反駁。「胡說八道，不管我是什麼身分，我都是妳哥哥。」

柒柒冷哼道：「我這麼蠻橫不講理，張口就罵人，甚至還動手打人，人稱無賴小潑皮，你要我這樣的妹妹，不怕丟你這個太子殿下的臉？」

慕羽崢笑了一聲道：「妳這點小脾氣在阿姊面前不足掛齒，她乃是長安城一霸。不過自家阿姊我不好多說，等妳見了，就知道什麼叫真正的蠻橫不講理了。」

見小姑娘的嘴角翹起，慕羽崢覺得機不可失，接著說：「我們柒柒善良、乖巧、可愛、能幹，又仗義，簡直是天底下最好的小娘子，能有妳這樣的妹妹，我自豪都來不及了，怎麼會丟人？」

大部分的人都喜歡聽好話，柒柒自然也不例外，見慕羽崢把她誇得天上有、地上無，她的眼睛不自主地彎成了月牙，有些不好意思起來。「我真有你說的那麼好？」

慕羽崢說的都是真心話，他點頭鄭重道：「句句屬實。妳可以問問在山跟柱子，他們也都是這麼想的。」

柒柒哼了一聲道：「我要是去問，他們倆怕挨打，當然會說好聽的。」

慕羽崢揉了揉小姑娘的腦袋，見她這次沒拍開他的手，就大著膽子多摸了兩下道：「傻瓜，按照他們倆現在的功夫，一根手指就能將妳按住，哪裡怕妳打那幾下，那是怕妳生氣，哄妳呢。」

這話柒柒沒辦法反駁，她從他手裡咬過一顆瓜子仁，嚼完後問他。「你也怕我生氣嗎？」

慕羽崢點頭道：「當然，我們柒柒要開開心心的才好。」

柒柒沒說話，可兩隻小腳卻晃了晃，慕羽崢瞧見了，嘴角揚了起來。

去買飯的護衛回來了，慕羽崢去門口接了兩個食盒進來，把閒置許久的炕桌搬上炕，拿抹布擦乾淨，將飯菜拿出來擺在桌上，熱情招呼道：「來吃飯。」

柒柒想矜持一會兒，可那炙烤羊排金黃酥脆的，實在誘人，那濃郁的羊肉湯也香極了。

吸了吸鼻子，柒柒到底沒忍住，從桌上跳下來，走過去炕邊坐了。

柒柒是真的餓著了，端起甜羹連喝了幾大口，羹湯熱呼呼、甜滋滋的，人都熨貼多了，看慕羽崢也順眼起來，徹底消了氣。

慕羽崢去灶間拿了菜刀洗乾淨，把羊排上的肉剔下來，挾到柒柒碗裡，柒柒埋頭猛吃，見他一直忙活，也挾了一塊肉餵給他，慕羽崢笑著吃了。

吃飽喝足，柒柒心情大好，懶洋洋地趴在炕桌上，看著慕羽崢吃飯。

柒柒飯量不小，慕羽崢飯量很大，兩個人把所有飯菜掃了個精光。

慕羽崢收拾好碗筷放回食盒，又擦乾淨桌子，就坐在柒柒對面，靜靜看著發呆中的小姑娘。

柒柒沒睡午覺，吃飽後就有些犯睏，她雙手托腮、眼神迷濛，時不時點一下腦袋。

一頓飯下來，天已經黑了，慕羽崢看著快睡著的小姑娘，笑著說：「柒柒，我們回去吧？」

柒柒搖頭說道：「不要，我還沒想好要不要你呢。」

慕羽崢一聽有戲，抓緊機會勸說。「柒柒，要我說，妳要我的好處更大。」

柒柒歪著腦袋打了個哈欠，不大感興趣的樣子。「什麼好處？」

先前動之以情不大管用，慕羽崢決定曉之以「利」。「要我這個哥哥的話，那妳以後就是公主殿下，會有很多銀子。」

「銀子？」柒柒剛垮下去的眼瞼立刻撐開，人都精神了些。「有多少？」

果然有用。慕羽崢嘴角含笑，說道：「阿姊是立下戰功的長公主，食邑一萬五千戶，妳比阿姊要少一些，但少說也有八千戶。」

柒柒皺眉道：「八千戶是多少？」

慕羽崢耐心地為她解釋。「一戶一年兩百文稅收，八千戶，一年下來就有一千六百兩銀子，這還不包括金錢布帛、房屋田莊那些賞賜。」

像貓一樣懶洋洋弓著腰的小姑娘瞬間坐直了身子，一雙眼睛瞪得溜圓。「多、多少？」

慕羽崢忍俊不禁，偷偷掐著自己的大腿，免得笑出來。「一年一千六百兩。」

第五十章　相依相偎

柒柒心動了，彷彿看到白花花的一堆銀子在向她招手，她情不自禁地搓起手來，眉眼間盡是興奮。

可看著對面那個大騙子臉上強行憋著的笑，她又覺得自己這樣有些丟人，哼了一聲，忍著心痛，口是心非地說：「我自己以後又不是賺不到，你少拿錢蠱惑我。」

慕羽崢又勸道：「自己賺多辛苦，若妳要我這個哥哥，這些錢都會自動上門，回頭妳再賺一份，那就是兩份了，銀錢這東西，多多益善不是嗎？」

柒柒那顆愛財的心，蠢蠢欲動。

慕羽崢接著遊說。「妳不是一直說，長大了要找個稱心如意的夫婿，等過兩年咱們回長安，哥哥親自幫妳挑選，保證挑到妳滿意的。有我給妳撐腰，不管嫁給誰，妳都能當家作主。還有妳的娃娃，妳想想，有我這個舅舅在，她就能在大興橫著走。」

大筆的銀錢、美好的前景，這些實在太打動人心，柒柒已經徹底被說服了。

然而她先前拒絕得那麼徹底，此刻要是就這麼鬆口，實在有些下不了臺。

她沈默了好一會兒，才耍賴說了句。「我累了，走不動。」

小姑娘這是遞梯子了，慕羽崢大喜過望。「哥哥揹妳。」

說完他立即起身，拿過柒柒的斗篷為她披好，又拿了自己的大氅將她裹住，扯著她趴到自己背上，抬腳就往外走，速度快得好像怕她會反悔一樣。

柒柒指著桌上的錢匣子說：「我的錢。」

慕羽崢腳步不停。「放心，有人拿。」

「灶裡的火還沒熄，還有我的包袱跟小挎包，門也還沒鎖……」

「別擔心，全都不落下。」

慕羽崢揹著柒柒出門，吩咐了幾句之後，幾名護衛進屋拿東西、拎食盒、滅火、鎖門，收拾得妥妥當當，這才離開。

哄住了小姑娘，慕羽崢心情大好，邁著沈穩又輕快的步子，穩穩當當地往外走。

柒柒摟著慕羽崢的脖子，趴在他肩上，看到他嘴角的笑，以為他在笑話自己貪財，連忙說道：「我可不是貪那些錢，就是不想在雲中郡找夫婿，這裡太冷啦。」

此地無銀。慕羽崢哈哈大笑。

柒柒翻了個白眼。看吧，當回了太子膽子就變大，都敢當面嘲笑她了。

兩人回了吳府，一進門就有人行禮道：「殿下、柒柒小娘子。」

柒柒有點不好意思，掙扎著要下地，慕羽崢卻沒鬆手，揹著她回到小院子。

兩人前腳剛進屋，護衛們後腳就把柒柒的東西全都送進來——四個大包袱、一個錢匣子、一個妝奩，還有家裡的鑰匙，一樣都沒少。
看著堆了滿炕的物品，想到出門時自己那決絕的態度，柒柒的臉有些沒地方擺，不禁橫了罪魁禍首一眼。
看著被大氅裹成一小團的小姑娘眼神不對，慕羽崢火速說了句「我還有事」，忍著笑及時撤離。
聽到房門關上的聲音，柒柒哀嚎一聲，往炕上一倒，連連捶炕道：「鳳柒，妳可真沒骨氣！」
憤恨地捶了幾下後，想到那一年一千多兩的銀子，她又心花怒放地打起滾來。「有錢能使鬼推磨呢，人要什麼骨氣?!」
小翠一進門就聽到這句話，噗哧一聲笑了。
小姑娘原先黑著一張臉發飆，氣到恨不得殺人，小翠以為她和太子殿下鬧分了，就算不分，也得生個幾天的氣，可這才一天不到，小姑娘就笑得春花燦爛，裹著大氅滾來滾去，都快把自己給纏住了。
小翠好笑地走過去，把小姑娘扯起來，為她解開大氅、取下斗篷。「進了屋還穿這麼多，也不嫌熱。」
柒柒抱住小翠，嘿嘿笑著說：「小翠姊，妳回來了。」
小翠哭笑不得，拍了拍她的小腦袋問：「不生太子殿下的氣了？」

柒柒點頭道：「不氣了，哥哥也不容易呢。」

小翠在柱子家聽說了個大概，也知道太子殿下的難處，可見到小姑娘臉變得太快，忍不住逗她。「不一刀兩斷了？」

柒柒傻呼呼地笑著說：「不斷了。」要這個哥哥，有好多錢能拿呢。

小翠笑了，幫柒柒收拾起東西。

柒柒要幫忙，小翠攔著她不許動，柒柒就趴在炕上，雙手托臉看著小翠忙活。「小翠姊，我哥哥說，以後要帶我們去長安呢。」

小翠點頭道：「我只有妳一個妹妹，妳去哪兒，我就去哪兒。」

不管柒柒是想留在雲中城做個小醫女，還是去長安當太子殿下的妹妹，她一輩子都跟著。

柒柒開心地又滾了個圈。「那我們以後一起去都城開鋪子。」

小翠笑著應好，往櫃子裡放衣裳。「對了，我聽柱子說，他們就要和殿下去軍中了。」

柒柒跪坐起來問道：「什麼時候？」

小翠回道：「說是就這幾天。」

「這麼快啊？」柒柒不禁有些驚訝。

慕羽崢跟她說已經拿到北境軍權時，她就料到他可能會去軍中，卻沒想到這麼快。

正說著，門被敲響了，柒柒忙穿鞋下地，跑出去問道：「哥哥，你幾時走？」

「七日後。」慕羽崢接住撲過來的小姑娘，牽著她的手轉身，指著跟在他身後進來的兩名護衛道：「他們往後跟著妳。」

一男一女兩名護衛上前恭敬行禮。

「素馨見過柒柒小娘子。」

「百擊見過柒柒小娘子。」

柒柒看著素馨，眼睛一亮道：「欸，我好像見過妳，有一回我摔倒在雪地，是妳扶了我吧？」

素馨笑著點頭道：「正是婢子。」

柒柒又打量起在一旁微笑的百擊，問道：「我是不是也見過你？」

百擊笑著說：「正是，有一回小娘子差點被牛車撞到，是小的拉了您一把。」

原來他們一直在暗中護著她啊！柒柒笑了，學著他們的樣子還了禮。「多謝素馨姊姊、多謝百擊大哥。」

兩人忙擺手，同聲道：「不敢當，小娘子喊我們名字即可。」

柒柒看向慕羽崢，見他笑著點點頭，柒柒便說好。

等素馨、百擊跟小翠都出去之後，慕羽崢牽著柒柒到了東屋，說道：「素馨跟百擊都是百花坊的人，多年來暗中保護妳，如今妳已知情，他們便不用再躲著，往後妳出門就帶著他們。」

柒柒驚訝地說：「啊？我去醫館時他們也要跟著去嗎？」

慕羽崢其實很想跟柒柒說，現在她只需要在家吃吃玩玩睡睡就行，不用再辛苦上工。可他知道那不是柒柒想要的生活，便提都不提，只點頭道：「得帶著，他們不會干擾妳做事，將妳送到醫館後，他們自會找地方待著。」

柒柒有些無法理解。「哥哥，如今還有危險嗎，你不是都恢復身分了？」

慕羽崢握著小姑娘的肩膀，神色鄭重道：「柒柒，正因我又站在明處了，所以才危險，有心人只需一查，便知妳我之間的關係，自然得保護妳的安危。」

柒柒小臉頓時一垮。「哥哥，我現在反悔來得及嗎？」

慕羽崢險些被她氣笑了，屈指在她腦門敲了一下。「來不及了。富貴險中求，妳想想那些銀子。」

「那好吧。」柒柒聳了下肩膀，認命了，又問：「那你身邊有人嗎？」

慕羽崢面露憂色道：「我這邊無礙，我只擔心妳。」

柒柒也不敢大意，想了想，說道：「你放心，我不會亂跑的。」

兩人又說了一會兒的話，柒柒見慕羽崢左操心、右擔心，嘮叨個沒完，乾脆說道：「哥哥，要不我跟你去軍營算了。」

在山、柱子、雲實、知風跟吳小郎君全是熟人，一起去軍營也沒什麼。

慕羽崢立刻否決。「軍中生活艱苦，妳好生在家待著。」

柒柒攤手道：「那你就不要這麼煩惱啊，不是都安排好了，再說上回你跑長安那麼久，我也沒怎麼樣嘛。」

慕羽崢嘆了口氣，又叮囑一句「萬事小心」，便不再多說。

想著軍營條件不好，說不定還要打仗，柒柒便想為慕羽崢置辦一些物品帶著，可又捨不得花自己的錢，便拉著他道：「哥哥，我想要點錢買東西。」

慕羽崢就喜歡柒柒這種大方不扭捏的性子，笑著說好，出去吩咐了一句。很快的，廖管家帶人送來二百兩銀子。

看著那白花花的一箱銀錠子，柒柒撲上去，兩隻眼睛直冒光。「哥哥，這都是給我花的？」

慕羽崢忍俊不禁道：「都是給妳的。」

柒柒捧起一把銀錠子，連哇了幾聲，隨後轉身一把抱住慕羽崢的腰，在他懷裡親暱地拱了拱腦袋，仰起頭來，笑得比花兒還美。「哥哥，我一定會好好當你妹妹，誰不讓我當，我就跟他拚命！」

慕羽崢開懷大笑，把小姑娘拎起來往空中丟了丟，惹得她尖叫連連。

接下來幾天，柒柒為慕羽崢準備了各種傷藥、補藥、解毒的藥，分門別類標註好用途跟用法，左一瓶、右一罐，林林總總裝了幾大箱，又跑去城裡的裁縫鋪跟成衣店，買了棉襪、護膝等保暖的物品，忙碌了好幾日，總算置辦齊全。

慕羽崢依舊忙得不見人影，直到臨走前兩日他才歇下來，讓柒柒提前跟醫館請了假，帶她出城騎馬，說是早就答應的，那時候走得急，現在補上。

柒柒一大早就爬起來，穿好慕羽崢為她準備的新衣裳，拿著梳子找他梳頭，還嫌他慢，一個勁兒地催促。

見小姑娘著急的模樣，慕羽崢樂不可支，耐心為她梳好頭髮，又按著她好生吃過早飯，這才出門。

見到慕羽崢那匹通體黝黑、毛色發亮的大馬，柒柒心生歡喜，喜孜孜地摸了摸。「哥哥，我也想要一匹馬。」

「好，回頭幫妳找一匹溫順的。」慕羽崢單手抱起小姑娘，飛身上馬，把人往懷裡一攬，在幾十人的護衛下騎馬出了雲中城，一路向南疾馳。

柒柒整個人藏在慕羽崢的大氅裡，仍舊能聽到外頭呼嘯而過的風聲。她腦袋鑽了出去，一露臉就被迎面撲來的刺骨寒氣逼得屏住呼吸，打了個寒顫。

慕羽崢按回她那顆小腦袋，朗聲道：「再躲一會兒，很快就到了。」

馬速極快，可還是走了半個多時辰才停下來。

柒柒迫不及待地拱出小腦袋來，就被眼前的風景給震撼住了——

一片廣袤的平原，積雪皚皚，在這平原上，有一條結成冰的江水。江畔長堤上，長著成排的大樹，樹上掛滿潔白晶瑩的霜花，陽光一照，銀光閃爍。

柒柒長這麼大，活動範圍一直侷限在雲中城周邊十里範圍內，從沒到過這麼遠的地方。她坐在馬上，靠在慕羽崢懷裡，貪婪地看著這壯麗的風光。「哥哥，這裡好美啊。」

慕羽崢見小姑娘開心，笑了。他伸手將大氅攏了攏，將人裹得嚴實些，雙腿往馬腹一夾。

見馬往江面上走，柒柒嚇得直往後仰，驚慌道：「這江凍結實了嗎？」

「膽小鬼。」慕羽崢嘲笑她，扯了轠繩加快速度，黑色駿馬就在堆滿積雪的江面上小跑起來。

柒柒揪著一顆心，可見馬跑了一會兒都沒事，便放下心，踢蹬著腿，趕起馬來。「駕，駕！」

然而那馬像沒聽見，依舊保持著自己的速度，不緊不慢地跑著，柒柒便威脅道：「你再不跑快，我打你了啊！」

慕羽崢笑出聲，轠繩一扯帶著馬跑上岸，這才把轠繩遞到柒柒手裡，讓她牽好，教她如何操控。

柒柒早就想學騎馬了，好不容易有了機會，自然學得格外認真，很快便掌握了要領。

見慕羽崢騎得格外輕鬆，她便不認為有什麼難的，沒一會兒就說要自己騎。

慕羽崢也不攔著，將大氅脫下來披在她身上，翻身下馬，把她的腳放入馬鐙調好距離，讓她一個人試著騎。

用看的學會了，可當真正獨自一人騎在馬上時，柒柒還是緊張。

人一慌，馬就不聽話，原地轉了幾個圈後，忽然朝前跑去，柒柒頓時嚇得驚聲尖叫。

「救命，哥哥救命！」

慕羽崢哈哈大笑，飛奔趕上，一個縱身凌空上馬，將歪著身子、眼看要栽到馬下的小姑娘抱住了。

「嚇死我了。」柒柒靠在慕羽崢懷裡不斷喘氣，緩了一會兒才道：「哥哥你這破馬不好。」

慕羽崢笑著點頭道：「言之有理。」

這對話惹得一旁圍觀的護衛們哄然大笑。殿下這匹「破」馬，可是萬里挑一的千里良駒啊。

柒柒回頭看慕羽崢，小聲問：「哥哥，他們在笑什麼，是笑我嗎？」

「不是笑妳。」慕羽崢忍笑答道，抬眸淡淡掃了護衛們一眼，眾人忙仰頭看天、低頭看地、遠眺看山，不敢再笑。

天寒地凍，慕羽崢怕把柒柒冷壞了，騎馬帶她往回走。

柒柒將慕羽崢的大氅從身上解下來，回身費勁地為他披上、繫好帶子，接著鑽了進去，兩隻手揪著大氅的邊緣，露出一雙眼睛，看著沿途的風景，興致盎然道：「哥哥，以後等你有空了，我們去江南看看？」

慕羽崢笑著應道：「好。」

柒柒接著說：「再去海邊看看，我想撿幾個大海螺，放在耳邊能聽見風聲的那種。」

「好。」慕羽崢應下，又好奇地問道：「柒柒如何得知海邊有海螺這種東西？」

小姑娘從沒出過雲中城，也沒見城裡哪邊有人在賣，她怎麼知道？

「我聽茶肆的說書先生講的。」柒柒敷衍地答道。

以前，他是個沒人要的小可憐，她在他面前想說什麼就說什麼，從來沒顧忌；可現在，他成了太子殿下，她是不是要謹慎些才好？

剛得知他身分那天，她氣他騙自己，所以凶他、踹他、朝他發脾氣，因為那時候她並不覺得他這個身分有什麼，可這些天下來，看著他身邊的人那恭謹的態度，她才意識到，「太子殿下」這四個字意味著什麼。

無上尊榮，權勢滔天，生殺在握。那是一個她未曾接觸過，也絲毫不了解的世界。

就連小翠姊都私下找過素馨，向她請教怎麼向太子殿下行禮，如今小翠姊一見慕羽崢，都是規規矩矩地請安。

在山哥和柱子哥他們整日跟隨慕羽崢左右，卻一口一聲「殿下」地叫，再也沒喊過「伍哥」了。

只有她一個人，還跟以前一樣，見到他不行禮、不問安，直接上去喊「哥哥」。

慕羽崢也如過去一般，每回都揉著她的腦袋笑著應聲，身邊的人也都跟著笑，沒人有過意見。

可她這樣沒有禮儀，是不是不應該？

——未完，待續，請看文創風1257《心有柒柒》3（完）

2024年4月出版

炊出好運道

文創風 1252~1254

鍾記小食肆暖心開張，一勺入魂，十里飄香～～
天馬行空的無國界創意料理不只暖胃，更能療癒身心。
裊裊炊煙中，煨煮出美味的幸福——

不負美食不負愛／商季之

穿越成富商養女，鍾菱的生活看似養尊處優，舒心快活。
誰知某天殘疾落魄的親爹突然找上門認親，
富貴轉眼成空，這劇情走向太曲折了吧！
不安之下，鍾菱選擇了不認祖歸宗，繼續當她的千金小姐，
豈料卻成為權力鬥爭下的犧牲品，淪落身首異處的下場。
人死了之後，她才看透誰是真心對自己好……
追悔莫及的鍾菱萬萬沒想到，
她的穿越人生竟能重新開局一次，回到命運分歧的那一日——
這一回，她選擇和老父回鄉，打算用一手好廚藝養家。
鍾菱憑藉敏銳的味覺和無限創意，嶄新吃法大受好評。
一手打造的小食肆便是她的小天地，
從街頭小吃糖葫蘆到經典國宴名菜雞豆花，
不論甜的鹹的，哪怕菜單上沒有，小食肆應該都點得到。
顧客品嚐料理時幸福的笑，彷彿能療癒一切——

2024年4月出版

吃貨動口不動手

文創風 1250～1251

她還小，只能靠賣萌嘴甜來攬客，
不過……開始賣自家月餅前，
她能不能先來一碗隔壁攤的豆腐腦？

背有家人靠，躺好是王道／覓棠

投胎前說好是千金小姐，投胎後卻成了清貧戶的小閨女，
姜娉娉深感被騙了，幸好仍擁有在現代的記憶，便決定藉此改善家計。
不過一切還輪不到她這個只會吃奶的小娃娃，爹娘已考慮好一切，
親爹的木匠手藝了得，不用將收入全數上繳後，生活自然好了起來。
等到二哥能聽懂並翻譯她的呀呀之語，她又獲得了狗頭軍師的助力，
在大人們做事時撒嬌指揮，為家中的事業發展，指出更多可能性。
而多虧家人對她的突發奇想能包容且肯嘗試，因此家裡的經濟越來越好，
她也樂得當一條鹹魚被寵愛，發揮小孩子想一齣是一齣、賣萌的天性。
然而太過安逸，災難就會悄悄來臨，誰想到她會傻得被拐子帶走呢？
想到爹娘她開始害怕，沒哭出來全因為旁邊的孩子們哭得更大聲，
唯獨一個叫做顧月初的男孩異常冷靜，讓她也平靜下來思索現況。
若是就這樣乖乖被帶出城，恐怕她爹和官差是追不上他們的，
但他們這群小不點，該怎麼樣才能從惡徒手中逃脫呢？

2024年3月出版

醫路福星

文創風 1244～1245

林菀沒想到剛穿越過來，就要為自己的人生大事做決定，
秀才李硯好心救了落水的她，卻被逼著要為她負責，
唉，這不是為難人家嗎？而且就算不結婚，她也有信心能在這裡站穩腳跟，
因為她發現，這裡有許多名貴中藥野長在山上，乏人問津，
這裡的村民太不識貨了，這些可都是《本草綱目》裡的神藥啊！

君心如我心，莫負相思意／夏雨梧桐

林菀覺得一頭霧水，她明明在醫院值完夜班累得半死，回家倒頭就睡，
怎麼一睜開眼，就到了這奇怪的地方？難道自己也趕時髦穿越了？
可她無法從原身的身上，搜尋到和這個世界有關的任何訊息，
不行，她得先搞清楚這是哪裡、她是誰，才能應付接下來的難關。
透過原身的幼弟，她得知這是大周，他們住的地方叫林家村，
父親被徵召戰死，母親不久也死了，姊弟三人由懂醫術的祖父撫養長大，
祖父死前安排好了大姊的婚事，如今家中僅剩十六歲的她和幼弟，
而原身採藥時意外跌入河中死了，然後她穿來，被路過的同村秀才所救，
恩人李硯將她一路抱回家，還好心地花錢從鎮上找了大夫來醫治她，
可問題來了，男女授受不親，這一抱瞬間流言四起，難道她要以身相許嗎？

若無相欠，怎會相見／茶榆

2024年4月出版

沖喜是門大絕活

看著書冊上筆畫複雜的字體，他確定自己一個字都認不得，
雖說他有心識這古代文字，可翻開書本才看幾眼他就覺得頭暈眼花，
他從不是個會委屈自己的，既不知該如何解釋秀才成了文盲，
那麼最好的方法就是趕緊棄文從商，先改善家裡的條件，
畢竟一個吃隻雞都要靠老人掏棺材本的農戶，賺錢才是當務之急吧？

文創風 1246 **1**

因為站錯隊，姜家在新皇登基後慘遭清算，一家子被流放北地，
流放路上，為了替生病的母親籌措診金，姜婉寧以三兩銀子將自己賣了，
她一個堂堂大學士家千嬌百寵的千金小姐，突然間成了替人沖喜的妻子，
夫君陸尚出身農家，年紀輕輕就中了秀才，若非病弱，或許早成了狀元，
除了身子不好，他還有一點不好，就是太過孤僻冷漠，對誰都少有好話，
想當然，她這個買來的沖喜妻更得不到他善待，每天只有無止盡的辱罵，
於是她忍不住想著，他怎麼還沒死？可當他真死了，她的處境卻沒改善，
相反地，因為沒了沖喜作用，她時時面臨著被陸家人賣去窯子裡的威脅！

文創風 1247 **2**

詐屍了！死去的夫君陸尚詐屍了！
夜深人靜，姜婉寧獨自在四面透風的草堂裡為病死的夫君守靈之際，
夫君他居然推開棺材蓋，從棺材裡爬出來了！
若是可以，她想頭也不回地逃出去，跑得越遠越好，最好一輩子不回來，
無奈她雙腿早跪麻了，只能邊哭邊四肢並用地往外爬著，
正當這時，身後一聲「救救我」讓她停下了逃跑的動作，
她擦乾眼淚，戰戰兢兢地上前查看，這才發現陸尚他居然復活了！
所以說，她這個沖喜妻莫名其妙發揮絕活，真把人沖喜成功了……吧？

文創風 1248 **3**

不對勁，真的很不對勁！陸尚自從活過來後，就像變了個人似的，
他不再是以前那個自私涼薄的人，不僅對奶奶好，對她這個妻子也好，
最令她不解的是，鄰人求他給孫子啟蒙，他嘴上應下，轉身卻丟給她教，
她學富五車，給孩子啟蒙實在是小事一樁，甚至教出個舉人都不是問題，
問題出在夫君身上啊，因為他復活後突然說要棄文從商，成立陸氏物流！
要知道，一旦入了商籍，之前的秀才身就不作數，且家中三代不准科考，
可他卻說，飯都快吃不起了，還想那麼多往後做甚？
……好吧，既然他這個真正有損的秀才都不著急，她急啥？要改便改吧！

文創風 1249 **4** 完

「我不識字了，妳能教我認認字嗎？」做生意得簽契約，文盲這事不能瞞。
姜婉寧錯愕地看著陸尚，每個字她都聽得懂，但合在一起她卻無法理解，
什麼叫不識字了？他不是唸過好多年書，還考上了秀才，怎會不識字呢？
他說，自打他重新活過來後，腦子就一直混混沌沌的，
隨著身子一天好過一天，之前的學問卻是越來越差了，
最後發現，他開始不認得字了，就連自己的名字都不會寫了！
因為怕說出來惹她嫌棄、不高興，所以他便一直瞞著不敢說，
看他低著頭一副小媳婦模樣，她不禁自責沒能早些發現，實在太不應該！

1256

心有柒柒 2

國家圖書館出版品預行編目資料

心有柒柒 / 素禾著. --
初版. -- 臺北市 : 狗屋出版社有限公司, 2024.05
冊 ; 公分. --（文創風 ; 1255-1257）
ISBN 978-986-509-519-2（第2冊 : 平裝）. --

857.7　　113004189

著作者　素禾
編輯　連宓均
校對　陳依伶
發行所　狗屋出版社有限公司
地址　台北市104中山區龍江路71巷15號1樓
電話　02-2776-5889～0
發行字號　局版台業字845號
法律顧問　蕭雄淋律師
總經銷　知遠文化事業有限公司
電話　02-2664-8800
初版　2024年5月
國際書碼　ISBN-13　978-986-509-519-2

本著作物由北京晉江原創網絡科技有限公司授權出版

定價290元
狗屋劃撥帳號：19001626
網址：love.doghouse.com.tw　E-mail：love@doghouse.com.tw